U0467896

消えた乗組員

消失的船员

［日］西村京太郎——著

陈燕燕——译

时代文艺出版社

SHIDAI WENYI CHUBANSHE

图书在版编目（CIP）数据

消失的船员 /（日）西村京太郎著；陈燕燕译.
长春：时代文艺出版社, 2025. 8. -- ISBN 978-7-5387-
7732-1

Ⅰ. I313.45
中国国家版本馆CIP数据核字第2025KM8351号

吉林省版权局著作权合同登记 图字：07-2025-0016号

消失的船员

XIAOSHI DE CHUANYUAN

[日] 西村京太郎　著　陈燕燕　译

出 品 人：吴　刚
产品总监：郝秋月
责任编辑：卢宏博　王　琦
封面设计：DOLPHIN Book design
排版制作：陈　阳

出版发行：时代文艺出版社
地　　址：长春市福祉大路5788号　龙腾国际大厦A座15层（130118）
电　　话：0431-81629751（总编办）　0431-81629758（营销部）
官方微博：weibo.com/tlapress
开　　本：880mm×1230mm　1/32
印　　张：11.5
字　　数：230千字
印　　刷：三河市万龙印装有限公司
版　　次：2025年8月第1版
印　　次：2025年8月第1次印刷
书　　号：ISBN 978-7-5387-7732-1
定　　价：56.80元

图书如有印装错误　请与印厂联系调换　（电话：010-61594005）

目　录

第一章

魔鬼海域

1

5 月 13 日，星期五。虽然不是因为今天刚好是星期五的缘故①，但是从三浦半岛油壶帆船码头开往塔希提岛的巡航帆船鲨鱼 I 世号在经过小笠原群岛附近时不幸遇上了一个小范围的超强低气压。

东北风，风速约 20 米 / 秒。

风力渐涨。头顶上，狂风呼啸，整片天空都在低号。船板上，锚链尖声哀鸣。

海浪高卷，全长 7.95 米的帆船上下飘摇，宛如枯叶。二级缩帆索迅速启用，但是无济于事。甲板上微弱的灯光下，飞溅的浪花泛着青光散向四处。

晚上 7 点，晚餐时间。厨房里凌乱不堪，砂糖、食用油、酱油散落一地，无处下脚。厨师长冈部头疼不已，不知道该拿什么给船上的 5 人当晚餐。无奈之下，他只能给所有人发放苹果和巧克力。厨房没法用，只能靠着这怪异的组合凑合一顿。

---

① 在一些文化中，数字 13 和星期五都代表着坏运气。

　　船室里，大家在摇摇晃晃的各种碰撞中艰难地啃着苹果和巧克力。

　　驾驶室里，船长永田史郎嘴里哼着小曲儿，手却牢牢地握住船舵。

　　永田史郎，31岁，绰号"大人物"。人如其名，虽然他年纪轻轻，但是性格沉着冷静。最主要的是，他是这艘帆船的主人，因此理所当然地被船上其他4人推为船长。永田的本职工作是酒店老板，但是因为喜欢美酒和帆船，所以他在东京的5家连锁酒店几乎都是交给他的弟弟和下属在打理，他自己本人则驾着鲨鱼 I 世号四处逍遥。

　　冈部孝夫，厨师长，29岁，本职也是厨师，永田名下酒店的员工。他3年前结过婚，但是因为总是隔三差五地离家跟永田出海，所以他老婆心生厌烦，跑了。总之，冈部又重回单身，并顺理成章地挑起了鲨鱼 I 世号厨师长一职。

　　船上剩下的3个人都是清一色20多岁的单身青年。

　　其中最小的是久本功一郎，还在读大学。

　　其次是25岁的野村英雄，毕业于一所一流大学，在大银行就职。不过为了参加这次塔希提岛之旅，他特意辞掉大银行的工作，打算回来后再找。总之，很是悠闲从容。

　　最后一位是28岁的山本良宏，体面的国家公务员。公务员除了周末节假日外，一年还有20天的带薪休假。山本把这些假日全都用在了帆船上。而且，与其他4人一样，他也持有4种小型船舶驾照。

收音机里传出天气预报，960百帕的超强低气压正以25公里的时速，朝东北方向移动。这个低气压堪比台风，船要是撞到它，那可真是要变成13日的黑色星期五了。船长永田不得已决定往西避难，虽然这会大大延后抵达目的地的时间，但是形势如此，只能这样。留得青山在，不怕没柴烧。

夜已深，风仍不止。虽然大家决定轮流睡觉，但是帆船像旋转木马一样颠来倒去，而且风声夹着海浪声，吵得让人难以入眠。年轻的久本苍白着一张脸，哀号不断。

驾驶室里开始积水。大家一刻不停地把水舀出去，但是刚舀完，水就又涨了上来，就好像神话中的西绪福斯一般，没完没了。苍天啊，大地啊！

凌晨4点。风终于弱了一些。大家还没来得及松口气就发现又来了一场猛烈的台风。

前方大雨如注，席卷而至。

"大雨来了！"

当值的野村话音刚落，一滴滴雨水就已经噼里啪啦砸了下来。野村慌忙抱头躲进船舱，雨滴砸在身上生疼。接着，一瞬间，狂飑从天而降，颠倒乾坤。雨已经不是雨了，成了瀑布。前方能见度不足5米。

20分钟后，狂飙止息。

天地豁然开朗。风力虽然还有些强劲，但是云层的交接处已露出了一丝丝晨曦。

厨师长冈部收拾完凌乱不堪的厨房后开始冲咖啡。永田等人一脸憔悴地拖着身子走出船舱。大家首先确认了帆船的方位，当前帆船位于小笠原群岛的母岛东边约 150 公里处。

就在这时，

"快看那——"

老幺久本指着前方激动地喊道。

2

前方大约 300 米的海面上，一艘比鲨鱼 I 世号大两倍的巡航型帆船正朝着西边跌跌撞撞地行驶。那是一艘拥有两根桅杆的双桅帆船，后桅船帆似乎被刀劈成了两半，甲板上连个人影都没有。每当有海浪打过去时，美丽的白晃晃的船身就左右大幅度摇晃，一副喝醉了酒的模样。

"那是什么鬼？"野村爆笑了起来。

"不会是船上的人都在睡午觉吧！"山本笑着说道。

船长永田从船舱中拿出望远镜，对准前方那艘大型游艇，逐字辨认船尾上标记的船名。

"那是复仇者 II 世号！"永田兴奋地喊道。

船上的其他人一下子面面相觑。

连刚刚在冲咖啡的厨师长冈部也飞奔到甲板上。这也难怪。

复仇者Ⅱ世号据说遇到海难，而且整个事故透着诡异。

事情要从两个月前说起。

资深电视明星小见山次郎驾着他的巡航帆船小日本号朝关岛行进，船上共有 5 名喜欢帆船的演员及原创作家。

小见山虽说是演员，但是拥有 10 年以上的帆船驾龄。同行的 5 人也都各自拥有两三年的帆船驾龄。但是，这艘船在小笠原群岛的海面上发出最后一条信息后就再也没了消息。

官方出动巡视船和飞机搜索，但是毫无收获。一周后，官方宣布小日本号遇到海难。

虽说这是起不幸的事件，但是如果它只是如此的话，估计只会被当作寻常的海难事故处理了吧。

但是，它还不止于此。

因为著名的海洋研究家细见龙太郎加入到这个事故的调查中。

细见，40 岁，美国哈佛大学海洋学专业毕业，他的所有海洋神秘性相关著作都十分畅销，他也因此声名远扬。比如：

《噬船之海》

《神秘海域》

《马尾藻海的恐怖》

《消失的船只》

《世界魔鬼海域》

《玛丽·赛勒斯特号（Mary Celeste）事件之谜》

仅从罗列的这些书名就可窥见细见本人的独特想法和书中内容概要。

在细见看来，覆盖大半个地球的浩瀚海洋里，随处都存在"魔鬼海域"。经常有船只或飞机在经过这类海域及其上空时不知缘由地消失不见。它们中的很多甚至都来不及发出 SOS 求救信号，并且连残骸都无处可寻。

细见曾指出，除了著名的百慕大三角地带外，日本近海的小笠原海域的有些地方就属于"魔鬼海域"，很多船只在这一带离奇失踪。

细见认为，这些船只或飞机恐怕是被卷入到另一个时空中。细见的观点很受热捧，他的有些著作的销量甚至近百万部，成为畅销之作。

当然，也不是没有人对此持反对意见。

比如，与细见一样著有多部著作的科学评论家吉村昭之可以说是反对派的代表。吉村在他的书中指出，海洋本来就是危险的，每年都会有一些船只遇到海难，或是有飞机坠落大海。这些事故并不都是集中发生在百慕大三角或小笠原海域上。另外，即使是那些船只或飞机无缘无故消失不见的事故，认真查起来总能发现它们各有消失的缘由：有时是因为天气突变，这在海上是家常便饭；有时是因为无线设备发生故障；也有一些是因为破坏性操作。

这类争论大多时候都会演变成口水战。因为双方都只罗列对自身观点有利的事例。而且，过去的事故也无法再现求证。

小笠原海域上发生的这起小日本号遇难事故恰巧撞上这样一个时期，可以说是十分凑巧。

新日本电视台用长达1个小时的节目播报了小日本号遇难事故。电视台邀请来细见和吉村，让他们就这个事故进行辩论。

细见主张小日本号事件是"魔鬼海域"船只失踪的代表性事件。他指出：

"小日本号是艘设备精良的巡航型快艇，船上RDF（无线电定向仪）或自动操作装置等救生设备一应俱全。另外，小日本号遇难时，没有天气预报显示那片海域有台风发生。就算当时风急浪大，像小日本号这种7.95米长级别的巡航型快艇，它的安全性能相当于1万吨级别的客船，因此是不可能会沉没的。而且，船上的人员，不说船长小见山，就是其他人也都拥有丰富的巡航经验，不可能存在操作失误这种情况。但是，即便如此，小日本号还是突然消失不见了。那么原因也就只剩下一种可能性：一切都是'魔鬼海域'在作祟。小日本号和船上的6人被带去另一个时空了。至于究竟是谁把他们带走的，这点我也不知道。或许是那片海域的神秘力量，或许是外星人这种生物也犹未可知。"

对此，吉村也毫不示弱。

"这单纯只是一次海难事故，"他反驳道，"我承认 7.95 米长的巡航快艇的安全性能确实可以与 1 万吨级别的客船相匹敌。但是，这并不意味着它绝对不会沉没。我也曾开船出海，我知道要是操作失误的话，帆船是很容易翻船的。细见先生刚才说小日本号遇难时，那片海域没有发生台风。事实或许果真如此。但是，在广阔的海洋里，局部海域产生低气压或是恐怖的龙卷风，这种情况十分常见。因此完全可以认为小日本号遇到了这种坏天气。另外，关于没有发出求救信号这一点，无线设备被水打湿后无法使用的情况屡见不鲜，不足为奇。"

这两个人的说法听起来都入情入理。

在此之后，各种杂志也加入了讨论阵营。有支持细见的，也有学者提出比吉村还严厉的批评。

但是，这些终归是不会有结论的。于是细见提出了一个快刀斩乱麻的建议。

细见有一艘名为复仇者Ⅱ世号的豪华帆船，船身全长 21.5 米，可容 10 到 15 人在海上畅游两个月。它的建造费高达 9000 万日元，当时在报纸上引起极大的轰动。细见的建议就是驾驶这艘复仇者Ⅱ世号到出事海域进行调查。

他觉得，若是自己的看法是正确的话，那么也许能在"魔鬼海域"上找到通往另一个时空的入口，或许也能来上一场异乎寻常的体验。对此，细见引用了下面的事件以兹证明。

该事件是 1966 年夏天时发生在百慕大三角地带的一件离奇事。

拖船 GOODNEWS 号拖着 2500 吨的平底船从波多黎各驶向佛罗里达州的劳德代尔堡。船长唐·亨利在迈阿密开了一家打捞公司，具有丰富的潜水经验。

这一天，天气晴好，万里无云。但是到了下午，罗盘上的指针突然快速地转动起来。船长大吃一惊，立刻从驾驶室飞奔到甲板上。只见原本清晰可见的海平线消失不见，海与天重叠在一起。所有的电器设备全部罢工。轮机员尝试启动临时发电机，但都徒劳无功。

船长担心船尾拖拽的平底船，便转身去看，结果他发现平底船像是被人用云层单独隔开似的，四周雾蒙蒙的，让人看不到具体的情形。船务组人员被恐惧攫住内心，企图立刻逃离现场，他们打开油门全速前进，可是船却纹丝不动。船长后来回忆道："拖拽的 2500 吨的平底船似乎在和谁拔河。"细见认为，这个其实就是船正在被拽进另一个时空的表现，只是这次很幸运地没有成功。

细见说，或许这回自己也能有此境遇，体验一把。

为了让整个过程真实可信，细见还邀请反对派的吉村加入复仇者 II 世号之行。

对于这个计划，新日本电视台兴趣盎然。

这次航行的一应费用由电视台承担。复仇者 II 世号载着以

下9人，于5月7日出航，途经油壶驶向有"魔鬼海域"之称
的小笠原海域。

细见龙太郎　（40岁）

细见伸子　　（35岁）龙太郎之妻

吉村昭之　　（42岁）

今西敏郎　　（30岁）新日本电视台摄像师

日下部武　　（29岁）同上

山口令二　　（36岁）新日本电视台新闻部记者

北岛正夫　　（32岁）船员

松木孝　　　（30岁）船员

本田喜昭　　（28岁）厨师长

3日后，即5月10日，细见一行抵达出事地小笠原海域。
到达后他们立刻给海上保安厅发了份无线电报：

"天气晴好。无病无灾，万事顺遂。"

然后，复仇者Ⅱ世号就此失去了音信。一切的一切似乎都
在证实：出事海域同百慕大三角一样属于"魔鬼海域"。

当然，海上保安厅的巡视船以及海上自卫队的哨戒机全都
出动寻找了，但是毫无所获。

3

而现在，这艘复仇者Ⅱ世号就在眼前摇摇晃晃地漂流着。

它的后方桅帆对半裂开，船上没有一点儿有人的迹象。一瞬间，永田脊背发凉，这不就是艘"鬼船"吗？

船上的其他人也都有这种感觉。海上漂泊的男人经常在生与死之间徘徊，也因此多少都有点讲究吉凶。

"怎么办？"厨师长冈部白着一张脸看向船长永田。

"总之先上船看看情况。"永田说道。

鲨鱼Ⅰ世号船上的众人小心翼翼地把船靠近复仇者Ⅱ世号。

风势虽然已经减弱，但是浪头还是很大，两艘巡航帆船的船舷对碰了一下就迅速弹开了。当两只船第3次靠近时，站在船头的野村终于顺利地把缆绳套在了复仇者Ⅱ世号的桅杆上。

年轻的久本迅速上前帮野村缓缓地收紧缆绳。两艘巡航帆船在太平洋上紧紧地靠在了一起。

"天！这么大！"山本再次感叹。鲨鱼Ⅰ世号全长7.95米，而复仇者Ⅱ世号全长21.5米。也难怪山本会艳羡不已。

永田和山本两人跳上复仇者Ⅱ世号。

甲板很宽敞。船身的宽度也有鲨鱼Ⅰ世号的两倍吧。但是，这种巨大更显得毫无人气的甲板阴森可怖。

　　驾驶室里的船舵被调成自动驾驶模式。每当海风有所变化时，船帆就哗啦啦作响，船舵也辘辘辘辘自动旋转起来。

　　"船上的人都在船室里休息吗?"从容的山本再次开起玩笑。

　　"走，去船室看看!"永田说道。

　　巡航帆船通常都是驾驶室连着船室，但是这艘船的船室在船底，得从甲板上走下一个有中世纪风格扶手的旋转楼梯。

　　"这构造有点意思，像客船。"永田说道。一旁的山本吹了声口哨。

　　船室极其奢华。地面铺大理石，墙壁用了大量柚木作为隔断。椅子和桌子也都雕刻着精美的浮雕。据说复仇者Ⅱ世号的建造费是9000万日元，估计仅这内装费就得1000万以上日元吧。天花板高高地悬在上方，允许人们随意挺直身体走动。

　　"我们的鲨鱼Ⅰ世号跟它差得不止一点点。"永田笑道。他和山本对视了一眼，两人都在彼此的脸上看到了僵在嘴角处的笑容。

　　空无一人的船室，令人窒息的空气。

　　(人呢?)

　　柚木材质的餐桌上摆放着9个银质的餐盘，上面各自盛着烤肉、蔬菜沙拉、两个面包、黄油和奶酪。椅子也是9只。

　　好像正要开饭。永田和山本仿佛听到饭铃响起，船上的9人从隔壁的寝室中鱼贯而出，围着饭桌坐在了有精美雕花的椅子上。这种幻觉再次令两人脊背发凉。

"有没有人？！"山本吼道。无人应答，船室里回荡着他的声音。

"'鬼船'……"永田喃喃道，面如土色。

永田曾听前辈讲过"鬼船"的故事，他自己也在书上看到过。随波逐流的船只、无影无踪的乘客，这就是"鬼船"。这些故事中，有些甚至还传说登船调查的外来人员也尽数消失。

而现在，永田正站在这样一艘"鬼船"里。

要是只有他一个人的话，他也许转身就跑了。永田硬生生忍住这种冲动。山本还站在自己旁边，船外的海面上还停靠着自己的鲨鱼Ⅰ世号，上面还有其他3个人。

悠闲从容的山本也面如土色。

"船上的人都去哪了？"山本嘶哑着嗓子说道。

"不知道。我们先全部检查一遍吧。"永田说着跨进了隔壁的寝室。

可以轻松容纳12个人休息的宽敞寝室里也悄无人迹。被子叠得方方正正。空气中莫名泛着潮潮的水汽。

厨房也是整整齐齐。食物、饮用水还很充足。只是发电机停止了运转，因此大冰箱里的水果、肉类等都开始散发出腐烂的气息。

这艘船上竟然还设有一间小小的船长室。打开门走进去，映入眼帘的就是红木桌上的航海日志。

航海日志的最后一条记录写于5月10日。

从航海日志来看，这艘船 5 月 7 日从油壶的帆船码头出港后，一直到 5 月 10 日，这期间一切都是顺顺利利的。

那么，5 月 11 日这天究竟发生了什么，以至于船上的 9 个人全都消失不见了？

船长室的天花板上悬挂着一个鸟笼，一个空荡荡的鸟笼。连鸟也和船上的人一起消失了。

永田二人走出船长室。复仇者 II 世号上的 9 个人中有两人是摄像师，因此床铺及海图桌上摆放着 8 毫米和 16 毫米的摄像机，以及尼康、佳能、徕卡等高档相机，一共 5 台。

装有 125 毫米、300 毫米等高清远摄镜头的相机像是在昭示，摄像师时刻准备好及时捕捉问题海域各种突发情况的架势。不知这失去主人的 5 台相机是否真的拍下了突发状况。

柜子里放着 9 个人的替换衣物，毫无异样。不管是地板上，还是桌子上，都没有发现一丝疑似血迹的东西。

还有一把吉他，不知谁曾弹过它。

不知从几时起，永田和山本都不再开口说话了。船上的一切迹象都很明显地表明这是一艘"鬼船"。

二人面如死灰地回到甲板上。亚热带的太阳毒辣辣地照耀着甲板。然而外面越是明亮，二人就越发觉得这艘船上发生的怪异事件如噩梦一般。

4

永田一行用无线电告知东京海上保安厅他们发现了复仇者Ⅱ世号，而且还告诉他们这艘船上的9个人全部消失了。

到了下午，风息浪止，因此永田、山本以及厨师长冈部3人再次登上了复仇者Ⅱ世号。

他们又查看了一番。船上有两根桅杆，后方那张帆像是被用刀割后裂开了，但是前方那张帆完好无缺，因此船是可以航行的。而且，发电机和15马力的备用引擎也都没有出现故障，汽油也绰绰有余。

船上的无线通信设备也比永田的那艘船要精良得多，而且也没有坏掉。

大家很是疑惑不解。就算复仇者Ⅱ世号遭到袭击，船上的9个人被掳走了，那为什么他们没能发出无线电求救呢。明明无线通信设备和发电机都完好无损。

而且，船上的用品中，9份救生衣和遇难自动报警器等都还在，也都能正常使用。

假如复仇者Ⅱ世号被卷入低气压，船上的人认为船必沉无疑，于是弃船逃生，那么救生衣就不可能还留在船上。

究竟复仇者Ⅱ世号上发生了什么？

众所周知，船长细见和参与者之一的吉村正好意见相左，互相对立。那么，会不会是双方的矛盾在这狭窄的船上升级爆发，于是互相残杀？但是，若是如此，摄像师和记者们应该会出面阻止吧。而且就算他们也卷进了这场争斗，那么至少会留下尸骸吧。可是船上一干二净，这绝对不正常。

不管怎么想，这9个人的失踪都是个谜。

尽管这一切令人恐惧，但是也不能因此就把空无一人的复仇者Ⅱ世号丢在亚热带的海上置之不理。纠结了半天，船长永田对其他4人说道：

"我决定中止前往塔希提岛的行程，然后把复仇者Ⅱ世号开回东京。"

没有人提出异议。眼前的复仇者Ⅱ世号透着一股诡异的阴气。可是，在海上闯荡的人是不会放任自己遇到的漂流船继续漂流的。想方设法把它们拖拽回去才是真正的水手应尽的义务。

经过一番商议，5人决定让厨师长冈部和大学生久本留在鲨鱼Ⅰ世号上驾驶，永田、山本和野村3人驾驶复仇者Ⅱ世号回到出发地油壶帆船码头。之所以复仇者Ⅱ世号上多分配一个人，一方面是因为大家还不太习惯驾驶21.5米长的大帆船，更主要的原因还是以防不测。

船长永田及船上的其他人都是脚踩陆地不信邪的男子汉，但是他们一旦出海，就齐刷刷地全成了善男信女，会相信所谓的大海传说。这就是大海的魅力吧，这般迷人，却又令人恐惧，让人觉得神秘莫测。

现在，复仇者Ⅱ世号是艘无人帆船。食物和饮用水都很充足，无线通信设备、发电机、备用引擎、无线方位测定器等所有设备都正常运转。船帆也能扬帆起航。按道理不可能会发生不测。永田一行之所以有这方面的担忧是因为害怕非现实东西的存在，比如掳走船上9个人的不明力量是否也会掳走他们。如果这事发生在陆地上，那么他们压根就不会如此担忧。

下午4点之后，永田、山本和野村3人登上了复仇者Ⅱ世号。虽然这艘船还有充足的食物和饮用水，但是考虑到这次诡异的事件有可能是食材被下了毒导致的，因此，以防万一，几个人决定食材还是取自鲨鱼Ⅰ世号。

鲨鱼Ⅰ世号走在前方开路，永田等3人驾驶的复仇者Ⅱ世号跟在它后方大约200米的位置。

大家轮流驾驶，没有轮到的时候，可以去船舱里的寝室睡觉。但不管是永田，还是山本，或是野村，没人去那里睡觉，大家都窝在驾驶室里不走。

夕阳西下，帆船在海风中上下颠簸，风声鹤唳，如泣如诉。

拍打在船头的海浪声听起来像是死者们的拍手声，带着节奏，呼唤着永田他们。

沉默，还是沉默，恐惧似乎在一圈圈向外蔓延。

"我吧，"山本突然扯开了嗓门，"我在想，等回了东京，我要不干脆辞掉公务员的工作得了。到时能够拿到一笔退职补贴，虽然少得可怜，但是我想用这些钱买艘小帆船出海玩玩。"

这次还是山本先开口打破沉默。虽然他所讲并非所想，但是如果不说点什么，他总觉得自己会被那蔓延开来的恐惧压垮。

"这是好事，但是生活费怎么办，你总不能喝海水吧，靠它是没法存活的！"永田立刻接道。作为船长，他也受不了这种沉默。

"你给永田打工吧！"前银行员工野村尖声说道。

3人的说话声都有些高亢。大家都知道自己现在完全是没话找话，连最先提起这个话头的山本也是这么觉得。尽管如此，3个人还是就着这个话题有一句没一句地聊了五六分钟之长，然后就突然消了声。

沉默较之前更令人窒息。

（还不如干脆来场暴风雨吧。）

永田这样想着。因为和海风海浪搏击的话，也许就不记得去恐惧了。

但是，讽刺的是，入了夜，海上仍然无风无雨，空中繁星闪烁，东南风5米/秒，是舒适迷人的航行之夜。这要放在往常，绝对令人满心欢喜。可是今夜，这艘巨大的巡航帆船全速前进，好像死亡在后面追逐。

"我——"这次换野村开口打破沉默，"看到像喝醉了酒似的摇摇晃晃航行的帆船时，脑子里立刻浮现出传说中的玛丽·赛勒斯特号事件。"

"我也是。"

"确实很类似。"

永田和山本异口同声道。

只是他们不知道的是，这个类似性于他们而言，也是件要命的事。

5

玛丽·赛勒斯特号事件发生在约 100 年前的 1872 年，现今依然是个未解之谜。

那年 12 月 4 日，一艘英国的双桅船德格拉蒂亚号从纽约出发，穿过大西洋，朝直布罗陀海峡行进。德格拉蒂亚号抵达葡萄牙近海 700 公里时发现前方有艘怪异的船。

这艘船和德格拉蒂亚号一样是前桅横帆双桅船，但是主帆被撕裂，因此只靠着剩下的一根桅帆蹒跚前进。

德格拉蒂亚号向对方发送了信息，但是没得到回应。当两艘船离得更近时，德格拉蒂亚号发现这艘船像是同样在纽约港装船并先一步出航的玛丽·赛勒斯特号。

甲板上空荡荡的，用喇叭喊话也没人出来应答。

德格拉蒂亚号的莫尔豪斯船长觉得事情有些不对劲，于是让大副奥利佛·狄佛和两名船员乘小船去玛丽·赛勒斯特号上看看。

　　3 人登上了玛丽·赛勒斯特号。迎接他们的是船上的恢诡谲怪。

　　玛丽·赛勒斯特号上原本载有布里格斯船长、他的妻子和他两岁的女儿索菲亚，以及其他 7 位船员，但是找遍整艘船都没看到他们的身影。

　　3 人一阵毛骨悚然，颤颤巍巍地去查看了船舱。

　　厨房和仓库里还剩下很多食物，桶里还有充足的饮用水。

　　厨房刚做好饭，桌上摆放着咖啡杯，还有烤肉、面包、黄油、鸡蛋等食物。

　　船长室里还放着疑似船长夫人的项链。也有珍珠、宝石等贵重物品。

　　船上运载的货物是 1700 桶工业酒精，它们也一点儿都没少。

　　除了有一根桅杆的船帆坏掉，其他设备都完好无损。尽管如此，船上的人员还是像烟雾一样凭空消失了。

　　莫尔豪斯船长把空无一人的玛丽·赛勒斯特号开回了直布罗陀海峡。

　　一时间，有关这艘神秘“鬼船”的新闻引爆了整个欧洲和美国，议论蜂起。

　　为什么布里格斯船长一行人会消失不见？

　　对此存在若干猜测。

　　有流言称这是德格拉蒂亚号上的众人为了骗取救助金而犯

下的罪行，他们把玛丽·赛勒斯特号船上的一干人等全部杀死，然后编出一些"鬼船"的故事企图脱罪。

为了查明这个流言的真实性，政府启动了海难调查，最终证实了德格拉蒂亚号众人的清白，并奖励给他们1700英镑。

也有人猜测是因为船上运载的工业酒精挥发、自燃，因此船上的人慌忙中弃船逃走。只是最终并没有引发爆炸，玛丽·赛勒斯特号随风漂流，抛下所有人独自漂走了。

关于这个猜测，虽然调查中确实发现船上的工业酒精挥发了一些，但是数量并没有达到让船员觉得危险的地步。而且德格拉蒂亚号发现这艘船时，甲板上也没有散发着酒精的气味。

也有人猜测玛丽·赛勒斯特号是遇到海盗或龙卷风了，等等，众说纷纭。可惜每种猜测都缺乏足够的说服力。

于是，历经百年，玛丽·赛勒斯特号事件至今依然成谜。

由于盛名在外，后来，凡是讲到海上的神秘事件，必会提起玛丽·赛勒斯特号。很多离奇的事件都会拿玛丽·赛勒斯特号作比较。而且，但凡有飞机在空中神秘遇难，也必定会被比喻成"空中的玛丽·赛勒斯特号"。

6

"这不是和玛丽·赛勒斯特号事件毫无两样吗？"永田的声

音都在颤抖。

对他而言，书上的玛丽·赛勒斯特号事件虽然趣味盎然，但很遥远。而现在它却变成了现实，这怎能不令人害怕呢？而且更令他害怕的是，自己好像成了同类事件的当事人。

据说 100 年前，发现"鬼船"玛丽·赛勒斯特号的德格拉蒂亚号船员是战战栗栗地把船开回去的。而现在，永田也是这种心境，他默默地忍耐着涌上心头的恐惧感。

"回到油壶后，人们该一片哗然吧？"山本脸色惨白。

"大家会不会怀疑是我们杀害了复仇者 Ⅱ 世号上的所有人？我记得在玛丽·赛勒斯特号事件中，发现者德格拉蒂亚号上的众人都被当成疑犯遭受海事调查问询。"野村一脸担心地看着永田和山本。

"估计会启动海难调查吧。"永田说道。

"好歹消失了 9 个人，肯定会吧？"

"我们会被指控杀人吗？"

"会被当作证人传唤吧，我们又没有杀人动机，别担心。"

"没错。我们没有动机。"野村露出了笑容。但是，山本却皱紧了眉头。

"万一这船上载有贵重物品，又不凑巧都丢了，那我们不就变成有杀人动机了吗？"

"什么贵重物品？"野村问道。

"比如金钱？"

"胡扯。哪里有这东西!"

"所以我说假如,假如是真的怎么办。不是钱,其他物品也行。听说这艘船的船长细见龙太郎腰缠万贯。船长室里不是还找到一些铂金、珍珠项链等疑似他妻子的私人物品吗? 说不定他们还戴着价值几千万、几亿日元的钻戒。毕竟这艘巡航快艇这么豪华。船上有一两个人对这戒指起了贪念,杀光全船的人,抛尸海底,然后自己在船靠近某个岛屿的时候跳船遁走,这也不是不可能。要真是这样,那我们说不定会被嫁祸成偷钻戒的强盗。这可是杀人越货的重罪。"

"这也太扯淡了。"野村笑道。对此,永田却不敢一笑而过。

毕竟这艘复仇者Ⅱ世号上究竟发生了什么,大家都毫无头绪,因此一切皆有可能。

万一山本一语成谶,那么自己一行人的清白将很难证明,这才是可怕的。毕竟若他们被怀疑合谋杀害复仇者Ⅱ世号上的众人,盗走宝石,这片深不见底的大海中没有人能证明他们的清白。

"为了避免惹上嫌疑,这艘船上的一应物品必须原封不动!"永田说道。要是已经有贵重物品丢失,那也无可奈何。总之,小心驶得万年船。

"餐厅饭桌上的饭菜怎么办? 明天肯定会全部腐烂发臭!"野村看向船舱方向。

"忍一忍。还是别动它们。这艘船肯定会被查个彻头彻尾。

到时别无端惹上嫌疑。麻烦!"永田说道。

7

第二天早上，东方露出鱼肚白时，一阵巨大的轰隆声响起。

北边的天空中出现了一个小黑点，渐渐地，一架巨大的飞机出现在了眼前。

海上自卫队的长尾巴反潜哨戒机 P2V 来了。机翼上的日之丸、机尾伸出的长尾巴 MAD（磁异常探测器），这些明显的标记无一不在彰显飞机的身份。

永田一行人拼命地挥舞手臂示意，但是对方似乎完全没有察觉。要在浩瀚的大洋中发现两颗米粒般大小的巡航帆船估计有点难度吧。

P2V 低空来回飞行了两三圈后像是终于发现了他们，挥了挥机翼。永田一行举着相机对着 P2V 一阵猛拍。

飞机在永田他们头上盘旋了 30 多分钟后，消失在了北方的空中。

自此收音机里开始清楚地接收到来自东京的广播。

不出永田一行所料，新闻时间一到，铺天盖地的都是复仇者Ⅱ世号事件的消息。

关于小笠原群岛海面上发现的无人复仇者Ⅱ世号，各种猜测满天飞。据发现者称，船舱的地面血迹斑斑。因此也有传言认为这个事件可能是船上某个有精神疾患的人发病引起的，这个人杀光所有人，最后自己也跳海自绝。

还有人猜测复仇者Ⅱ世号遇到了巨大的龙卷风，被卷入风阵，刚好此时9个人都在甲板上，于是全掉进海里，而船最终掉落到若干公里之外的海面上。现在，现代的"鬼船"复仇者Ⅱ世号正在鲨鱼Ⅰ世号船员的驾驶下，从硫黄岛东南方120公里的位置以大约8节[①]的速度朝油壶回航。

"不得了了。"永田想。他不记得自己报警时有说过地板血迹斑斑。大家似乎把这个事件当成趣味故事来随心想象。

下午2点左右，一架机翼上标有报社名字的双螺旋桨直升飞机飞了过来。它贴着海面逐渐靠近帆船，然后在复仇者Ⅱ世号上空盘旋。飞机上，挡风板被打开，摄像师对着帆船一阵猛拍。

这家报社的飞机消失了一个小时后，另一家报社的飞机也飞来了。各大报社打响了取材争夺战。

---

① 节是用于航海的速率单位，1节约1.85公里／小时。

"发现这艘船的时候，我们有人拍照吗？"山本望向永田和野村，"照现在这种形势，估计可以卖个高价！"

"我拍了！"永田拍了拍鼓鼓囊囊的口袋，里面装着一台小型照相机。

"久本好像也啪啪啪地拍了很多张。"野村看向前方的鲨鱼Ⅰ世号。

"卖给报社的话，一张可以卖个两三万日元吧！"山本说道。

其实他并不是真想倒卖照片，只是不说上几句应景的话，总觉得不安会把自己淹没。

夕阳西下，海面渐渐暗了下来，恐惧再次一点点攫住3个人的内心。屋漏偏逢连夜雨，雨下了起来。风虽然不太强劲，却刚好令人觉得阴风阵阵。海面上夜光虫①点点闪烁。若在往常，这种蓝眼泪多半会引发美好的幻想，而此时此刻，此景却宛如鬼火闪烁。

餐厅饭桌上的食物已经完全腐烂，开始散发出冲天的臭味，宛如尸臭弥漫。

天气有些冷，雨打在身上，令人直哆嗦。其实除了当值船员，其他人可以去船舱里避避雨，但是没人打算离开暴露在风雨中的驾驶室。因为船舱里的食物腐坏味道令人窒息，还有那比雨水还湿乎乎的空气。

---

① 夜光虫是一种浮游生物，在夜间会发出蓝色荧光。

长夜终于将尽，前方出现了海上保安厅的巡视船。

长长的白色船身刚挨近，甲板上的官员就用喇叭大声喊道：

"这是复仇者Ⅱ世号吗?"

8

复仇者Ⅱ世号和鲨鱼Ⅰ世号在5月18日的午后驶进了油壶的帆船码头。

这一日的油壶十分热闹，不仅挤满了各报社、杂志社的记者和摄像师，连电视台的车也是一辆接着一辆，特别是作为当事一方的新日本电视台更是一副磨刀霍霍的样子。

正因为世间无大事，所以媒体们才会争先恐后地来采访"神秘鬼船""现代版的玛丽·赛勒斯特号事件"。

还在途中的永田一行不知道的是，嗅觉灵敏的各报纸像是约好了似的，纷纷刊载了"鬼船"或玛丽·赛勒斯特号事件的相关解说文章，而且他们还调查了复仇者Ⅱ世号上所有失踪人员的身份。

围观的人从大清早开始就纷至沓来。据警方调查，人数将近3000人。帆船码头就如字面意思所描述的那样，黑压压一片人头。

永田看了眼岸上，心里一阵恐慌。他不知道聚集在这小小港口的一大堆人究竟是出于什么目的前来迎接他们。

当然，这些人最主要的目的肯定不是永田他们，而是"鬼船"复仇者Ⅱ世号。可是，万一这里有人怀疑这个事件也许是永田一行杀人越货的结果，并且还在人群中散播这种揣测，那么眼前的这 3000 人会做出什么反应呢。

复仇者Ⅱ世号先一步靠了岸。

电视台的摄像机工作起来，闪光灯频频闪烁，3 位等在一旁的海上保安厅官员挤开汹涌的记者人潮最先登上了复仇者Ⅱ世号。

听完永田一行的解释，这 3 名官员皱着眉头忍住食物完全腐烂的馊味，走下旋转楼梯，进入船舱。

他们接下来应该要拍照取证，确认船上的一应物品，并全部罗列成清单。如果需要的话，应该会启动海难调查吧。

永田、山本、野村 3 人和另外两个驾驶鲨鱼Ⅰ世号的同伴一同走下船。记者们一下子涌了上来，里三层外三层地把他们包围了起来。

无数支话筒探到他们面前，相机在他们的头顶上方发出猛烈的快门声。记者们争先恐后地抛出自己的问题，叽叽喳喳，吵吵嚷嚷，几乎什么都听不清。这时，一把伸过来的话筒把厨师长冈部的头戳了个正着，他的额头一下子冒出了血。

"你们小心点！"血气方刚的久本怒喝道。

"召开记者会！"记者堆里突然有人喊道。

没有人提出异议。永田一行像被海浪席卷一般，立刻就被人流推到了附近的游客中心。

游客中心的餐厅被临时用来充当召开记者会的会场。

外面的码头上，人们纷纷涌到绑在一起的鲨鱼Ⅰ世号和复仇者Ⅱ世号周围。多亏了当地的警方帮忙警戒，阻止人们偷偷上船，否则这两艘帆船肯定会被瞬间涌上来的人山人海踩得稀巴烂。

5人并排坐成一行。

白晃晃的照明灯直直地打在他们身上。摄像机一台台架了起来。首先仍然是一通拍照，咔嚓咔嚓的快门声像机关枪一样。接着会场平静了下来，最前排的一个记者说道：

"接下来开始记者会。首先请允许我第一个提问。麻烦您先介绍下发现复仇者Ⅱ世号时的情形，包括时间、地点以及当时的情况。"

"时间大概是5月14日上午8点20分。发现地是母岛东边约150公里处。"永田代表5人开口回答。

前半段记者会的问题都是些常识性的必问问题，回答起来比较容易。比如当意识到它是"鬼船"时，您的感受是什么？您知道玛丽·赛勒斯特号事件吗？驾驶它回航的时候您不害怕吗？诸如此类问题。但是，到了后半段，问题越发尖锐了起来。

"你们知道你们现在的处境有点微妙吗？"一个记者问道。

永田一下子不知该怎么回答，他微笑道："当然清楚。因为百年前的玛丽·赛勒斯特号事件的发现者德格拉蒂亚号的船员们就曾被迫处在这样一个微妙的处境里。"

"不好意思，这是否意味着你们对海难调查问询已经做好了思想准备？"

"是的。为了查明这次的事件，恐怕会启动海难调查。我们几个人估计会作为证人出庭。"

"你知道复仇者Ⅱ世号为什么会驶向小笠原群岛吗？"

"是的。该船上的人们作为帆船爱好者，对小日本号消失的原因很感兴趣。他们希望能够通过亲往出事海域查明真相。"

"复仇者Ⅱ世号 5 月 7 日从油壶港口出发，这个时间你们在哪里、在做什么呢？"

"我们在这里目送复仇者Ⅱ世号出航。我记得那天也来了很多记者，虽然没有今天这么多。"

"你们也在做出航的准备吗？"

"是的，我们那时正在往船上装食物和饮用水，并于 5 月 10 日下午 3 点离港开往塔希提岛。"

"也就是说你们是在 3 天后出发的？"

"是的。"

"话说，你读过复仇者Ⅱ世号的所有者细见龙太郎的著作吗？"

"看过，我应该看过两三本。"

"您觉得他写得怎样？"

"这个啊……"永田摸了一下脑袋，"很有意思。"

"细见龙太郎相信百慕大三角地带是存在的，对此，你们是赞同，还是反对？"

"这样回答吧。大海是神秘的。任何人只要在海上待上一段时间，就都会开始相信神秘力量的存在。特别是靠风行驶的帆船，仅凭自己的力量和意志是开不动它的。而且，事实上确实有些船只的遇难事故是无法解释的。百年前的玛丽·赛勒斯特号事件就是代表性例子。因此我相信大海是神奇的。"

"你也相信小笠原海域存在'魔鬼海域'吗？"

"在这之前我不认为那一带有这种特殊的危险地带。因为我大约有3次驾驶帆船经过那里，都平安无事。但是，这次在那片海域看到'鬼船'复仇者Ⅱ世号，我的想法改变了。那一带被称为'魔鬼海域'应该是名副其实。"

紧接着，其他4人也对着桌上准备好的话筒陈述了自己的想法。他们都和永田一样，一致认为小笠原群岛海域肯定是"魔鬼海域"。因为他们和那散发着阴森气息的"鬼船"同处了4天之久。就算不愿意，也不得不承认"魔鬼海域"的存在。

"那么，接下来我想听听大家对这次事件的看法。永田船长，是您把复仇者Ⅱ世号开回这里的吧？"

"是的，我、山本，还有野村3人一起登上复仇者Ⅱ世号，把它开回这里。"

"你觉得复仇者Ⅱ世号上的9个人都发生了什么？你认为他

们是遇到龙卷风，被风刮走的吗？还是你认为这艘船上发生过血淋淋的杀人事件？又或者——"

"请等一下。"永田朝着那个记者摇摇手，苦笑道，"我从这次的事件中感受到的是它和玛丽·赛勒斯特号事件非常相似。我的同伴也是这种看法。只是，关于玛丽·赛勒斯特号事件中消失的船员，大家都知道，至今为止有各种各样的猜测。但是，不管是哪种猜测，都有合理的一面和不合理的一面，无法拍板定案，这也是不争的事实。这一次的事件也同样如此，这是我和我的同伴共同的看法。因此，我只能说这个问题我们不知道。而且，只要启动海难调查，一切不就能够真相大白了吗？"

第二章

海难审判

1

海上航行的船只发生事故时通常按以下两种法律方式处理。

杀人或伤人事故由海上保安厅进行搜查取证，然后转交检察官，按照一般刑事案件流程，在法庭开庭审理。

而沉船或破损这类海难事故属于交通部管辖的海难审判厅的职责。

像这次复仇者Ⅱ世号这类不知缘由的船员消失事件，只要事故原因没被认定为杀人，也就都属于海难审判厅的职责。

日本周边的海域，北起函馆，南至长崎，一分为七，各设一个海难审判厅。

小笠原海域上发生的复仇者Ⅱ世号事件属于第三管区海上保安本部5楼的横滨地方海难审判厅的管辖范围。

在海难审判厅，审判长相当于普通案件中的法院法官，理事官相当于检察官。

理事官必须就事件进行调查并开庭审判。

横滨地方海难审判厅的日高洋太郎理事官这天带着年轻的事务官来到了油壶。

日高直到 3 年前还是 N 轮船公司大型油轮"太洋丸"的船长。后来退休就进了交通部。现年 58 岁。

因为业务上的原因，理事官需具备丰富的海上经验，因此这个岗位大多由日高这种担任过船长的人任职，所以普遍年纪较大。

日高拖着自己那 80 公斤重的庞大身躯，缓缓走过码头的凸堤，登上复仇者Ⅱ世号。

亮丽的白发、小麦色的脸庞、显得坚毅的大鼻子，日高看上去有点法国演员让·迦本的影子。

日高的信条只有一条：

"大海之上万事皆有可能。"

这与其说是信条，不如说是他 30 年海上生涯总结出来的信念。

因此，就算有人在海难审判庭上证言自己看见一条 20 米长的巨大海蛇，日高也不会对此嗤之以鼻。

"先把整艘船里里外外都拍下照，然后把船上的一应物品一个不落地登记在册。记住了，就算是一根火柴棍也不许落下。"日高板着脸严肃地吩咐年轻的小西事务官。

拍照很简单，但是一件件登记物品就很耗时耗力了。帆船出海时携带的物品通常都成千累万。

26 岁的小西事务官拍完照后，拿出圆珠笔开始一件一件清点起来。

比如，日常用品就有以下这些记录：

钢笔　13 支

铅笔　4 打（已开封 12 支）

橡皮擦　8 块（已开封 3 块）

记号笔　2 打（已开封 7 支）

商务笔记本　12 本

格子纸　1000 张

裁纸刀　5 把

透明胶　15 卷

削笔刀　2 把

彩色铅笔　1 打

装订机（大号）　5 台

计算器（N 公司、K 公司生产）　各 1 只

肥皂（上等的化妆香皂）　2 打（已开封 6 块）

牙膏　9 根（都已开封使用）

牙刷　12 把（已开封 9 把）

手电筒　5 个

蜡烛（18 厘米长）　1 打

物品当然不止这些。从抹布到抽纸，小西都一个个仔细清点好了数量再行登记。

　　船舶用品就更得费心思登记。因为说不定里面就藏着9名船员消失的原因。遇到专业术语看不懂的时候，小西就向帆船码头上的专家请教。

　　　　主帆　1张

　　　　大前帆　1张

　　　　四角帆　1张

　　　　三角帆　1张

　　　　细帆布　80平方米

　　　　粗帆布　20平方米

　　　　尼龙布　10平方米

　　　　操舵罗盘　1个

　　　　方位罗盘　1个

　　　　室内罗盘　1个

　　　　六分仪　3个

　　　　测向仪（10瓦特）　1个

　　　　无线电话（27欧姆）　1部

　　　　罗兰定位系统（自动式）　1套

　　　　CQR锚　50磅[①]　1只

　　　　　　　　30磅　1只

———————————

① 磅是英制质量单位，1磅约合0.45公斤。

钢丝索　50米　1条

　　　　10米　1条

　　一项项，一个个，一串接一串。这项工作虽然很重要但极其乏味、辛苦。尽管如此，小西还是铆足劲做个不停。因为年轻的他对这次的事件抱有超乎寻常的兴趣。

　　就在小西不停记录的时候，日高双手插在裤兜里，矮着他那高大的身子，笨拙地在船舱里四处走走看看。

　　他当船长的时候，手下的人就曾说他在甲板驾驶台上来回走动的身姿像极了动物园里的大熊。如今这种感觉依旧。真要说有什么变化的话，无非就是黑发变成白发了。

　　日高这边看看那边瞅瞅，嘴里一直在嘟囔："人跑哪去了呢？"

　　自从收到报告说在小笠原海域发现复仇者Ⅱ世号这艘"鬼船"后，交通部第一时间发出通告，要求在附近海域行驶的船只务必及时救援遇到的漂流人员。

　　交通部也用无线电向小笠原群岛发出了同样的要求。因为大家认为复仇者Ⅱ世号上的9人很可能弃船逃亡。

　　但是，直到5月18日的今天，也没有收到任何好消息，甚至死不见尸。复仇者Ⅱ世号上的9人就像文字所描述的那般，消失不见了。

　　小西事务官刚刚登记完所有物品，日高就迫不及待地把航海日志、船舱中的 8 毫米摄像机以及照相机这类物品带回了横滨地方海难审判厅。

胶片立刻被送去冲洗了。数量比较多，有 35 毫米彩色和黑白胶片共 56 卷、16 毫米胶片 2 卷、8 毫米胶片 6 卷。

日高回到自己的房间坐定，叼起自己喜欢的登喜路牌烟斗，然后翻开了航海日志。

解开船员消失之谜的线索最有可能藏在航海日志里。

有鉴于此，日高紧张地翻阅着每一页，反反复复地。他自己也曾无数次担任船长领船出海，每次也都会写航海日志。当然，因为大多数航行都是为了工作，因此这些航海日志的内容也都乏味无趣。但是日高仍然会把船上发生的事情事无巨细地记录下来。正因为他自己有这个习惯，因此对于这本航海日志，他寄予了很大的希望。

这是一本高档的商务笔记本。

封皮上写着"航海日志（魔鬼海域）"，下面署名"船长，细见龙太郎"。

日志从 5 月 7 日出航这天写起。

◆ 5 月 7 日（星期六）

晴空万里无云。开航大吉。

本航次的目的在于查明小笠原海域是否存在"魔鬼海域"，调查之前消失的小日本号是否就是"魔鬼海域"在作祟。今天油壶涌来了各路媒体，有报社、电视台，甚至连完全不沾边的娱乐杂志也跑来凑热闹。我和吉村都被这些人层层围住，狂轰滥炸了一大堆问题。

我们接下来正要出海去查证事情的真伪，但是记者们却问我结论是什么。对于他们的这种急性子，我深感无语。吉村也被问了同样的问题，虽然我们立场相左，但在这一点上，他的感受与我是一样的。真是难为他了。

新日本电视台制作部部长在复仇者Ⅱ世号的甲板上多次举杯祝福本次航行满载而归。他每举杯一次，一阵快门声就会响起。北岛不善饮酒，几杯祝福酒下肚后，他就开始身体不适。于是船还没出航他就被干趴下了。

拜此所赐，原定2点30分的出航时间，硬生生延迟了30分钟之久。

照此下去，何时是个头？于是我果断行使我的船长权利，命令"出航"。

100匹马力的克莱斯勒发动机发出令人愉悦的声音，带着复仇者Ⅱ世号离开港口。几艘帆船伴着我们出港，像是在为我们祝福。

驶出港口后，我关掉发动机，扬帆起航。

船上除我之外的其他人员情况登记如下，以备万一。

吉村昭之（我工作上的好对手）

山口令二（新日本电视台新闻部记者）

今西敏郎（新日本电视台摄像师）

日下部武（新日本电视台摄像师）

北岛正夫（船员，应聘者）

松木孝（船员，应聘者）

本田喜昭（厨师长，应聘者）

吾妻伸子

伸子原本没打算出海，但她不愿独自留在东京，因此临时决定同行。

还有一人，不，还有一只鹦鹉"Pascal"，作为复仇者Ⅱ世号的吉祥物。

大约一个小时后，最后一艘送行的船"日出号"向我们不停地挥手告别，返回油壶。

虽然风力有些弱，但航行整体上还凑合。

晚餐时，本田厨师长露了一手，有牛排、蔬菜沙拉和红酒，豪华丰盛。

最近这四五天一直在忙出航的事宜，感觉很久没有好好享用一顿美食。饭后的咖啡也十分美味可口。大家都对本田表示感谢，庆幸有一位优秀的厨师长陪伴本次航行。这让才 28 岁的本田闹了个大红脸。

在晚餐的餐桌上，我主动向吉村提出以下建议：虽然我们意见相左，但是在船上，还是互相表现得绅士一些。我们就只相信实际所看到的结果。吉村很愉快地答应了。我并不是害怕与他争论，只是我们现在是在一艘小小的船上。我不希望做无谓的争论，彼此之间弄得很不愉快。新日本电视台的记者山口以及摄像师今西、日下部一直在抱怨说，要是我和吉村不多多争论，他们就没什么噱头可拍。即便如此，这两个摄像师还是一天到晚都在一个劲地胡拍乱照。狭小的船舱里总是不停地响起快门的按键声，直咔嚓得鹦鹉"Pascal"有些烦躁。

◆ 5 月 8 日（星期日）

多云转晴。东北风 5~6 米 / 秒。气温（最高）25℃。

临近中午，风力开始变强。

船速变快，能达到 10~12 节。这速度令人舒畅。

只是这一带浪头大，船摇晃得厉害，因此不习惯海上航行的伸子开始晕船，躺在船长室里休息。虽然吃了晕船药，但收效甚微。

山口记者也犯晕直想吐，不过不愧是身经百战的记者，脸色苍白却仍然坚持给我和吉村做采访。一旁的两个摄像师不停地对我和吉村煽风点火："你们争论得再凶一些"。我和吉村都没理睬。于是他们就一个劲地拍大海。北岛和松木两人都拥有10年以上的帆船驾龄。不愧是老手，帮我很稳妥地驾驶复仇者Ⅱ世号。而且，最令我感激的是，他们都寡言少语。当然，同样是帆船老手，北岛和松木两人给人的感觉是很不同的。北岛差不多有80公斤重，行动温吞。而松木个子较小，行动敏捷。因此，山口记者给他们分别起了个绰号："长鼻浣熊"和"猴公"。松木被叫作猴公，这很容易理解。但是北岛的"长鼻浣熊"是不是搞错了？据说没错，因为他的鼻子很大。而且，北岛睡觉时鼾声如雷。

傍晚时分，收音机传出冲之鸟礁东边约200公里处产生了一个大型低气压的消息。这让大家的心一下子提了起来。好在这个低气压似乎在向东行进，不会正面撞到。大家的心又落回了原位。

下午2点12分。途经三宅岛海域。

◆ 5月9日（星期一）

晴转阵雨。东北风5~9米/秒。

气温26℃。

不时地有暴风雨袭来。估计是受低气压的影响吧。雨势飘泼，每次撞进雨阵中，能见度就只剩下七八米了。

不过五六分钟后天空就又会放晴，阳光明媚，远方的海平线上会架起一道彩虹。

摄像师今西和日下部二人每次天空放晴时都会飞奔到甲板上，然后用 8 毫米摄像机或相机对着大海和彩虹一阵狂拍，嘴里还不停地嚷嚷"大海真好啊"。

真是无知者无畏。没见识过大海的可怕，才能够说得如此轻巧。要是真正撞上台风，不知道这两个毫无航海经验的摄像师会是什么表情。

伸子终于不晕船了。她下床走出房间，不过脸色依旧苍白。

吉村每日都是两耳不闻窗外事，一心只读圣贤书。他是一名很强劲的对手，很值得敬佩。

不过我还是不可能喜欢他。吉村估计也是如此吧。

下午，帆船开始横穿黑潮①带。船晃动得十分厉害。那两个摄像师果然整张脸变得毫无血色。我也有点犯恶心，因此吃了点晕船药。

船上只剩下本田厨师长以及"猴公"和"长鼻浣

---

① 黑潮即日本暖流，北太平洋西部流势最强的暖流。

熊"这两名船员还能活蹦乱跳。

今天的晚餐很豪华，有炖菜、面包、蔬菜沙拉，而且还有红酒。但是因为晕船，大家都剩了很多。

入夜，船离开黑潮带。一瞬间，大海完全平静了下来，船也变得四平八稳，一切来得有点不太真实。

晚餐前还苍白无力的摄像师今西在甲板上弹起了吉他。我对曲子一窍不通，听起来像是时下的流行曲。

星光璀璨。明天应该会放晴吧。

◆ 5 月 10 日（星期二）

晴。北风 4~5 米 / 秒。气温 28℃。

复仇者Ⅱ世号轻快前进。

天蓝蓝，海蓝蓝。这一带已进入盛夏。

所有人都神采奕奕。因为气温上升，年轻的日下部摄像师等人就只穿了条泳裤，在甲板上晒日光浴。突然日下部尖叫了起来，我急忙跑到甲板上察看，原来是鲨鱼。数头全长 2 米左右的灰鲭鲨正在帆船附近从容自若地游动。这幅景象让人有点胆寒。30 分钟后，灰鲭鲨隐去了行踪。

下午 6 点。我们抵达小日本号失联的位置。然后我们拿出准备好的花束祭奠，我的妻子伸子负责把花束抛向海面。

因为我们已经抵达了出事海域，所以就通过无线电向东京方面报备了。不过，目前为止，一切风平浪静。

山口记者用惋惜的语气说道："什么事也没有。""不是每只进入该海域的船舶或飞机都会失事。'魔鬼海域'也是很任性的。"听我这么一说，山口记者就坏笑道："这么说老师您输的概率更高了？"这是把这次的事当成输赢游戏了？不仅是山口，今西和日下部这两个摄像师似乎也拿这件事下赌注。明明我和吉村是为了追求科学真理而来的。一向镇定自若的吉村到了这片海域也开始心神不宁。还是会在意的吧。我认识几个只相信科学真理的人，要是我把他们叫到复仇者Ⅱ世号上，带他们出海，他们大概率都会变成神秘主义者。浩瀚的大海拥有神奇的魔力，无论发生什么都不足为奇。比如，即便是驾驶超现代化巨大油轮的船员也总是要先讨个好兆头。又比如，日本著名的网球选手莫名其妙在马六甲海峡跳海自杀。这些众所周知的事情都在证明：大海果然是一个神秘的世界。

一切风平浪静。但是，鹦鹉"Pascal"像是受到什么东西惊吓似的，不停地扑棱着翅膀。

我打算明天照现在这个样子继续朝南走一走。

日志到此就断了。这些日志里没有一丝一毫可怕事件发生的征兆，除了那句鹦鹉不停扑棱翅膀。这该作何种解释呢？

第二天，即 5 月 11 日这天肯定发生了什么。

然后，船上的 9 个人全部失踪了——

2

5 月 19 日傍晚，16 毫米和 8 毫米摄像机里的视频，以及 35 毫米相机的胶片照片已经可以查看了。为了方便放映，16 毫米的视频已经被转成 8 毫米的视频。

日高和小西事务官一同查看了这些影像。

首先是视频。

日高把可移动屏幕和投影仪搬到自己的办公室，然后开始依次播放 6 个视频。

话虽如此，其实实际操作放映的都是小西。日高只是一屁股沉进转椅，然后就没再动弹过。

视频一开始放映，日高就叼起没有点燃的烟管，交叉着腿一动不动地盯着屏幕。

这些视频没有被编辑整理过，因此各个画面之间没有衔接，显得很零散。此外，这 6 个视频也并非同一个人拍摄，有些相同的画面会重复出现。

离港风景、船舱里的晚餐、细见龙太郎和吉村等人刮胡子的场景、海天相接处的彩虹、帆船旁游弋的鲨鱼、正在甲板上晒日光浴的船员们、正在观测方位的北岛正夫、提着钓上来的金枪鱼洋洋自得的本田厨师长。这类宁静祥和、乘快艇出海兜风时常见的光景一个接一个出现在屏幕上。

6 个视频很快就全部播完了。

"需要重新放一遍吗?"小西站在投影仪旁问道。

日高点上烟,抽了一口。

"没必要。这些视频中没有出现任何怪异的地方,寻常得就跟航海日志一样。应该是这 6 个视频拍摄完之后突然发生的异变。"

"我能不能说下我的看法?"小西事务官欲言又止。

"可以,大胆说,多说点听听。"

"您说复仇者Ⅱ世号应该是突然遭遇变故的,这点我认同。"

"谢了。"

"如果突发状况是在用 8 毫米摄像机录像时发生的,那么胶片上肯定会拍到什么。即使它当时正在拍摄大海,什么都没有拍到,当异变突然发生,摄像机画面也应该会晃动,或者镜头大幅度左右移动。但是,视频中并没有这类画面。当然,也有只拍了一部分的胶卷,没有全部用完,但是它们看起来都是有意识地停止摄录。"

"简明扼要点!"日高晃了下他那巨人般的身体。

"也就是说，呃，我——"小西停了一下，"我想说的是，异变一定是发生在没有人拍照录像的这段闲暇里。"

"或许吧。"

"我的想法是不是没道理？"

"嗯，说不通。"

"为什么？"

"首先，"日高伸出他那骨节突出的胖食指比了比，"船舱内发现了1台16毫米的摄像机和4台8毫米的摄像机。但是，不能因此就断言不存在其他相机。出海航行时，通常都会有一本备用物品登记册子。但是我们在船舱里找了很多遍都没找到。"

"是不是被人拿走了？"

"不可能。这次复仇者Ⅱ世号出海，不是志趣相投的几个人一点点攒钱，准备物品，然后起航。它是去工作的。船由细见龙太郎提供，但财力支持是由新日本电视台提供。电视台的摄像师要带几台相机上船，这是事先未知的。也因此，没有准备一本备用物品账册。这样一来，就有可能是，9人中有人在甲板上架设8毫米摄像机时发生了些状况。也许这个人带着摄像机掉进海里了。第二，"日高接着比出他的胖拇指，"要说什么时候相机不在拍照，首先想到的就是晚上，即船上的人都已就寝时，异变突起。但是，船舱里有刚做好的饭菜，这些饭菜看起来像是早餐的吃食。"

"我的看法果然是错的吗？"小西一瞬间变得很失落低沉。

日高坐在转椅上没动，他严厉地看着小西，说道："我只是说，照目前情况来看，你的想法是不合理的。但是，如果能确认复仇者Ⅱ世号上就只有1台16毫米摄像机和4台8毫米摄像机，那么事情就另当别论了。"

"这一点该怎么确认呢？"

"查啊。电视台摄像师携带的东西去电视台查一下应该就能清楚。其他人携带的物品就去问问他的家人。还有一个，35毫米的相机也同样必须要查查。船舱里的35毫米相机全部都登记在册了吧？"

"是的，总共有12台。"小西拿起自己的记录念了起来，"尼康5台、佳能3台、旭光学宾得2台以及徕卡2台，相机的型号我都有标注。"

"按照这个记录去查。立刻就去。"

"明白。"小西事务官点了下头走出办公室。日高拿起35毫米相机拍出来的照片查看。

胶片里的画像被放大成A7①大小的照片，总计约1500张。日高一张一张翻看过去。

这些照片与8毫米视频一样，也尽是些离港的风景、甲板上的日光浴、鲨鱼群、湛蓝的天空和大海、饭桌上的情形等。没有一张有拍到异常状况。

---

① A7 的标准尺寸为 7.4 厘米 ×10.5 厘米。

而且相机还拍到了船上9个人的各种神情，但没有害怕的神情。照片中虽然也有些人的表情看起来神色凝重，但是在海上漂泊，这种神情再正常不过。

日高站起身，像往常一样，把手插进裤兜里，走到窗边。

初夏的天空湛蓝而明亮。小笠原海域的天空应该更是美不胜收吧。这片美丽的天空下究竟发生了什么？

突然，敲门声响起，秘书探进头来。

"新闻记者想见下你。"

"OK。让他们进来吧。"日高说道。

3

一堆记者挤了进来，本就不太宽敞的房间一下变得十分拥挤，炎热的空气也迅速充满整个房间。在这片炎热中，只有日高一个人淡定冷静。

记者们似乎因为这次诡异的事件而躁动不已，但是在日高看来，大海中任何事都有可能发生，没什么好大惊小怪的。

"时间很宝贵，"日高的视线扫过所有记者，"同一个问题请不要重复提问。所以麻烦大家派代表出来问吧！"

记者们彼此看了看，低声商量了一会儿后，派出3个记者做代表，轮流发问。

"这次的事件会启动海难审判吧?"第一个记者问道。

日高给烟管又装了些烟草,点上火,然后说道:"当然,我们必须得查明真相。"

"什么时候开庭?"

"预计 6 月 5 日,具体时间待定。"

"听说船上发现了航海日志,您看过了吗?"

"我看过了。"

"那您认为它能否解开船上 9 人的失踪之谜?"

"不能,航海日志中没有任何有用的信息。"

"我们能看下那本航海日志吗?"

"一会复印分给大家。"

"照片和视频中有找到线索吗?"

"没有。没拍到任何突发情况。"

"那么,我们也能看看这些资料吗?"

"可以的吧。"

"还有,停靠在油壶帆船码头上的复仇者Ⅱ世号,能让我们上去看看船舱内部吗?警察守着不让我们上船。"

"这件事不行。"日高断然拒绝,他接着说道,"是我请警察帮忙警戒的。在海难审判结束之前严禁上船查看。因为哪怕你们只动了一根小小的铅笔都有可能影响到真相的查明。"

"关于鲨鱼Ⅰ世号上的 5 个发现者,"另一个记者开口道,"海难审判时肯定会传唤他们作为证人吧?"

"嗯。当然会传唤他们。只是也许不是作为证人传唤。"

"那么就是作为被告人?"

"海难审判称之为受审人。"日高说完还解释了下受审人 3 个字的写法。

"关于那 5 个人，"第 3 个记者提问道，"也有人怀疑会不会是鲨鱼 I 世号上的这 5 个人杀掉的那 9 个人?"

"你是在问我是否赞成这个观点吗?"

"我想问的是您是否对此感兴趣?"

"如果是这个问题的话，那么答案是肯定的。因为我这个人吧，对所有可能性都感兴趣。"

4

报纸记者们像退潮一样离开了。然后，小西事务官边擦着汗边走进办公室。

"容我喝杯水再说。"小西抓起一杯凉的茶水，灌进嘴里，"首先是关于 16 毫米的相机，它是新日本电视台的摄像师今西敏郎向公司借用的。其他的 8 毫米相机——"

"停一下!"

"怎么了?"

"你不用逐一说明每台相机的来源，帮我把它们写到报告书里就可以。因为审判时要呈堂证供。我现在想问的是结论。你只要告诉我这个就可以。"

"呃，35毫米的相机还没查实。因为细见龙太郎的携带情况未明。他的妻子也同他一起消失了，家里只剩下用人。我让她带我们查了一遍房子，找到3台相机。但是原本有多少台就不太清楚了。"

"摄像机查的怎么样了?"

"这个倒是都已经弄明白了。复仇者Ⅱ世号上总共有16毫米摄像机1台、8毫米摄像机4台，一台没少。"

"细见夫妇是否携带摄像机，这个情况也调查清楚了?"

"是的。8毫米摄像机的情况，我们轻而易举就查清楚了。"

"怎么做到的?"

"我们在附近的一家相机店获知，在离港的前一天，这对夫妻一起来到这里买了一台8毫米摄像机。据说好像是第一次使用，夫妻俩很好学地问了许多操作上的问题。我也确认了这台摄像机的型号，是4台之一。剩下3台的所有者也已经查明。也没有任何迹象表明还有别的摄像机。"

"好的，我知道了。辛苦了。"

"这些有参考价值吗?"

"还不清楚。"

"对了，我听到了一些奇怪的说法。"

"什么?"

"我们去找这 9 人中的摄像师日下部武的双亲时，他们问我海难审判具体是做什么的。"

"然后呢?"

"我就解释了一下。于是他们就一副很失望的表情说，他们可以肯定是鲨鱼 I 世号上的 5 人杀死了他们的儿子和其他人。"

"哦。"

"他们声泪俱下地让我们一定要让鲨鱼 I 世号的 5 人坐到被告席上，判处杀人罪。听说他们就只有一个孩子，就是日下部这个儿子，他们的这种反应也在情理之中。"

"也就是说他们要把鲨鱼 I 世号上的 5 人以杀人罪的名义告到检察院?"

"他们是这么说的。怎么了?"

"没什么。我们的职责是通过海难审判查明原因。我对刑事案件不感兴趣。"日高很平静地说道。突然他从椅子上站了起来，朝小西说道:"我出去下。"

"您要去哪?"

"油壶。我想再去复仇者 II 世号上看看。"

"要我跟您一起去吗?"

"不，我一个人就行。你把航海日志拿去复印，然后分发给新闻记者。"

5

到达油壶的帆船码头时，余晖正将光芒倾泻在整齐排列的帆船上。

风还带着些寒意，但是仍有帆船在夕阳中驶离港口，不知奔赴何方。

复仇者Ⅱ世号21.5米之长的洁白秀美的船身即便从远处看也醒目耀眼。日高不由得想，这如白鸟般美丽的帆船里，究竟发生了什么？他向正在警戒的警官打了声招呼，走进了船内。

为了防止冰箱内的食物腐烂，发电机运转了起来。日高打开灯光，一遍又一遍地巡视船舱。

桌上摆放的食物因为极度腐烂被倒掉了，只剩下盘子、叉子、汤匙等还按原样摆放。日高觉得这情形很是诡异。

那些食物都还没被动过。那么，这究竟意味着什么呢？

这9个人是在刚坐到椅子上就消失了，还是在厨师长本田喜昭摆好食物后消失的？

日高花了将近两个小时的时间在船舱内四处看看、想想，但是最终还是没有得出任何结论，无功而返。

离开复仇者Ⅱ世号后，日高径直拜访了停靠在附近的鲨鱼Ⅰ世号。

日高探头瞧了眼船舱，灯光摇曳。天色已晚，船舱里面永田 5 人却还在用餐。

"你们好!"日高向这些年轻人打了声招呼，简单介绍了下自己。

船长永田给日高搬了把椅子，其实也就是一个木头做的台面。这个台面到了晚上又可用来当睡床。

日高从口袋中掏出烟管，装上烟草，说道："辛苦了。我想请大家出席海难审判。传唤通知书应该近日会送到大家手中。"

"乐意之至。"永田代表大家说道，"我们也想弄清楚这次事件的谜底。"

"今晚住这里吗?"

"是的。除我之外，其他 4 人本来都计划今天回家。特别是山本，他是国家公务员，明天又得开始上班了。结果我们聊得起劲，忘了时间，这会儿天都黑了，因此就都不回去了。"

"你们在聊什么呢?"

"当然是聊为什么复仇者 Ⅱ 世号上的 9 个人消失了。"永田回答，其他人也朝日高点点头。

"那你们得出结论了吗?"

"怎么可能得出结论。"山本笑道。

"我们分析了各种各样的情况，但是怎么找都找不到一个能让我们信服的。"

"确实。"

"您怎么认为呢?"老幺大学生久本看向日高。

日高点上香烟,说道:"我也不清楚。正因此才要启动海难审判。"他的目光扫过5个人的脸。除了被晒得黝黑的皮肤外,其他同随处可见的年轻人毫无二样。

日高没再问其他问题就回去了。想问的问题报纸记者肯定都已经替他问过了。

而且,海难审判开始后也会听到他们的证词,到那时就算不想听也必须要听。

6

日高于5月20日开始逐一调查这9名失踪船员的生平。他想着说不定能在这些人的性格中找到他们消失的缘由。

在观察一个人时,日高是个只相信自己眼睛的人。因此他没有带上小西,独自拜访了那9人的家人和朋友等。

3天过后,日高的笔记本上记录下了这9人的生平。

◆细见龙太郎(40岁) 复仇者Ⅱ世号所有者

T大学理科专业,毕业后留学美国。回国后以海洋研究者身份活跃。

著作多为畅销书。拥有土地等资产接近2亿日元。

　　身高 175 厘米。体重 72 公斤。年轻时曾是戏剧演员，而且咬音清晰，又拥有与电影演员 B 相似的容貌风采，很上镜，因此经常出现在电视里。

　　很受女性欢迎，娱乐杂志曾报道过他的绯闻。

　　独子，双亲早逝。

　　朋友或认识的人对他的评价两极分化严重。这或许是因为此人为人强势。

　　有人说他才华横溢，讲义气。但也有人把他批评得一无是处，认为他缺乏独创性，只是擅长见风使舵而已，势利，只对有利用价值的人热情。这两种评论估计都是真的。

　　帆船驾龄 8 年。

◆细见伸子（35 岁）　细见龙太郎的妻子

　　N 女子大学英语专业毕业。学生时代素有才女之称。

　　毕业后成为一家大型贸易公司的部长秘书。8 年前偶然间听到细见的演讲，深受吸引，主动提出交往。两人谈了 3 年的恋爱后结婚。

　　机灵、强势，这是认识她的人对她的一致评价。

　　据细见的女性朋友说，这对夫妻之间曾出现过几次危机，但最后都安全化解，两人现在还在一起。

帆船驾龄 3 年。

没有孩子。

◆吉村昭之（42 岁） 科学评论家

S 大学物理专业毕业。与细见一样著有若干专著，经常出现在杂志或电视中。

细见相信"魔鬼海域""百慕大三角地带"的存在，但是吉村对此却一直持否定的态度。

专心思考、踏踏实实搞研究的老学究。他与虚张声势的细见不同，因此看起来不适合现代社会。但是，从长远来看，坚韧顽强的吉村应该赢面更大吧。这一点是双方的熟人给出的看法。

无帆船经历。

7 年前结婚，家中有妻子洋子（37 岁）、儿子太一（5 岁）。

◆今西敏郎（30 岁） 新日本电视台摄像师

N 大学法文系毕业，转行做摄像师。

入职新日本电视台已有 5 年。台内对他的风评是有敏锐的新闻触觉。估计也是因此他才被委派到复仇者 Ⅱ 世号上。

大学时经常踢足球，因此身体十分健硕。他的朋友说他性格上有点过于世故。酒量好，一喝醉就会用法语唱歌，但是唱的却不是法国香颂①，而是演歌②。

第一次与细见、吉村一起工作。

无帆船经历。

有个未婚妻在东京，名字叫小野惠子，25岁。

◆日下部武（29岁）　新日本电视台摄像师

和今西同年入职新日本电视台。毕业于摄影专科学校。据说工作上从未出过错。

工作中常与今西搭档，两人关系很好。

性格不太开朗，但不会让人觉得不适。

3年前结婚，性格不合离婚。现在单身。兴趣是打桥牌。

无帆船经历。

◆山口令二（36岁）　新日本电视台新闻部记者

N大学毕业，与今西摄像师虽然是学长学弟关系，但在这次航行之前两人毫无交往。

曾在《周刊东京》杂志工作过。5年前成为新日

---

① 香颂是法国世俗歌曲和情爱流行歌曲的泛称。
② 演歌是日本特有的一种歌曲流派，曲风传统。

本电视台的记者。据总编说，因为他擅长海上工作，所以被派去采访。

细见曾在《周刊东京》杂志上连载过题为《海洋的神奇》的文章，因此山口与细见是熟人，还曾一起喝过酒。

但是他似乎不太认识吉村，仅仅只是知道对方长相和名字。

性格开朗，朋友都说他不管是在公司内部还是外面，都没有树敌。

帆船驾龄3年。

和妻子章子（32岁）已经结婚12年，育有一儿一女。

◆北岛正夫（32岁）　船员

新日本电视台招募的船员。帆船驾龄12年的老手。W电机业务课职员。一到周末就必定会驾着从朋友那借来的帆船出海。曾是上一届奥运会的候补选手。

认识他的帆船伙伴都说他性格沉着冷静，协调能力强。

4年前与妻子和子结婚，没有孩子。

◆松木孝（30 岁）　船员

　　与北岛一样，新日本电视台招募的船员。帆船驾龄 10 年。个子比北岛小。

　　职业是插画师，但是还是个新手。有 4 个工作上的伙伴，拥有一艘名为"大洋号"的 21 英尺^①长巡航帆船。

　　4 个工作伙伴都认为松木性格有点善变，但总体上挺受人喜欢。另外，这 4 人还反映，这次临出发之前，松木跟往常一样开朗，完全没有表现出担心吉凶难料的样子。

　　目前单身。

◆本田喜昭（28 岁）　厨师长

　　与上述两人一样，属于招募人员。帆船驾龄 9 年。

　　和妹妹（23 岁）一起在驹込町经营着一家小小的餐厅。

　　据他妹妹说，本田性格有点一根筋，大学肄业后在东南亚游荡了一年，后来突然开起了餐厅，让家人很是吃惊。

　　他的朋友和妹妹都说他性格阳光开朗，但有时会

---

① 英尺是长度单位，1 英尺约 30 厘米。

胡思乱想。

单身。

7

当日高在调查这 9 个人的时候，日下部武的父母最终把鲨鱼 I 世号上的 5 人告到了东京地方检察院，罪名是杀人。不过，现阶段没有任何证据，因此检察官受理该诉求的可能性几乎为零。

但是，媒体却像闻到腥味的猫一样疯狂地报道了这个新动态。

"鲨鱼 I 世号的船员有杀人嫌疑?"

"发现者是杀人犯?"

虽然标题带上了问号，但是这种刺激性的语言表述却放大了新闻的社会影响力。

各种杂志上的报道就更令人上头了。他们附上一张满船都是尸体的图片，配上标题：

"与此相同的惨剧同样发生在复仇者 II 世号上?"

最初的时候，鲨鱼 I 世号上的 5 个人倍受赞誉。不知从何时起，他们却成了疑犯。

报纸上的读者投稿栏也完全反映出了这种变化。虽然这个栏目通常被认为是报社在有意操控，但是其实它某种程度上还是反映出了大众的普遍观点。

鲨鱼Ⅰ世号带着复仇者Ⅱ世号回到油壶时，读者投稿栏里满满当当都是对这5人的赞誉之词。然而，不知不觉间，这里却成了猜疑之词的汇聚地。

日高的手上也收到这类信件。其中言辞最为激烈的是下面这封5月25日的来信。

> 这次复仇者Ⅱ世号事件只可能是鲨鱼Ⅰ世号上的
> 5名船员所为。肯定是他们在太平洋上实施了这场惨
> 绝人寰的大屠杀。虽然没有证据，但是不能因此就置
> 之不理。相关部门应该立即逮捕他们，让这起恐怖的
> 海上大屠杀曝光在朗朗乾坤之下。

这封匿名信的主人明显误解了海难审判的目的。

日高看完后就面无表情地把它揉成团放进烟灰缸里烧掉。这不是他第一次收到海难审判相关的信件。一年前发生在鹿岛滩海域的油船沉船事件也是如此。当时关于沉船的原因有各种论调，比如操作失误论、船身设计失误论等。因此在审判过程中，日高作为该事件的理事官，也很意外地收到了数十封信件。日高当时也是当场就把所收到的信件全部付之一炬。

在海难审判中，理事官的工作只是查清事故的原因，不是

判定谁是罪犯。因此必须排除各种论调的干扰。而这一点就是日高的工作原则。

作为当事人一方，新日本电视台在事件初始就立刻向相关部门要求在电视上直播海难审判的全过程。

当时，不管是交通部，还是海难审判庭，都以史无前例为由，拒绝公开直播。每年都有 2000 件左右的海难审判需要处理，但是，除了当事人外，没人对它感兴趣，更不用说媒体的关注更是寥若晨星。

但是，这次的事件有些不同寻常。不仅媒体连续多日报道，而且要求现场直播的信件也铺天盖地涌入交通部和海难审判厅。

大众的这种过度关注反而让一直在意史无前例的相关部门更加犹豫不决。但是，最终，由于电视台方面的强硬操作和铺天盖地的投诉信，相关部门决定让 NHK[①] 和民间电视台的代表新日本电视台首次走进海难审判厅。

这一天也正式公布了审判的确切时间。

审判开庭时间是 6 月 5 日上午 10 点。

审判地点在第 2 号法庭。

3 名审判员的名字也被公之于众。给鲨鱼 I 世号上的 5 名船员的传唤通知书也已经寄送完毕。他们是以受审人的身份被传唤的。

---

① 日本广播协会，是日本的公共媒体机构。

公开审判开始前的 6 月 3 日，尽管这天从清晨开始就细雨蒙蒙，天气一副阴郁的样子，但是这丝毫没有影响众人买票的热情。横滨地方海难审判厅的第三管区海上保安总部的大楼前，几个年轻人早早地就开始排起队伍，以便能拿到 5 号当天的旁听证。

排队的一共有 4 个人，都是年轻的帆船爱好者。整整提前两天就开始排队领取旁听证，这在海难审判史上也是首次。

电视台采访了这 4 个人并在电视上播出。或许也因此，到了下午，4 个人的队伍一下子激增到 13 人。

从这个时候起，复仇者Ⅱ世号事件的影响力也开始波及报纸和电视台之外的其他领域。

比如在街头书店，细见龙太郎所著的一系列海洋类书籍突然爆火。虽然这些书籍的销量有段时期有所减少，但是现在以复仇者Ⅱ世号事件为契机，它们再次畅销起来。也因此，甚至有流言宣称，这次事件是作者细见和出版了许多细见著作的 C 出版社为了卖书而提前谋划的。

电影界也闻风而至。

6 月 3 日的体育报纸上就有报道说，大东电影计划开始拍摄以复仇者Ⅱ世号为原型的电影。

报纸还刊载了该电影的导演 K 的豪言壮语：

"我之所以对本次事件感兴趣，是因为这 9 个人的失踪可以有多种解释。我打算在本部影片中准备一个惊心骇目的结局。

敬请期待。"

诚然如此，甚至可以说解释的多样性正是复仇者Ⅱ世号事件的有趣之处。

有份杂志悬赏一等奖奖金 100 万日元征集关于这 9 人消失的有趣解释，其动机也是如此吧。

8

停靠在油壶帆船码头上的复仇者Ⅱ世号也迎来了络绎不绝的看客。

迄今为止对大海、对帆船完全无感的人们也成群结队来到这里。他们或是在复仇者Ⅱ世号前拍照，或是避开负责警戒的警察，偷偷钻进船舱窥探。

6 月 3 日这天也是这番景象。从早上开始就有十五六个年轻男女冒雨前来参观复仇者Ⅱ世号。

其中有一对情侣朝停靠在附近的鲨鱼Ⅰ世号走去。

似乎是因为与复仇者Ⅱ世号相比，鲨鱼Ⅰ世号显得非常寒酸，那个女人耸耸肩很是瞧不起地说道："这艘帆船可真够小的。"

也难怪这么说。鲨鱼Ⅰ世号全长 7.95 米，属于中等级别的帆船。而复仇者Ⅱ世号是目前全日本最大的私人帆船，全长

21.5 米，差不多是鲨鱼Ⅰ世号的 3 倍之大。女人觉得鲨鱼Ⅰ世号很寒酸也是情有可原的。

雨终于止住了。

男人甩了甩刚刚为女人遮风挡雨的伞，然后对女人说道："两个人坐的话，这种大小刚刚好。比这艘再小一点儿的也是可以的吧。"

"这种的多少钱？"

"不太清楚。要两三百万日元吧。"

"帆船可真贵！这种的船也有足够的空间供人舒适地睡觉吗？"

女人摇摇晃晃地跳上鲨鱼Ⅰ世号的甲板，瞅了瞅船舱里面。

就在这时，她突然尖声叫了起来：

"死人啦！"

从这一瞬间起，事件开始往奇怪的方向发展。

第三章

十津川警部

1

接到报案，一名刑警和一名刑侦技术人员立刻从神奈川县^①警局出发前往油壶的帆船码头。

现场已经聚集了不少围观者，里里外外围得水泄不通。年长的武田三吉刑警一下车就沉下脸拨开人群，走向鲨鱼Ⅰ世号，登上甲板，走进船舱。

武田刑警每次遇到案子，脸就板得跟凶神恶煞似的，让人第一印象觉得他不好对付。不过他确实是名优秀的刑警。

船舱内亮着灯，一个身穿牛仔裤和薄毛衣的三十二三岁的男人倒在地板上。

明眼人一看就知道这个男人正是鲨鱼Ⅰ世号的船长永田史郎。武田刑警也一眼就认出来了，他在报纸上见过死者的照片。

武田走到尸体旁，蹲了下去，一股刺鼻的杏仁味。死者看似常年在海上风吹日晒，身体很是健硕结实。现在，尸体像虾一样卷曲、僵硬，嘴唇上沾着紫黑的血，牙根紧紧咬着，似乎

---

① 县是日本的一级行政区，相当于中国的省级行政区。

生前遭受了极大的痛苦。

"氰化钾中毒吗?"武田喃喃道。

桌上有一瓶黑方威士忌,里面的酒大约还剩下三分之二。酒杯滚落在尸体的旁边。

桌上还散落着其他物品:装满烟灰、烟蒂的烟灰缸,一包刚开封的白箭香烟,登喜路打火机,等等。其中一张不同于周边物品的纸片瞬间引起了武田的注意。

那是横滨地方海难审判厅的传唤通知书。

如果仅此而已的话,武田还不会去注意它。因为他也知道永田史郎被海难审判厅传唤出庭这件事。

武田所在意的是,这张传唤通知书看起来很怪异。它被染成了紫黑色。武田凑近一看,竟然是血。一张染血的传唤通知书。

除此之外,船上没有其他可疑物品了。

厨房里有做饭的痕迹,床铺上的床单凌乱。如果永田是住在这艘帆船上的话,那么这些就再正常不过了。

冰箱里塞满了水果、肉和啤酒等。衣柜里叠放着换洗的衣物。

发电机一直嗡嗡作响。从那对情侣的口供来看,发现现场时已是午后(下午1点40分),但是船舱内却还亮着灯。由此可以推断,永田史郎是死于昨夜。

此外,在死者的口袋里还发现一个装着213000日元的信封，和一个装着 620 日元的零钱袋。死者左手腕上戴着一块天梭表。船舱内的架子上摆放着高档相机、录音机等物品。

似乎没有物品丢失。

粗略判断，自杀和他杀皆有可能。

如果是他杀，那么除永田史郎外，当时船舱里应该还有另一个人，正是这个人给永田服下氰化钾。

但是不管怎么搜查，船舱里就是找不到另一个人存在的痕迹。四处都没有多余的杯子，烟灰缸中的烟蒂也全是白箭牌。当然，更详细的情况还要等现场调查报告出来后才能知道。

"果然最令人在意的还是这个！"武田用戴着手套的手拈起染血的传唤通知书，扭头看向同事。他凑近传唤通知书闻了闻，一股血腥味。

"为什么海难审判的传唤通知书上会染着血呢？"

2

这天夜里的时候，一些事情开始明朗。

经过鉴定，船舱中提取到的指纹有死者永田史郎以及其他 4 名船员的。此外还有一个指纹是日高理事官的。日高曾在这里跟这 5 个人见过面，因此现场发现他的指纹也很正常。

黑方威士忌酒瓶和掉落在地板上的酒杯上都只有永田史郎

一个人的指纹。而且指纹分布没有任何可疑之处（比如为了伪造现场，死后被人抓着手强行按上去之类的）。

黑方威士忌酒中检出了足够致命的氰化钾剂量。地板上的酒杯也有氰化钾反应。

这些结论与武田所料一致，不算是新发现，更没法用来判断是自杀还是他杀。

尸检结果表明死亡时间是在昨夜，即6月2日晚上9点到10点这一期间。这个结果也几乎与之前的预料一致。

对武田刑警而言，令他意外的是染血传唤通知书上血迹的血型。

检验结果显示这个血迹的血型是B型。

武田原本以为它应该是死者永田史郎的血液。

但结果却并非如此，染在传唤通知书上的血是别人的血液。武田一时摸不着头脑这究竟意味着什么。

以防万一，武田将鲨鱼I世号的其余4人的血型也一并做了检验，结果显示如下：

冈部孝夫　　　B型

野村英雄　　　A型

山本良宏　　　O型

久本功一郎　　AB型

武田和同事对 B 血型的冈部孝夫在案发当晚的不在场证明做了调查。

调查结果显示冈部孝夫案发当晚，即 6 月 2 日晚上 7 点到 10 点，在朋友家里打麻将，有绝对的不在场证明。

对于这个结果，武田并没有觉得有什么好失望的。

因为如果 B 型血液的人是凶手，那他为什么要将沾有自己血迹的东西留在案发现场？这反而会让案子变得无法破解。

不过，"染血的传唤通知书"对媒体而言，似乎是个兴味盎然的话题。

最明显的证据就是，各大报纸在第二天的晨报中报道永田史郎之死时，都将这张传唤通知书用下列方式醒目地突显出来：

来自复仇者 II 世号 9 名失踪者的诅咒？染血的传唤通知书！

消失船员的怨念？传唤通知书鲜血淋漓！

其实记者们并不是真的相信这世上存在诅咒、怨念。他们只是单纯想把报道写得吸人眼球。但是不可否认的是，这种报道方式确实很符合谜团重重的复仇者 II 世号事件。

电视台更为耸人听闻地报道了永田史郎之死。冷静来看，这种做法也是为了喜剧效果。但是有个电视台甚至将染血的传唤通知书比喻成那个著名的埃及法老的诅咒 ①。

新日本电视台在晨间节目中邀请了一位据说是法老研究者的美髯公来讲述法老墓穴的掘墓者相继离奇死亡的故事。而且，主持人聊得兴致大发，甚至声称海难审判的传唤通知书是给这5个人每人都发了一份，因此其余4人恐怕也将相继死亡。主持人说完还慌慌张张地解释说自己口误，让观众不要信以为真。

但是，事后来看，这名从落语家 ② 转行过来的主持人也许没必要对他的那一看法做出修正。

3

东京郊外深大寺附近的 A 报纸销售店里有一个名叫儿玉的高一兼职生。

他一共负责 38 户人家的早报配送。

6月4日早上，少年儿玉按照惯例，从早上5点半开始给配送区域里的人家送报。

今天的早报以煽动性十足的标题报道了鲨鱼 I 世号永田史郎中毒身亡事件以及染血的传唤通知书。对此，少年已有知晓。

————————————

① 传说法老们为了保护陵墓不被盗，下了一种诅咒，任何盗墓者都会遭受死亡厄运。
② 落语家指专门从事落语演出的人，类似于中国的相声演员或说书人。

自从报纸上开始报道复仇者Ⅱ世号事件，少年儿玉就养成了每天送报前先通读相关报道的习惯。

这主要是因为他喜欢帆船和大海。其次是因为他所配送的区域里刚好住着一名鲨鱼Ⅰ世号的船员。

这名男船员住在一栋名为"青叶住宅"的5层公寓的3楼。少年儿玉在报纸上见过此人的照片，所以知道这个男人是船员之一，名叫山本良宏。

少年每天配送到这个区域时一般是6点20分左右。这个时候，山本一般都是在公寓前的空地上按自己的方式扭扭身子、做做运动。昨天早上这个时候，少年也同正在锻炼身体的山本打了招呼，还拜托人家暑假教他开帆船。

"要是他知道自己的一个同伴死了，该会多么吃惊啊。不过，警方应该已经通知他了吧，说不定他已经知道这件事了。如果是这样的话，我得给他打打气。"少年边想着，边朝青叶住宅走去。

今天的天气与昨天一样明媚，但是空地上却没有山本的身影。

"肯定是去参加葬礼了吧。"少年心想，他沿着钢筋水泥的楼梯，爬到3楼。走廊尽头的第一间309房间就是山本良宏的住处。

少年把早报塞进信箱里，然后转身前往4楼。就在这时，他发现临走廊的浴室小窗户是开着的。

鬼使神差地，少年走过去探头看了一眼，入目的是一间窄小的浴室。

紧接着跃进他眼帘的是半趴在白色瓷砖上的山本良宏。

白色的瓷砖上血流成河。

4

当天早上 8 点。警视厅搜查一课的十津川省三警部弯了弯他那十分标准的中等体型的身躯，敲响了搜查一课课长室的门。

"进来。"门内传来了说话声。

十津川理了理领带，然后推开门走进去。其实走进课长室时，十津川的领带仍然是歪斜的，只是他自以为刚才已经摆正了。十津川的手并不灵活。不仅总是系不好领带，连胸前的口袋巾都插不整齐。因此有一阵子他干脆不用口袋巾了。此外，因为绑紧了的鞋带走着走着也会松掉，因此他的鞋子全都是一脚蹬款式的。不过，或许是由于到了 37 岁仍然单身的缘故，独独做饭技能他倒是练得十分高超。

"来，坐这。"身材微胖的本多课长笑容满面地招呼十津川坐下，然后说道："听说前几天的相亲吹了？"

"我不太配得上人家。"

"对方对你不是挺满意的吗？"

"是吗?"

"别给我装傻! 你到底瞧不上人家哪里了?"

"就是觉得对方过于优异了——"十津川很不好意思地挠了挠头。

"在一起时觉得很拘谨?"

"嗯, 大概就是这个意思。可能这么多年都是单身, 因此不习惯被人管着。"

"真令人头疼。你差不多得了, 该妥协时就妥协吧!"本多课长说着拿起桌上的烟管。突然, 他打量了眼十津川, 说道: "你该不会有什么特别的爱好吧?"

"完全没有的事。"十津川连忙摇头否定。"我超喜欢女的。"他补充道。

"那就好。"本多课长笨拙地给烟点上了火。他也是最近才改用烟管抽烟。

"说回工作的事。我记得你大学时有开过帆船?"

"我参加过帆船社团。怎么了?"

"那么, 你肯定对复仇者Ⅱ世号事件感兴趣?"

"是的, 兴味十足。特别是鲨鱼Ⅰ世号上的 5 人莫名其妙死了一个人后我就更好奇了。"

"这 5 个人, 今天早上又死了一个。"

"真的?"十津川的眼睛瞬间亮了起来。

烟管里的火又熄灭了, 本多课长再次用火柴点上, 然后说道："死者叫山本良宏，28岁，男性。大约一个小时前，一名送报少年在死者家中的浴室里发现死者。地点是深大寺附近的公寓。"

"所以这个案件属于调布警察局的管辖范围？"

"是的。"

"那么，有可能是他杀吗？"

"听说看起来像是自杀。因为尸体两只手腕上的动脉都被刮胡刀割断，刀片就掉落在一旁。"

"海难审判的传唤通知书呢？"

"我要说的就是这个。"本多课长放下烟管，兴致勃勃地说道，"我叫你来也是因为这件事。你刚提到的那张传唤通知书据说被人牢牢地贴在浴室的镜子上。而且和之前的案子一样，沾满了血迹。"

"事情麻烦了。"

"是吧。这事情糟糕了。表面看起来像自杀，但是血淋淋的传唤通知书却又表明真相并非表面所看到的那样。"

"而且，永田史郎和山本良宏的这两个案件完全一致，还接连发生，这也过于巧合了。看起来像是自杀的死法，以及染血的传唤通知书。我觉得不可能会连着发生两起手段相同的自杀案件。"

"但是，如果是他杀的话，我们既不清楚杀人动机，也不清楚杀人者为什么要弄得这么麻烦。我觉得神奈川县警局或调布警局之所以无法断定是自杀还是他杀，原因也是如此。因此你去查查看。如果这是杀人事件，那么就得开展联合行动。你判断一下。如果两个人的死因和复仇者Ⅱ世号事件有关，那么你拥有帆船经历，是最佳人选。"

"您跟对方打过招呼了吗？"

"嗯。我也跟神奈川县警局打过招呼了。你先跑趟调布警局。"

5

十津川带着昵称小龟的龟井老刑警前往调布警局。

接待他们的是一位名叫茂井的中年刑警，3人一起前往案发现场。

这是一间两室一厅的公寓。死在浴室里的山本良宏的尸体已经被送到新宿东京第一医院去检验了。

但是瓷砖上仍然留有痕迹：粉笔勾勒出的尸体倒地轮廓，已凝固黏附在地上的血迹斑斑。

"这就是粘在镜子上的传唤通知书。"调布警局的刑警把染血的传唤通知书拿给十津川看。传唤通知书的下半部分几乎全被鲜血染透。凝固成块的紫黑色血迹狰狞可怖。

"传唤通知书上的血检验了吗？"

"O 型血。"

"受害者的血型呢?"

"也是 O 型血。我们已经在请东京第一医院用 ABO 型血型分类法之外的其他方法检测,以便确认传唤通知书上的血是否属于受害者。"

"能不能让我们看下房间的大致情况?"

"可以。房间里的指纹都已经提取完毕。你们可以随便碰。"

"谢了。"十津川说完,和龟井刑警一起走进靠阳台侧的里屋,一间 6 张榻榻米大小的卧室。

"油壶的那个名叫永田的男死者案中,我记得它的传唤通知书上的血是 B 型的吧。"龟井刑警小声说道。

"是的。"

"为什么不一样呢?"

"我也不清楚。"十津川摇摇头。他环视了整个房间,对于单身男人的独居房间而言,这里收拾得有些过分干净了。至少它看起来比十津川的房间要整洁有序。

书架上,除了帆船相关的书籍和杂志外,里面还夹杂着六法全书①,以及行政法、劳动法相关法律的注释本,这大概是因为死者山本良宏是名国家公务员。

桌上摆放着帆船的模型。墙壁上挂着一幅巨大的鲨鱼 I 世

---

① 六法全书指常用法律工具书,因为内容包括常用的六类法律,故称六法全书。

号版画。此外，架子上还摆着船舵形状的座钟、船舶使用的焊接灯，等等。

"死者看起来是个帆船运动迷。"龟井刑警说道。

"帆船这个东西，一旦碰了就很难戒掉。"

"您也是?"

"嗯。等我退休了，我就买艘巡航快艇在南太平洋环游。到时邀你一起哈。"

十津川把墙壁上的收纳挂袋取下来，放在地板上。里面装着明信片、封口的信封，而且还塞了很多报纸以及煤气费、电费等收费凭据，满满当当的，都快溢出来了。果然这里就充满了独居男性的生活气息。

以防万一，十津川先确认了下这些东西上面的指纹是否已经取证，然后一张一张地翻看起来。

总共找到两封恐吓意味十足的明信片。两封都没有写明寄件人，虽然笔迹不同，但都写得潦草无比。

山本良宏:

复仇者Ⅱ世号失踪者遗属的呼喊声你听见了吗?

肯定是你们这些家伙为了金钱杀了这9个人，你们竟然还若无其事地返航。你们良心没有不安吗? 立刻去给我接受法律的制裁!

除了你们鲨鱼Ⅰ世号的5个人，没有人会杀害复仇者Ⅱ世号上的9个人。只要你们是杀人犯，这一切就能真相大白了。如果你们还是喜欢正义的海上男人，就给我向全天下坦白真相吧。我会一直盯着你们的！

"你怎么看呢？小龟。"十津川扭头看向龟井刑警。龟井刑警一双小眼睛在眼镜后边眨巴了一会儿后，说道："我个人认为这类信件可以无视。"

"没错。"十津川微笑道，"一有案件发生，总有一些人就会自以为是正义使者的化身，蹦出来给案件相关者寄送这种充满质问的信件。这种人就是爱出头冒尖，他们通常满足于写写信，不会付诸于行动。调布警局的那伙人肯定也是这种看法，所以他们才没有把这些信搜走当证物吧。"

"所以，果然还是自杀吗？"

"若是自杀，理由是什么呢？"

"那张海难审判的传唤通知书。这东西让死者感到沉重的压力。因为明天海难审判就要开庭，他必须出庭接受调查，于是承受不住这个压力自杀了。这个理由充分吗？"

"好像一点儿都不可信。"十津川挠了挠头，接着说道，"按你的意思，那张血淋淋的传唤通知书该如何解释呢？如果那上面的血是死者的，那么，也不是不能够解释成这是他们用自杀的方式来抗议他人对自己的怀疑。但是，油壶永田史郎的案子里明显不是死者自己的血。"

"那会不会是消失的复仇者Ⅱ世号9名船员的诅咒呢?"

"你不会吧?"十津川笑道,"连你也相信'魔鬼海域'的传说吗?"

"碰到这种案件就会变得怪力乱神。我属于相信这世上有幽灵存在这一边的。"龟井刑警半真不假地说道。

对此,十津川并没有嘲笑龟井刑警。

而且,如果不是自杀,那就是他杀。如果是他杀的话,凶手为什么要将传唤通知书沾染鲜血,这个原因让人捉摸不透。因为如果凶手不多此一举的话,这两个案件就更像是自杀了。

"搞不清楚啊!"十津川烦恼道,"看不懂凶手的意图。"

"您认为这是他杀吗?"

"连着死了两个人。不可能自杀会传染吧。肯定是有人杀了永田史郎和山本良宏这两个帆船爱好者,然后伪装成自杀。但是他已经伪装得够成功了,为什么还要把传唤通知书染上鲜血呢,这不是画蛇添足吗?搞不懂这个奇怪的行为有什么用意。"

十津川双手抱胸,面露难色地望着窗外的风景。这附近虽然多了很多住宅,但仍然随处可见武藏野特有的杂木林。

"凶手是不是不太懂血型相关知识?"龟井刑警不太确定地说道。

"所以,你的意思是,凶手是为了让这一切看起来更像自杀,所以才将传唤通知书染血了?他没意识到血型不同的话,不但成不了自杀的证据,还有可能被怀疑成他杀?"十津川仍然望着百米之外的杂木林说道。

"这个想法站不住脚吗？在永田史郎的案件中，警方公布了传唤通知书上的血迹不属于死者，于是凶手这一次就做了更正，用与死者一样血型的血染血。不过，这纯粹只是我个人的看法。"

"你的想法也是一种思路。"十津川仍然双手抱胸望着外面。每次遇到案件时，他都会在脑中进行罪犯侧写①。这些侧写有时会从一而终，直到案件侦破也没有变化，有时也会随着案情的推进而一点点改变。

但是，十津川这个引以为傲的"感脑"（不是电脑），在这次的案件中却死机了，他完全推断不出罪犯的任何特征。凶手是个连血型都不知道的蠢人吗？不，不会的。十津川的脑中否定了这个可能。但是凶手的这些行为怎么看都如龟井刑警所说的那样，是个不知道血型的蠢人。

"接下来该怎么办？"龟井一副困惑的样子望着十津川。他也想不出凶手有什么特征吧。

十津川放下双手，催促龟井刑警走到走廊上，然后说："小龟，你去找鲨鱼Ⅰ世号剩下的3个人聊聊看。连着两名同伴被杀，他们也许有什么线索。我回神奈川县警局查查最初的那个案件。"

———

① 罪犯侧写指根据罪犯的行为分析罪犯的性格、职业、家庭环境等特征。

6

神奈川县警局总部位于横滨市区官厅路，十津川到达的时候已经将近中午。为了不麻烦对方给自己张罗午饭，十津川掀开附近大众饭店的门帘，走进去，点了一份这家店的招牌菜——猪排饭吃了起来。一份只要 600 日元，相当便宜。但是一分钱一分货，食材用的猪排一点儿都不新鲜，所以实在没法昧着良心捧场说好吃。即便如此，十津川还是把它吃了个精光，渣都不剩。这可能是因为他一直单身，大多数时候都是叫外卖，所以嘴巴已经被虐待成但凡是店里现做的食物都觉得好吃的地步吧。十津川不由得佩服自己，但又觉得自己有点可悲。

神奈川县警局总部有一个叫作武田的中年刑警为十津川说明了案件的始末。这个男刑警整体气质有点像龟井刑警，看起来耿直可靠，属于生来就是干刑侦的料的那种。这类人说得好听点就是值得信任，说得不好听点就是不懂变通、死脑筋。不过乏善可陈的搜查工作很需要他们。

十津川决定让武田刑警带他去油壶的帆船码头。他想看看案发现场鲨鱼 I 世号的船舱，其次他也很怀念许久未见的大海和帆船，特别是他很想看看复仇者 II 世号。

车朝着油壶出发后，武田刑警递给十津川一份最新的晚报，说是刚刚送到的。

十津川靠坐在车座上，摊开报纸看了起来。

鲨鱼Ⅰ世号再现死者！

报纸用这个标题报道死在公寓的山本良宏事件。

鬼船的诅咒？染血传唤通知书再现

这则报道还附有这个副标题。当然，报纸并不是真的相信诅咒的存在。虽然知道这只是比喻，是记者们吸引大众眼球的手段，但是十津川还是轻轻地摇了摇头，报纸要是照着这种做法继续下去，长此以往，将引来灭顶之灾。娱乐杂志估计报道得更具煽动性。电视台也是半斤八两。这样一来，大众的关注点恐怕会逐渐远离事件的本质，走向奇奇怪怪的地方。

"神奈川县警局如何看待这次案件？"十津川把报纸还给武田刑警。

"关于死于帆船中的永田史郎案件，有两种看法，自杀和他杀。"

"我想先听听自杀的看法。"

"大家都不知道复仇者Ⅱ世号究竟发生了什么，是连环杀人案？还是传说中的神秘消失？没找到船上的9人，就无法断定究竟是怎么一回事。但是，如果这是鲨鱼Ⅰ世号上的那5个人杀人越货的行为，那么明天开始的海难审判将会查明这些真相，并向全社会公开，这让他们感到害怕，于是胆小之辈就承受不了这种恐惧，选择自杀。这就是自杀观点的依据。"

"噢。那染血的传唤通知书该如何解释？而且，在永田史郎的案件中，传唤通知书上的血还不是死者自己的。"

"这一点不太好解释。我是这么认为的，永田史郎不是收到了匿名恐吓信吗？看起来写得潦草无比的那一封。"

"相似的信件在山本良宏的案件中也有发现。说不定是同一个人寄的。总有些人一有事件发生就跳出来寄这种信件，自以为是正义的一方。这一点你们怎么解释呢？"

"就是那种喜欢出头冒尖的人吧。这种人潜入永田居住的鲨鱼Ⅰ世号打算伸张正义。我觉得这种家伙不可能会杀人，他只是想去找找麻烦。好巧不巧，刚好那时永田外出不在。不过他看到了桌上的传唤通知书，于是，他就咬破自己的手指把血涂在上面，以此来恐吓永田。这是我的想法。因为听技术人员说，传唤通知书上的血量也就只有5cc①左右。"

"然后永田从外面回来，看到了这张染血的传唤通知书，于是更加自责，也更加恐惧，最终承受不住服毒自杀了？"

"正是如此。"

---

① cc即立方厘米，等同于毫升。

"那也就是说，这个恐吓者是 B 型血？"

"没错。"

"但是山本良宏的案件中，传唤通知书上的血是死者的 O 型血？"

"这一点确实令人费解。我是这么想的。恐吓者的第一次计划实施得很顺利，他尝到了甜头，于是出发前去山本良宏的公寓。没想到山本完全不需要恐吓就自己先熬不住内心的自责自杀身亡了。这个恐吓者坚信自己才是正义的使者，为了把他的信念更强烈地传达给社会，他就找出传唤通知书，这次直接用死者的血染红，然后炫耀似的把它贴在浴室的镜子上。"

"呃……"

"抱歉，我这推理有点站不住脚。"武田刑警挠了挠头。

十津川轻轻地摇了摇头："不，挺有意思的想法。那么，他杀呢？具体怎么讲？"

"关于这个，大家一直找不到杀人动机。"

"应该有一些猜测吧？"

"我只想到一种可能性，不知道靠不靠谱。"

"没事，你说说看。"

"我想它会不会跟复仇者 Ⅱ 世号事件完全无关，单纯只是那 5 名鲨鱼 Ⅰ 世号船员的仇家所为啊。"

"接着说。"

"凶手认为这次的事件是个契机，于是想借'鬼船'引起的骚动杀掉永田5人。这是我的推理。"

"哦？也就是说之所以血染传唤通知书是为了用复仇者Ⅱ世号事件掩盖真实的犯罪动机？"

"我是这么认为的。老实说，我不太确定。"

"是不是因为没找到那5名鲨鱼Ⅰ世号船员的仇家？"

"是的。还没对这些人逐一进行调查。就现阶段而言，没查到这5个人的树敌情况。人们都说运动员都是良善的，对此我并不相信。但是目前为止还没碰到有人评价这5个人很差劲。总之，这个理由似乎也不够充分。"武田刑警再次挠了挠头。

7

车子抵达油壶。下了车，十津川用力地吸了口大海的气息，内心满满当当。

自己好像很久没看到真正的大海了，十津川心想。之前有个案子，一名男性被人从晴海埠头推入海里身亡。为了调查这起案件，3个月前自己曾来过东京湾。虽然东京湾面朝大海，但是海水有点脏，算不上真正的大海。

自己也很久没看到帆船了。

梅雨季节里的雨后，阳光热烈地照耀在海平面上，白茫茫一片。

一艘艘挨肩擦背停靠的帆船上，穿夏装的年轻人们成群结队。

比起东京市区，这里的夏季似乎来得要早一些。

"大海真不错啊！"十津川不由得说出了口。

武田刑警一下子愣住了。也是，他家在久里滨，那里随处可见美丽的大海，估计早已司空见惯了吧。

无人应和，十津川闹了个没趣，有点赧然。

"我们先去哪边看看，复仇者Ⅱ世号还是鲨鱼Ⅰ世号？"武田刑警郑重其事地问道。

十津川两艘船都想上去看看。可惜最终复仇者Ⅱ世号没去成。因为日高理事官正在船舱内调查取证以备明日的海难审判。

除非有确切的证据表明这次的杀人事件与复仇者Ⅱ世号事件有关，否则十津川暂时不打算强行上复仇者Ⅱ世号查看，以免妨碍理事官的调查工作。

两人顺着凸堤朝鲨鱼Ⅰ世号走去，边走边聊。

"明天海难审判终于要开庭了。"武田刑警非常感慨地说道。

"是啊。"十津川点点头。

"您觉得它能否解开9人失踪之谜？"

"不知道。不过有一点可以肯定：如果两起杀人案件的起因都是复仇者Ⅱ世号事件，那么，后者的谜底没有解开之前，前者的案子也解决不了吧。你觉得呢？"

"复仇者Ⅱ世号上的人员消失事件与1872年发生的玛

丽·赛勒斯特号事件极其相似。"

"所以呢?"

"100年过去了,玛丽·赛勒斯特号事件至今悬而未决,因此这次的复仇者Ⅱ世号应该也不好解决吧?"

"这一点也许应该说成,因为时隔了100年之久,所以无法解开谜题吧。"十津川微笑道。

船舱里的天花板很矮。

十津川弯着身子坐在卧榻上听武田刑警介绍当时的情形。

武田刑警简明扼要地就尸体倒地的样子、船舱内的情况等逐一做了说明。

"船舱还保留当时的原样。"武田以此结束了自己的话语。

十津川没有立即提出问题,他再次环视了舱内一圈,然后看向武田刑警,问道:"传唤通知书呢? 看起来是涂上血后放在桌上的,还是原本就放在桌上,然后被血溅到了?"

"是前者。传唤通知书上的血并没有沾到桌上,而且它的背面也沾染了血。"

"如果是这样的话,那就和山本良宏案子一致。深大寺附近公寓中出现的传唤通知书看起来也是涂上血后才被贴在浴室的镜子上。"

"这究竟意味着什么?"

"由此首先可以想到的是,如果是他杀的话,凶手杀人时估计相当冷静。"

"您觉得这是他杀?"

"是的,我是这么认为的,就是还没弄清动机。"十津川摇了摇头,"你刚才说桌上有盒白箭牌香烟,还有装满烟灰、烟头的烟灰缸,烟头都查了吗?"

"一根根仔细查过了,全部都是白箭牌的。烟头上残留的唾液经过检验表明抽烟者是 O 型血。"

"也就是说,它们都属于死者永田史郎?"

"是的。"

"还有那包白箭牌香烟,你刚才说只抽了 3 根?"

"是的。"

"那么,按正常来说,这一包应该是新开的。永田死的那天刚好上一包香烟抽完了。那么,船上是不是也储备了很多香烟?"

"5 个人原本计划去塔希提岛,因此据说准备了 3 周左右的香烟量。这个量大概是按每人平均每天 20 根来计算,一共2000 根。香烟品种很多,有白箭、万宝路这种外国的,也有七星牌、和平这类本土的香烟。"

"这么多烟都还在船舱里吗?"

"没有了。他们只到了小笠原就折返,这段路程中已经抽掉一大部分。而且,到了油壶后,担心烟受潮口感不好,于是就拿出来分给大家各自带回家了。"

"白箭牌的呢?"

"这个抽屉里有一盒。"武田刑警说着打开桌子的抽屉给十津川看。里面确实有一包白箭牌香烟混杂在一堆笔记本、字典等物品中。

"那么，有没有这种可能，那一天，永田因为没烟抽，于是就离开船舱去附近买烟。当然，也有可能原来出航时储备的香烟还有剩余。不管怎么说，这附近卖烟的商店你们都查过了吗？"

"这附近有 2 家烟草店和 3 台自动售卖机。我们都查过了，没有任何收获。自动售卖机里没有外国牌的香烟。2 家商店有一家有卖白箭牌香烟，但是案发那天刚好闭店休息。"

"再远一点儿的呢？"

"为什么要查远一点儿的？"

"你抽烟吗？"

"应该算不上抽吧。我属于五六天不抽也完全没问题的那种。"

"那么你肯定理解不了烟鬼的心情。从烟灰缸里烟灰、烟蒂的量来看，我认为永田史郎和我一样，也是烟鬼一个。烟鬼们烟瘾上来的时候，就算是深更半夜也会出门去买烟，因为他们忍不到第二天。如果永田史郎是 2 号晚上抽掉所有的烟，那么我觉得他肯定会去新买一包。附近没有的话，他也应该会走到更远的地方买。你帮我确认下这个情况。如果 2 号晚上永田史郎有离开帆船去买香烟，那么可能在此期间，有人趁机对威士忌动了手脚。"

"我去查查看。"武田刑警应声说道。

8

十津川先回了一趟东京。

到达警视厅的时候已是下午 6 点了。龟井刑警也已调查完鲨鱼 I 世号剩下的几个人回来了。

"我问了冈部孝夫厨师长和年纪最小的大学生久本功一郎。"龟井刑警翻看着他的笔记本向十津川汇报。

十津川在桌上摊开刊载这 5 个人头像和简要经历的剪报，然后说道："应该还有一个野村英雄吧？你没见到他？"

"我去找他了，没见到人。"

"怎么回事？"

"野村英雄独自住在中野区江古田的租赁公寓里。我去那里找他时，没人在家。我担心他是不是与山本良宏一样死在房间里，于是让公寓楼管帮我开了门。但是二室一厅的房间里一个人影也没有。"

"野村是不是那个为了去塔希提岛特意辞掉大银行工作的奇人？"

"他之前就职于 M 银行中野分店。因为没见到野村，所以我就去了他工作过的这个地方找他原先的上司问了些他的事情。野村是今年 4 月 1 日辞职的，领到了 32 万日元退职金。因为他只工作了两年，所以只领到这点退职金也是正常的吧。据说平日里工作表现一般，总爱没完没了地聊帆船。"

"25 岁，单身。他家不在东京？"

"他的父母和妹妹住在札幌。我给他们打电话了，说是野村没有回去。"

"他肯定也有收到海难审判的传唤通知书吧？"

"应该是的。所以我在他的住处找了一遍，没找到。看样子好像他自己带走了。"

"没找到那就没法子了。你说下另外两个人的情况。"十津川抽出根香烟点上火。

"首先是大学生久本功一郎。他在千叶市区的 E 大学读书，水产专业大三学生，20 岁。目前住在松户的公寓里。"龟井看着他的笔记，娓娓道来。

"连续死了两个同伴，他是不是大受打击？"

"他看起来确实一副受打击的样子。他说他不认为两名同伴会自杀，而且也想不起他们跟人有什么过节。厨师长冈部孝夫也是这么说的。"

"他们是一伙的，当然会这么说吧。这两个案件发生时，久本在哪里，有没有不在场证明？"

"我问了，没有明确的不在场证明。据久本自己说，因为在海难审判结束之前都不可能再驾驶帆船出海，但是学校的课他又不想上，因此，从鲨鱼Ⅰ世号下船后，他每天就是打打游戏机、看看电影。他说6月2日、3日这两天他都是在松户车站前的游戏机店里打两三个小时的游戏机，然后回住处。"

"游戏机店的店员对此有印象吗？"

"我调查过了，没有店员记得久本。这家游戏机店很大，人非常多，因此没印象也许挺正常的。"

"冈部孝夫呢？他曾在死者永田史郎的餐厅工作过吧？"

"现在也还在里面工作。他是新宿二丁目①'永田'餐厅的厨师。关于他的不在场证明——"

"这个不用说明。冈部的血型是B型，所以神奈川县警局老早就已经调查过他的不在场证明了。听说永田史郎死亡那天，他和朋友打麻将，有不在场证明。这次的两个案件，如果是杀人案，那么怎么看凶手都像是同一个人。因此，只要对其中一个案子有充分的不在场证明，就能够排除嫌疑，另一个案子也就没必要再去调查他。报纸上说他已经离婚，目前独居？"

"他住在京王线代田桥附近的公寓里。每天都是从这里上下班。他自己笑称单身更自由。"

"这两人都要出庭参加明天开始的海难审判吧？"

"据说是的。他们俩似乎也很想解开复仇者Ⅱ世号之谜。"

---

① 丁目相当于汉语里的街、胡同等概念。

"作为帆船爱好者，这是不言而喻的。话说鲨鱼 I 世号上的这 5 个人是怎么认识的？永田史郎和冈部孝夫是餐厅老板与厨师的关系，应该是多年的老熟人了吧。那他们和另外 3 个人是怎么认识的？"

"我问过冈部这个问题，据说是通过杂志认识的。"

龟井刑警拿出一本 B5 大小的杂志给十津川看。龟井说这本杂志是向冈部借的。

《月刊巡航帆船》，一看名称就知道这是本帆船相关的专业杂志，今年 2 月份刊。杂志的读者栏里刊登了一则广告，署名永田，具体内容如下。

船员招募

本人是巡航帆船鲨鱼 I 世号的所有者。

计划于 5 月上旬出海前往塔希提岛，旅程大约 3 周。现招募 3 名同行船员。

诚邀体魄强健、斗志昂扬的年轻帆船爱好者加入。

东京都新宿区新宿二丁目"永田"餐厅永田史郎。

电话 ×××-××××。

"据说一共有十几个人前来应聘，永田和冈部最后挑中了山本良宏、野村英雄、久本功一郎这 3 个人。"

"原来如此。冈部和久本二人也收到了与山本良宏一样的恐吓信吧?"

"是的。各两封。目前正在让人进行笔迹鉴定。不过内容都相似,我认为应该是有两名怪人分别给这5个人每人都送去一封。邮戳全部都是东京中央邮局,因此想要找到寄信人有点难度。"

"这次的事件如果是连环杀人案,那么也许冈部和久本都是猎杀的对象。你有提醒过他们吗?"

"我提醒了。这两个人都说今天要住到朋友家,明天开始住到横滨市区的'新横滨酒店',出庭海难审判时直接从这个酒店出发。冈部还当着我的面打电话预约了酒店,久本也打电话预约了,应该是不会错的。"

"那就好。现在令人担心的是失去行踪的野村。冈部和久本两人是不是也不清楚他在哪里?"

"两个人都跟野村联系了,但是都摇头说没找到。"

"两人最后一次见到野村是什么时候?"

"说见到可能不太准确。6月3日傍晚,冈部看电视时知道了永田死亡的消息,然后就给野村打了电话。当时野村有接电话。据说冈部是看到6点半的新闻后立刻打了电话。野村当时也表示很吃惊。"

"也就是说,6月3日下午6点半,野村在他自己的住处?"

"我觉得可以这么认为。据说他想和冈部等3人约个地方聚聚,讨论下船长永田的死亡事件。但是因为神奈川县警局打来电话说要问询，因此那一天就没见成。冈部今天想打电话联系时，却被告知山本良宏死了。"

"海难审判是明天开始吧？"

十津川又拿出一根香烟点上火，然后从椅子上站起来，看向窗外。

黑夜完全降临，来来往往的红色车灯明亮而美丽。

十津川觉得，这连续发生的两起案件十有八九是杀人事件。真要说为什么，凭的就是干了 13 年刑侦的老刑警的一种直觉。

自杀案有自杀案的气息，杀人案有杀人案的气息。自从深大寺公寓里发现血淋淋的尸体开始，十津川就闻到了一股杀人事件的气息。

（不过，杀人事件的动机究竟是什么呢？而且，杀人方法又是什么呢？）

临近凌晨的时候，神奈川县警署的武田刑警打来电话，很激动地说道："正如您所料的那样，永田史郎 6 月 2 日晚上曾离开帆船去买白箭香烟。"

"也就是说你找到了卖给他香烟的那家店了？"

"是的，离帆船码头大约 800 米的位置有一家烟草店。这家商店的姑娘说见过永田。据说时间是 6 月 2 日晚上 9 点 30 分左右。"

"800 米的话，按正常的走路速度计算，大概要 10 分钟。

也就是说永田大约离开帆船20分钟，这20分钟足够凶手潜入船舱内，往桌上的黑方威士忌瓶中掺入氰化钾。当然，前提是永田的确死于他杀。"

如果事情真是这么一回事的话，那么凶手在掺入氰化钾后并没有离开，而是仍然躲在帆船码头的某个角落，等待永田中毒身亡。等确认人死了后，凶手再一次潜入船舱，将海难审判厅寄出的传唤通知书涂上血装神弄鬼，然后放在桌上。这个血迹也许是凶手自己的血液，也有可能是事先准备好的其他人的血液。虽然血液很快就会凝固，但是只要加入柠檬酸钠，凝固速度就会减缓，准备好的他人血液也就可以使用。

第四章

第一次庭审

1

海难审判的法庭既然是法庭，那它的构造就和一般法院类似。

走进法庭，正前方是比地面高一个台阶的高台，上面坐着3位审判长。审判长的右下方是理事官（检察官），左下方坐着辅助人（律师）。审判长对面是受审人席位，再往后就是旁听席了。

海难审判另设有两名书记员。这与通常的刑事审判一样。但它也有独具特色之处。那就是受审人并不是所谓的被告。因此，绝对不会出现受审人戴着镣铐上法庭这一幕。而且，受审人在审判期间也不会被拘留，限制人身自由。

开庭前一个小时，大约上午9点的时候，日高理事官挪着他那重达80公斤的巨型身躯来到了审理复仇者Ⅱ世号事件的2号法庭。

往常这个时候法庭里都是空无一人的。

但是，这次的海难审判却不同往日。

不太大的法庭里，NHK和民间电视台的代表新日本电视台架起了两台摄像机，穿着牛仔裤和工装衬衫的技术人员正在认真地反复测试。

地上凌乱地爬着几条粗壮的电线，日高走过去时差点被其中的一条绊倒。

摄像机翻来覆去地测试。一旁西装革履的主持人的嘴皮正在上下翻飞，噼里啪啦地描述法庭内的情况，好像在做口部操一般。

"希望受审人和参审人员不会受到这种环境的影响。"日高心想，人们在镜头面前总会不自觉地伪装起来，可实际上大家想知道的却是真相。

除了电视台的摄像机，法庭内的其他情形与往常无异。

中间的桌子上摆着两艘大小不一的木船模型。大的将用来充当复仇者Ⅱ世号，小的是鲨鱼Ⅰ世号。有了它们，就能够很清楚地复现发现时两艘船的位置等情况。

日高成为理事官已有3年了。至今还没有一个案件能让他像今天这样紧张。这不仅仅是因为事件本身极为特殊，还因为5个受审人中，已经有两个人接连死亡，剩下一个野村英雄目前也行踪未明。

今天早上8点的时候，他又打了一次电话。冈部孝夫和久本功一郎二人都有接电话，承诺会出庭，但是野村仍然没接电话，至今杳无踪迹。

永田和山本两位受审人的死究竟是自杀还是他杀？如果是

他杀，凶手又是谁？这些警察应该会去调查吧。

眼下这些都与审判无关，也与日高本人无关。日高的任务终究不过是解开复仇者Ⅱ世号9名船员消失之谜。即便他有需要担心的，那也无非就是今天预计出庭的冈部孝夫和久本功一郎两位受审人会不会因为接连两个同伴的死亡而变得守口如瓶呢？

12分钟前，冈部和久本抵达法庭。这让日高一直悬着的心总算稍微安定了一些。

之前在帆船上见到时，这5个人给日高的印象是年轻时髦、乐观开朗。而今天再见时，冈部和久本果然还是失去了往日的神采奕奕。虽然这也在所难免，但是日高很担心会因此影响他们做证。

上午10点整，在摄像机明晃晃的闪光灯中，日高理事官和受审人冈部、久本走上法庭，坐到了各自的席位上。

旁听席早已座无虚席。席上大多是被太阳晒得皮肤黝黑的年轻帆船爱好者们，也有很多报纸或杂志的记者。法庭内热浪滚滚。

作为辅助人出庭的是日本海洋学界最权威的T大学的白根教授和船舶设计学界权威代表V大学的山野边教授。两人都是应海难审判厅的邀请而来。

开庭时间过去两分钟后，津岛、丹羽、土方3名审判长出现在法庭上。这3个人都是持有甲类船长资格证的行家。不过他们都没有法律类资格证书。由此也可看出在这里所进行的审理只是为了找出事件的原因，而不是审判量刑。

可能是因为旁听人员过多，法庭内显得有些闷热。

第一道程序是核对受审人身份，相当于普通法院审判中的核查当事人身份。

核对完冈部孝夫和久本功一郎确系本人无疑后，日高理事官站起身。

按照正常程序，此时应该宣读申述书，即普通法院审判中的起诉书。但是在这次事件上，日高认为这个程序无法完成。

日高是从 5 月 18 日开始接手这个事件，截至今天开庭，他已经对复仇者Ⅱ世号进行过无数次的调查，也多次找相关专家请教。

但是他至今没有任何收获。就如同百年前的玛丽·赛勒斯特号的 10 人消失之谜一样，完全找不到答案。

日高打算在法庭上坦白这个结果。他想让参与本次庭审的所有人，包括受审人冈部和久本两人都一起努力寻找答案。日高拿起一张简单的记录来代替申述书，然后开口陈述。

"按照正常程序，此时此刻我应该在这里宣读申述书，但是由于本案的特殊性，我不得不告诉各位这点无法做到。因为复仇者Ⅱ世号被发现时，船上的人员已经全部失踪。截至目前，我仍未查清船上的状况，以及船长细见龙太郎一行 9 人的去向。此外，还有一个原因是，受审人席上的鲨鱼Ⅰ世号船员也许应该坐在证人席上，但是由于无法确定他们与复仇者Ⅱ世号事件是否密切相关，无法洗清他们的嫌疑等原因，因此不得不请他们作为受审人出庭。基于上述原因，本次船员消失之谜的真相，我想通过全体人员，包括受审人的意见来推导。我的这个提议前所未有，但是为了查明本案，还请各位能够同意。"

日高看向3名审判长。

审判长们低声交谈了一番后，津岛首席审判长开口说道："可以。"这位审判长往日里沉着冷静，今天在聚光灯下也变得有些激动。他说道："原本海难审判的目的就是通过公平、自由的讨论来追查事故的起因。只是如果是从头开始讨论，时间难免会浪费掉。因此，麻烦日高理事官就目前所调查到的情况和对本次事件的看法先做一个陈述。"

"好的。"日高一只手拿着笔记本，站起身说道：

"复仇者Ⅱ世号上的物品储备清单，以及被发现时船上的物品查点记录应该已经复印好给各位了。另外，昨天也请各位审判长和辅助人实地考察过复仇者Ⅱ世号。稍后会请受审人描述这艘船被发现时的情况，现在我先简单陈述下我对本次事件的看法。或许在座的各位也有同样的感觉，那就是本次事件与1872年发生的美国船玛丽·赛勒斯特号事件极其相似。两艘船都是双桅杆帆船，船上的人员数量也一样。两艘船被发现时，都是有一只桅杆上的船帆被撕裂开。除此之外，船上没有其他破损。而且两艘船上都还有大量的饮用水和食物，但是人却都不见了。另外，从传言来看，玛丽·赛勒斯特号的桌上也摆着茶、鸡蛋、烤肉和面包等食物，墙上的钟表也是精准无误。两艘船在这些方面极其相似。根据受审人的证词，复仇者Ⅱ世号被发现时，桌上也摆着一堆像是早餐的吃食，墙上的时钟也是准点的。这些事实我都亲眼确认过，停靠在油壶的复仇者Ⅱ世号的桌上确实摆着9人份的食物，虽然它们都已经腐烂。墙上的石英钟当时确实也还是正常的。基于这些相似之处，我奢望能通过寻找这次事件的真相，也能找到1872年发生的玛丽·赛勒斯特号事件的答案，在过去的大约100年里，该事件一直疑团重重。"

日高话音刚落，座无虚席的旁听席上就一阵骚动。大家都在为日高的这番放言高论而激动，究竟能否通过这场海难审判找到100年来仍旧未知的玛丽·赛勒斯特号船员的命运走向呢？

"日高理事官。"津岛审判长朝日高说道。

"审判长。"

"我的想法与你一致，也认为这次的事件酷似百年前的玛丽·赛勒斯特号事件。但是两艘船消失的人员数量是否有误？据我调查，玛丽·赛勒斯特号船上有船长夫妻和一个2岁的女儿，以及其他7名船员，一共10人。而复仇者Ⅱ世号应该只有9人吧。"

"确实如此，两艘船相差一个人。但是，根据我对9人之中的唯一女性，即细见伸子的调查显示，据主治医生证词，她已怀孕 5 个月。如果我们把肚子里的孩子也算 1 人的话，人数刚好是 10 人，与之前的事件完全一致。而且，两艘船的船员组成方式也相同：船长细见夫妇和孩子，以及其他 7 名船员，总共10 人。两个案子相似得令人毛骨悚然。"

2

旁听席上再一次哗然，只是这一次显得有些沉重。

在这种气氛中，受审人席上的冈部和久本完成了海上发现复仇者Ⅱ世号时的情况陈述。证词的内容与报纸和杂志上已经公布的内容一致。

日高单手拿着笔记，向两人发问。

"接下来的问题只是为了确认事实，请如实回答。你们发现在海上漂流的复仇者Ⅱ世号之前，有看到海上发生异常现象吗？任何情况都行，比如看见一大群海豚游过，或者是看见类似船只的碎片、救生艇的碎片等东西也可以。"

"没看到这些情况。"冈部回答，"总之，5 月 14 日这天雾气蒙蒙，等晨雾散去后，我们的前方就突然出现了摇摇晃晃随波逐流的复仇者Ⅱ世号。"

"我再次确认一下，你们登上复仇者Ⅱ世号时，船上是不是空无一人?"

"是的。"

"细见龙太郎写的航海日志,你看了吗?"

"看了。发现那艘船的时候拿起来看过。"

"看完你们有什么想法吗?"

"您具体是指什么?"冈部和久本两人面面相觑。

日高拿起航海日志的影印本:"我的意思是,你们觉得这里面写的内容有没有不对劲的地方。我听说你们的鲨鱼Ⅰ世号晚3天从油壶出港,航线基本和复仇者Ⅱ世号一致。参照你们在这段航程中的经历来看,你们觉得这本航海日志里的内容有没有不对劲?"

"没有什么特别不对劲的地方。我们在5月13日这天遇到低气压,很是折腾了一番。这本航海日志只记录到5月10日,没有出现低气压这个天气现象也属正常。而且,我们的船南下时,比复仇者Ⅱ世号更靠东方航行,也因此碰上了低气压。然后我们往西躲避,随后就遇到了复仇者Ⅱ世号。"

"关于这本航海日志……"丹羽审判长突然开口打岔。

"您说。"日高停止发问,看向丹羽审判长。

"我确认一下,这本航海日志的笔迹确实是细见龙太郎的吗?"

"这一点至关重要,我已经拿细见龙太郎所写的原稿、书信等给专家比对过了,确实是他本人的笔迹,已确认无误。"

"那我没什么问题了。请继续发问。"

"那么,"日高又转向受审人席位,"复仇者Ⅱ世号上应该有只叫作'Pascal'的鹦鹉,它也消失了吗?还是被你们放走了?"

"消失了。"冈部回答,"船上有鸟笼,但里面空荡荡的。"

"船上有8毫米的摄像机和35毫米的相机这类物品,你们有动过它们吗?"

"动过。"

"那你们当时有没有不小心把一些相机掉进海里,或是弄丢一些已经用完的胶卷?我这个问题是为了解开船上9人的失踪之谜,不是针对你们,所以请如实回答。"

"我们没有弄丢过任何相机或胶卷。"这一次是大学生久本开口回答,他看着日高的眼睛说道,"发现空无一人、随波逐流的复仇者Ⅱ世号时,不,应该说发现复仇者Ⅱ世号变成'鬼船'时,我们就一致认为必须马上回航。而且我们还讨论得出回航后估计会进行海难审判,因此决定不去动船上的任何物品。我觉得我们连根铅笔都没弄丢。也因此,虽然桌上的饭菜都腐烂了,我们仍然没有倒掉,而是把它们全部原封不动地带回油壶。"

"那就好。"日高停止对两人发问,转而面向法庭里的其他人,"如上所述,复仇者Ⅱ世号船上的任何物品都没有被人动过,它仍然保持发现之初的那个样子。这一点是我上述提问的初衷。接下来我将以此为前提展开我的推论。为了避免不必要的猜疑，在此我重申一遍，我并不是怀疑受审人的证词。复仇者Ⅱ世号被发现空无一人是在5月14日早上，它返航抵达油壶是5月18日，一共花了5天的时间。在这5天里，桌上的饭菜不断腐坏，这种自然的变化现象我们也得纳入考量。"日高停了一下，喝了口玻璃杯中备好的水，然后继续说道：

"接下来我要陈述的是，复仇者Ⅱ世号抵达油壶码头后，我和小西事务官所调查到的情况和所见到的情形。船上的备用物品一览表和航海日志的复印件已经发给各位了。另外，35毫米相机拍摄的照片也已经放大洗出来给各位了，请各位参考。16毫米和8毫米摄像机所录影像稍后将在法庭上公开放映。此外，在神奈川县警局以及卫生局的大力支持下，目前已确认复仇者Ⅱ世号上的饮用水和所有食物都没被下毒。船舱及甲板的血痕检验结果显示，船舱的地板上有些许鲁米诺反应[①]，血型是A型。只是这个血迹年代已久，血量极少，完全不可能是船上的人在船舱里互相残杀所致。另外，关于部分船帆裂开这个情况，大概率是锋利的刀刃所致。"

日高陈述完毕后，两名书记员立刻着手准备放映录像。

墙上挂起一张简易的幕布作为屏幕，胶片放映机和胶片被搬进法庭。

法庭内的光线暗了下来，9名失踪人员拍摄的录像投射到

---

① 鲁米诺试剂遇到血迹会发生荧光反应，常用于刑侦。

屏幕上。这些录像日高已经反复观看过很多遍，但他仍然以首次观看的心态，双手抱胸，一动不动地盯着屏幕。

旁听席上的 65 人也都专注地盯着屏幕，偶尔传出一两声压抑的咳嗽声。

不过，将近两个小时的放映结束时，日高仍然没能在这些录像中发现任何解开复仇者Ⅱ世号 9 人失踪之谜的线索。

法庭内恢复光线后，津岛首席审判长提议暂时休庭。

3

下午 1 点，审判再次开庭。

日高站起身，说道："正如上午所说的那样，关于本案，我自己仍然无法下结论。但是，讨论的依据材料已经全部发放到各位手上，目前只有这些。因此，烦请大家以手头上的材料为依据给出合理的设想，商讨本案的真相。当然，如果我们漫无目的地商讨，恐怕时间会浪费掉很多。因此接下来我将陈述我的几个推论，请大家以此为草案进行讨论。审判长，我的这种方法可以吗？"

"如何？"津岛审判长向两位辅助人咨询。

"我们没有异议。"白根教授代表发言。

"那么开始吧。"津岛审判长催促日高。

日高清了清嗓子，然后开口说道："首先是第一个推论。这个推论虽然没什么技术含量，但是不容忽视。我认为，复仇者Ⅱ世号遇到了海上风暴，船上的9人担心会沉船，于是弃船逃难。结果复仇者Ⅱ世号没有沉没，但是离开船的9个人反而被大海吞噬。我本人一开始也把这种情况排除在外，但是昨天有一个新发现，因此我就补上这个推论。这个新发现就是橡胶救生筏。早前我登船检查时，船上有十套救生服，但是没有救生筏。当时也查不出船上是否备有救生筏。我曾找细见龙太郎的朋友，以及一位曾经坐过复仇者Ⅱ世号的编导询问，但是他们有的说在甲板上见过救生筏，也有的说没见过。复仇者Ⅱ世号出港时的场景电视上有拍，报纸上也刊载了相关照片。我让人搜集了这些照片，可惜没在其中发现救生筏。不过，复仇者Ⅱ世号经过八丈岛海域时，A报社的飞机从800米上空拍了几张照片。这些照片质量不行，因此没被刊登出来。我借过来检查后发现，里面有些照片拍到甲板上有救生筏。就是这些照片。"

日高向审判长提交了5张12寸大小的照片。

3位审判长看过这些照片后，把它们递给了辅助人。

"橡胶救生筏可能是被折叠收起来了。然后经过八丈岛的时候，被拿出来充气以备不时之需。"日高继续说道，"复仇者Ⅱ世号被发现时，这艘救生筏已经丢失。那么，船上的9人完全有可能是乘着它离开巡航帆船。因此帆船遭遇到了海上风暴这一假设就不能忽视不理。我知道这个推论有一些不合理之处，还请大家商议。"

"你们认为呢?"津岛审判长看向辅助人席位。

海洋学专家白根教授首先站起身子,大声说道:"对于这个推论,我很难苟同。"

日高微微一笑。推论一个个被推翻,才能一步步接近真相。

"我陈述下我的理由。"白根教授接着说道。白根教授像白鹤一样清瘦,虽然可能已年过六旬,但是据说还和学生一起潜海,因此声音听起来很有精气神。

"自从我被邀请作为本案的辅助人,我就认真调查了小笠原海域事发前后的气象。这里有5月11日开始到5月14日这几天的气象图,稍后大家阅览一下。因为航海日志只写到5月10日,因此5月11日是个关键点,就在这一天,船上的9人发生了事故。复仇者Ⅱ世号当天有可能经过的海域我都调查了,风速大约每秒3米,晴空万里。第二天5月12日这天风速稍微强劲一些,大约每秒5.5米,但仍然是个好天气,没有风暴。5月13日时,鲨鱼Ⅰ世号碰上了低气压。这个低气压是以35公里每小时的速度经过小笠原东边120公里处,朝东北方向而去。因此我不认为复仇者Ⅱ世号会遇到这个低气压。事实上,鲨鱼Ⅰ世号也是朝西航行躲避这个低气压,并于第二天,即14日早上,在风平浪静的海域发现了复仇者Ⅱ世号。因此,关于海上起风暴,9人担心沉船而弃船乘救生筏出逃这个推论我很难认同。"

"我从另一角度看，也不赞成该推论。"船舶设计学专家山野边教授接着白根教授的话说道。

山野边教授才 50 岁，正值壮年。他沉着冷静地说道："我从船舶设计学的角度调查了复仇者 II 世号这艘帆船。该船虽然不适合用来竞赛，但是被设计得非常平稳，完全可以轻轻松松环游世界一周。可以说复仇者 II 世号的稳定性相当于 5 万吨位的客船，虽然这样对比也许并不恰当。刚才白根教授说，复仇者 II 世号在 5 月 11 日之后直到被发现的这段时间不可能会遭遇海上风暴。对此我表示赞同。退一万步来说，就算遇到风暴，最安全的还是待在船上。船上的 9 个人大多都有两三年乃至 10 年的帆船驾龄，不可能连这么初级的航海知识都不懂。关于救生筏——"山野边教授高高举起救生筏的照片打量了一番后说道："从照片上看，这艘救生筏应该是 A 公司制造的 6 座橡胶救生筏。但凡开过帆船的人，即便海上起风暴，都不会舍弃平稳的帆船，转而乘坐这种橡胶救生筏。这简直愚不可及。如果船上起火，或是破损沉船，那另当别论。但是就目前所看到的这艘船的状况而言，这些情况都不存在。"

"我漏说了一个关键之处。"白根教授举手请求发言。

"不过与其说是关键之处，还不如说我忘记强调一个简单明了的事实。复仇者 II 世号被发现时，船舱内的桌上还摆着 9 人份的食物，好像是早餐，有熏肉、蔬菜沙拉、面包和黄油等。如果是遇到那种迫使人不得不决定弃船的大型风暴，那么这些饭菜应该是掉落一地。仅从这点来说，我也不赞同理事官的第一个推论。"

4

休息 10 分钟后，日高发表了第二个推论。

"第二个推论是，复仇者Ⅱ世号上突然发生了极为可怕的传染病。传染病有很多种，我们就按最可怕的霍乱来猜想。大家可能觉得这个推论过于异想天开，但其实我是有根据的。这 9 个人中，有一个名叫山口令二的新日本电视台新闻部记者。他在登上复仇者Ⅱ世号之前，刚从菲律宾采访回来。准确来说他是 4 月 28 日刚刚回国。菲律宾国内霍乱正在蔓延，而山口令二只接种了牛痘。而且他还曾到未开放的地区取材，所以完全有可能感染了霍乱回国。我们就当作山口令二在复仇者Ⅱ世号上开始发病。霍乱传染性极强，因此船上的人员一个接一个被感染。如果第一个死者出现在 5 月 11 日的早饭期间，那么也就可以解释为什么没有人动过早餐。因为霍乱大多通过食物传播。船上的人接二连三染病去世。尸体如果留在船上就会导致传染，因此全都被扔入海里。随着人数的减少，存活的人在船上再也待不住了，他们害怕被传染，于是乘坐救生筏离开帆船。也许他们想去小笠原诸岛的母岛或父岛求救，但是他们还没获救就力竭身亡，救生筏也被海浪吞没。于是 5 月 14 日早上，已经空无一人的复仇者Ⅱ世号在海面上随波逐流时，被鲨鱼Ⅰ世号的船员发现。关于这个推论，也许有人认为，霍乱的潜伏期通常是几个小时至两三天，按正常情况来看，山口令二从菲律宾回国到登上复仇者Ⅱ世号的这段时间不可能没有发病。这个看法确实有道理。但是我找医生咨询过。医生说，霍乱这个传染病，就算被感染了，病情轻微的人可以几乎没有什么症状，只是体内携带病菌而已。说不定山口令二就属于此类。因此，完全有可能是他本人并不知道自己感染了霍乱，并在不知情的情况下登上了复仇者Ⅱ世号。他和其他人在船上一起生活，吃饭共用碗筷，于是有人开始被传染发病。对于这个推论，大家觉得如何？”

“我反对。”白根教授说道。

“请阐述您的理由。”津岛审判长边记笔记，边对白根教授说道。

“我以前在印度见过霍乱患者，因此虽然我于医道是门外汉，但是还是了解了很多这类传染病的知识。霍乱的传染性极强。这一点从霍乱蔓延速度之快也可看出。按照日高理事官的推论，山口令二从菲律宾回国时已经是病菌携带者。那么，从他回国到登上复仇者Ⅱ世号之前的这 9 天里，他和家人一起生活，去公司上班，和同事见面，这些和他有过接触的人，特别是睡觉、吃饭都和他待在同一屋檐下的家人，如果这些人都平安无事，那不是很奇怪吗？但是截至目前，没有消息称日本有人感染霍乱。这也有力地证明了山口记者并没有感染霍乱。"

"山野边教授，您的看法呢？"

"关于这个推论，"山野边教授摸了摸下巴，思考了一会后说道，"我不太了解霍乱，因此我想从另一个方面来陈述我的观点。我们就假设复仇者Ⅱ世号上有人感染了霍乱。那它肯定不是全员一下子全部染病倒下。因为，如果是全员都倒下，那船上肯定陈尸一地。因此，至少刚开始的时候，还留下一个有力气把尸体扔到海里的男船员。那么，这个人为什么不用无线电求救呢？无线电设备又没有坏掉。另外，这9个人中还有两个电视台的摄像师和一个新闻记者，他们都是采访的高手。要是船上发生霍乱，他们肯定会把这起事件记录到摄像机或相机中，写到笔记本里。细见龙太郎也肯定会记录到航海日志里。但是这些都没有，因此我认为船上并没有发生霍乱。"

两位教授都反对得言之凿凿。

"理事官，你有异议吗？"津岛审判官询问日高。

"没有，两位专家的意见我认为很有道理。只是，郑重起见，我想咨询下县卫生局的意见，以作参考。"

"可以。过后我去安排。"

"谢谢。"

"本次庭审到此结束。下次庭审时间是6月8日。"津岛首席审判长宣布闭庭。

日高打算下次庭审时再向法庭提出自己的几个推论。

第五章

风雨能登

雨の能登

1

山本良宏的尸体解剖结果是在6月5日下午出来的。

死因果然是出血过多致死。

送到十津川手上的报告显示，死者两只手腕的动脉均被剃须刀彻底划开，后颈部也有创伤。

死亡时间推断是6月3日晚上10点到12点之间。

疑似用来割手腕的剃须刀刀片就在尸体的旁边，但是它的手柄部分沾满了鲜血，无法提取指纹。估计当时有大量鲜血一下子涌到刀片掉落的位置。

后颈部的创伤有两种可能。

一是自杀。死者晕厥倒地时，撞到瓷砖地面，于是造成后颈部创伤。

二是他杀。凶手敲击死者的后颈致其晕厥，然后给死者换上运动T恤和裤衩，将其移动到浴室中，割开死者手腕。也有可能是山本穿着运动T恤和裤衩走进浴室想要刮胡子什么的，然后被凶手背后偷袭，造成后颈部创伤。

"你怎么看?"搜查一课本多课长脸色很难看地询问十津川。

十津川不需要看解剖结果内心就已有定论。

"绝对是杀人案。不可能接连有两名年轻的帆船爱好者以奇怪的方式自杀。因此山本良宏是后颈遭到敲击后两只手腕被割开。"

"但是这个解剖报告并没有定论,二者皆有可能啊。"

"其实并不是。"

"比如?"

"山本良宏手腕的伤口就是证据。我也看过这伤口,非常整齐划一,下手相当干脆利落。没有任何踌躇伤。我有一个大学朋友,他事业失败,也是割腕自杀。但是他的手腕伤口不整齐,有一些踌躇伤。虽然我这个朋友平时胆子很大,不过真到了那种时刻还是会犹豫不决吧。但是,山本良宏却是非常完美地一刀切开。特别是在割完一只手后,人通常都会一下子失去知觉,但是他的另一只手同样是下刀干脆利落,一下就搞定。这不是正常人自杀能做到的。"十津川说完这番话后很自信地笑了一下。

"原来如此。"本多课长一脸赞同地点点头。其实他心里应该也是认为这次事件是他杀,所以才会那么迅速地在警视厅设立了联合调查组,即使他自己也觉得这种做法多少有点操之过急了。

课长点上心爱的烟管:"话说,那个失踪的鲨鱼Ⅰ世号船员野村英雄,他住在北海道的父母已经报警找人了。"

"是吗?"

"我总觉得这个叫作野村的男人或许握有本案的关键线索。"本多课长想了想说道。

烟瘾可能会传染,十津川也拿出一根烟点上。

"也许吧。"

"还没线索吗,关于这个人的去向?"

"可惜还没有。不过我们听到一个消息,野村似乎有个女朋友,龟井刑警正在调查确认。"

"女朋友啊。这是鲨鱼Ⅰ世号上的其他船员告诉你们的吗?"

"不是。野村住的那栋公寓的楼管大约在一个小时前打来电话告诉我们这个信息。希望能顺利找到这个女人,掌握野村的行踪。"

"你认为会是野村杀害永田史郎和山本良宏二人,然后畏罪潜逃吗?还是说凶手另有其人,野村也有危险?"

"我认为是后者。"

"理由呢?"

"那张染血的传唤通知书。"

"那个不是凶手为了混淆警方视听而故意留在现场的吗?"

"这么想也是可以的,但是——"

"不对吗?"

"如果凶手是为了伪造自杀现场,那么他这么做是没有意义的。何止毫无意义,反而会弄巧成拙。少了这张染血的传唤通知书一切会更像自杀。我觉得这么简单的道理凶手心里肯定清楚。但是为什么他还要做出这种让人怀疑是他杀的举动呢？如果凶手是野村英雄，这种恶作剧般的举动毫无意义。"

"为什么呢？说不定他是为了警告其他两个人，让他们不要出庭。你看传唤通知书上鲜血淋漓。假设说，野村在登上复仇者Ⅱ世号时盗取了船上的东西，比如宝石之类的。所以他就威胁其他4人不要在海难审判上揭发这件事。这个想法合理吗？"

"挺有意思的。"

"你不认同？"

"如果野村是背着其他4个人偷了复仇者Ⅱ世号上的东西，那么他完全没必要去威胁大家。因为这反而会让其他4个人都知道这件事。就算真是野村为了威胁其余4人而杀人，这4人一看到那种杀人手法，就会猜到凶手是野村吧。然后他们就很可能会向警方告发。因此我不认为凶手是野村。"

"有道理。"本多课长叼着他的烟管应和道。他并没有因为被驳了意见就表现得不开心。由此也可看出他是个公平公正的男人。正因此，能力平平的他成了有名的课长。"那么，也就是说，你认为凶手另有其人，野村也是他的杀害目标？"

"不仅仅是野村，今天出席海难审判的那两个人也肯定很危险。"

"有道理。"课长再次应和道，"就当是你所认为的那样。听说出席海难审判的冈部孝夫和久本功一郎会搬到酒店去住，到时神奈川县警局会负责戒备。所以他们的安危暂时可以放心。目前需要担心的是行踪未明的野村。不会已经被杀了吧——"

叮铃铃！桌上的电话突然响了起来。

这时机可选得正正好。课长一脸惊吓地拿起话筒，然后立刻转给了十津川："找你的。"

"警部吗？"话筒里传来了龟井刑警的声音。

"发现野村英雄的女朋友了吗？"

"只查到名字，人没在公寓里。要调配警力监视吗？"

"你现在在哪？"

"中野车站附近的公寓，公寓名叫双见庄。"

"我这就去你那。"

2

十津川到达中野车站时，阴沉沉的天空开始下起了梅雨季节特有的那种雨，湿答答的。

双见庄公寓的位置很醒目，十津川一下子就找到了它。它的旁边是游戏机店，即便走进公寓里也能听到打弹珠的喧闹声。虽然这公寓离车站很近，但是环境不尽如人意。

龟井刑警在楼管门前等十津川。

"这个女的名叫风见美津子，住在 2 楼的 6 号房间。"

"是个什么样的女人？"

"23岁，在这附近一家名叫浪漫的咖啡店打工。两人似乎是野村来这家咖啡店消费时相识的。"

"和野村的关系呢？"

"具体还不清楚，但是除了这个女人，目前没冒出其他女人。"

"什么时候开始不在的？"

"她今天没去上班。"

"楼管怎么说。"

"说是今天一天都没看见这个女人。"

"搜查下房间。"十津川果断地命令道。他觉得已经来不及再去申请搜查证了。

说不定野村英雄或者那个叫风见美津子的女人就死在6号房间里。事后若是出问题，那就自己扛吧。

两人让楼管打开了206号房间的房门。

6张榻榻米大小的一间房间，很是狭小。

屋里没有发现尸体。

房间只有厨房和厕所。整个房间风格看起来就是年轻女性住的，折叠式的桌上铺着漂亮的刺绣桌布。不过桌上还放着一碗吃到一半的什锦面条，一次性筷子掉在地板上。

"看样子是急匆匆出门的。"十津川凑近还剩下一多半的什锦面条闻了闻，一股酸臭味。盛面条的大碗上写着"来来轩"。

"去查一下这家店的外卖是什么时候送来的。"十津川吩咐龟井刑警。

龟井刑警找楼管借电话，两人一起离开了房间。十津川开始搜查房间。

房间里既没有床铺，也没有西式衣柜，但是却摆着一个豪华的三面镜梳妆台，果然很符合年轻女性的作风。

十津川拉开梳妆台上的抽屉，从上到下逐一检查。

第一个抽屉和第二个抽屉里装满了化妆品。最下方的抽屉里有一些用橡皮筋捆着的照片。

这里面有3张野村英雄的照片，都是和一个年轻女子的合照。这名女子应该就是这个房间的主人风见美津子吧，高高瘦瘦的。十津川把这3张照片放入口袋。

接着他打开了壁橱。里面放着被子、粉红色的睡袍等物。没发现有用的线索。

龟井刑警回到房间说："什锦面条据说是昨天傍晚6点左右配送的。"

"也就是说这之后不久事情就突然发生，这个女人没吃完就直接出门了。因为房间里没看到她的手提包。"

"会是野村来找她吗？"

"也许吧。野村是前天失踪的。他应该是用电话跟这个女人联系的吧。"

"但是如果是电话，楼管应该会听见吧？"

"这里是公共电话，在走廊上。不一定是楼管接。"

"确实。但是如果是野村打来的电话，那他们究竟去哪了？"

"要是能知道这点就好了。"

"会不会是回野村的札幌老家？"

"也许吧。不过他们应该不会选老家藏身吧。毕竟通常人们首先找的地方就是老家。"

"凶手也在找野村吗？"

"如果凶手的目的是杀掉鲨鱼Ⅰ世号的所有人，那他肯定正在找野村。"

"凶手的杀人动机究竟是什么？"

"这一点要是能搞清楚，那这个案子就等于解决了一大半吧。"

不幸的是他们仍然没找到动机。也因此，十津川还是仍然连凶手的轮廓都勾勒不出来。

但是，现阶段的首要任务是抢在凶手的前头赶紧找到可能会成为第3名受害者的野村英雄，以及可能是被他叫出门的风见美津子。

十津川和龟井刑警再次搜查了一遍房间。他们翻遍了房间的每个角落，还是没有找到任何有关女人去向的线索。

3

十津川一回到搜查本部就立刻召集手下所有刑警。

没有线索的时候只能进行最原始的地毯式搜索，哪怕这很耗费时间。

首先是大量复印野村英雄和风见美津子的照片，人手一份，派人到东京都内各大酒店、旅馆挨个走访。

其次，两人也有可能已经离开东京都，所以还得申请全国协查令，让各地区警局配合找人。

考虑到风见美津子有可能是在公寓附近乘出租车赴约，所以也得走访中野附近的出租车。

当然也要去问问两个人的朋友、熟人。

十津川把这些工作分配给了龟井刑警等 7 人。

这场搜救行动与其说是与时间赛跑，倒不如说是与凶手赛跑。要是让凶手抢先一步找到人，那野村英雄必死无疑。

到了第二天，即 6 号这天，警方终于找到了 6 月 4 日傍晚在中野车站附近搭载过风见美津子的出租车。

警方拿了个开门红。

这辆出租车是私家运营车。风见美津子是晚上 7 点左右上车的，下车地点是上野车站。据司机说，当时风见美津子是一路小跑，一副着急忙慌的样子。

"看来野村是往东北或北陆去了。因为要是去北海道的话，乘飞机比较快。"十津川朝正在开会的手下说道。

"但是这个范围也太广了，找起来够呛。"小川刑警低声抱怨。他是一名经验丰富的老刑警，绰号牢骚川师，总是一边不停地发着牢骚，一边努力追查凶手。

"总有法子缩小范围吧。"十津川说道，"人们在选择藏身之地时通常不会选择一个完全陌生的地方。因为有太多未知因素。他们通常会躲在至少去过一两次的地方。野村应该也不会例外。"

"但是我们该怎么找到这种地方呢?"

"问问他大学的朋友、银行工作的朋友，能找到什么人就都问问。要是找到和野村一起旅游过的人，就问问野村喜欢东北、北陆的什么地方。如果这样还是找不出来，那就将时间线往前移，问问他高中朋友。对你们来说，这些事应该轻而易举吧。"十津川笑道，他环视了一圈自己的手下。

"会很简单吗?"龟井刑警苦笑不已，"这次的搜查异于往常，不仅是报纸记者，连杂志的记者也在四处探听，很是棘手。这些人说是在帮我们搜查，但其实是在妨碍我们的工作。"

"我了解了。他们要是做得太过的话，我去警告下他们。"十津川拍拍胸脯。

当然，这些人并不会因为被警告就停止四处探听。复仇者

Ⅱ世号引起了极其强烈的媒体轰动。与它相关的杀人事件，媒体们也肯定不会安分地等待警方的结论。

刑警们对野村英雄在 M 银行中野分店工作时的朋友、大学朋友等 36 名男女进行一一问询。

最终问出了两个与东北和北陆地区相关的地名。

十和田湖畔
能登半岛轮岛

十和田湖是野村英雄大学暑假时和朋友两人一起去过的地方，两人当时在湖畔的旅馆度过了一个月。

能登半岛是野村英雄进入 M 银行工作的第一年夏天去的，他当时请了一周的年假独自去了那里的轮岛。这个消息是他的同事告诉警方的。据该名同事说，野村似乎很喜欢能登。

"就是这两个里面的某一个了。"十津川左右比较着这两个地名。

虽然已经与青森县警方和石川县警方立刻取得了联系，不过如果能具体确定是哪一处，十津川还是想派人过去查查。

"我们赌一把吧。小龟和小川，你们俩立刻去一趟能登。"十津川看着他们说道。

"为什么选能登呢？"龟井刑警问道。

"因为那里有大海。野村英雄为了参加塔希提岛之行甚至辞去 M 银行的工作,这足见他是个帆船狂热分子,对大海有着无比的热爱。当他的脑子里浮现出这两个地名时,他肯定会选择能够看见日本海的能登吧。"

"原来如此。"

"你们今晚就出发,坐晚班车去。我们现在是在跟凶手比速度。"

"我们似乎也在跟杂志记者比速度。"小川刑警说道,"听说有个杂志的记者昨天打听到消息前往能登了。"

"是吗?去能登时要是这个记者影响到你们的工作,你们直接给他逮捕起来,就说他妨碍执行公务。有事我兜着。"十津川半认真半开玩笑地说道,说完还拍了拍两个人的肩膀。

4

龟井刑警和小川刑警二人当天夜里就乘坐 21 点 48 分出发的急行列车"能登"号从上野出发前往金泽。

东京还在淅淅沥沥地下着雨。梅雨季节似乎真的来了。

列车载着两位刑警驶出雨中朦胧的东京,一路朝北陆而去。

或许也因为临近夏季,列车上座率达到 80%。

二人面对面坐在靠窗的位置上,各自取了根烟抽了起来。龟井刑警和小川刑警都是老刑警,早已习惯了临时出差。即便如此，他们的神色还是显得有些凝重。

野村英雄究竟在不在能登？如果在的话，不知道能否比凶手抢先一步找到他？担心与焦虑不停地在脑子里冲撞，两个人不由得沉默了下来。

"能登还很冷吧。"二人故意扯些与案子无关的话题聊了起来。可是没说一会儿他们的嘴皮就越来越重，最终也不知是谁先停了下来，总之两个人彻底沉默了下来。可是闭上眼又睡不着。

话虽如此，当列车驶过长冈时，两个人还是微微打了个盹。

第二天早上 6 点 51 分时，列车抵达金泽。

天空仍然下着蒙蒙细雨。或许也因为这鬼天气，两人走下列车来到站台上时都冷得以为自己理解错了"初夏"这个词的含义。

因为事先已打电话联系过，所以站台上，石川县警方一位名叫长根的中年刑警等在那迎接他们。

在长根刑警的带领下，几个人没有出站，直接转乘上午 8 点 01 分从金泽出发的"能登路一号"。列车预计上午 10 点 21 分抵达轮岛。

"目前是什么情况？"龟井刑警一边打开膝盖上刚刚在站台买的便当，一边问长根刑警。

"我们正在尽全力搜索轮岛市内到曾曾木海岸附近的这一区域。目前还没找到两人中的任何一人。"

小个子长根刑警一副好像没找到人都是自己的责任一样，一脸歉意地说道。这让龟井刑警对他产生了好感。

列车开动后，窗外的雨水一下子就斜飞了起来，它们打在窗玻璃上，画出不甚明了的图样。

"你们大老远从东京过来，却碰上这种天气。"长根刑警仍然感到很抱歉。

"下雨也挺好的。"龟井刑警微笑道。

小川刑警默默地吃着车站买来的便当。

列车晚点了5分钟抵达轮岛。时间已经将近中午，可是或许是下雨的缘故，面朝日本海的这座城市暗沉沉、雾蒙蒙的。从地理位置上看，日本海海岸的阳光也会比太平洋海岸略显微弱吧。

尽管如此，仍有几名来自东京的游客模样的年轻人耸着肩走过这座雨中城市往海岸而去。

龟井刑警和小川刑警一下车就跟着长根刑警去了轮岛警局。

他们先去跟局长打招呼。就在他们正要把端上来的茶水往自己的嘴巴上送的时候，长根刑警苍白着脸走了进来，朝二人说道：

"来消息了，刚刚找到两具年轻男女的尸体。"

5

"是野村英雄吗?"龟井刑警也变了脸色,反问道。

"还不清楚。听说看起来像游客,很有可能是野村英雄。"

"地点呢?"

"在泣砂海滨这个地方。那里的沙滩踩上去会发出幽咽的哭泣声,因此取了这个名字。"

"离这很远吗?"

"开车开得快的话,二十五六分钟能到。"

局长给安排了车辆,龟井刑警和小川刑警跟着长根刑警飞快地坐上车前往案发现场。

车子沿着烟雨朦胧的日本海海岸往南驶去。这一带就是所谓的"能登金刚"。从日本海吹来的海风呼啸猛烈,右侧的窗玻璃被雨滴滴滴答答地敲打着。大海和天空一片暗沉、阴郁,一副冬天的景象。龟井刑警似乎有些明白之前长根刑警为什么会一脸歉意地说"却碰上这种天气"了。

车辆到达泣砂海滨。

3 人一下车就顶着能把人吹倒的海风,拨开一小堆围观的人群大步朝海滨走去。这片区域一到夏日就会变成海水浴场,可是今天却不见人影。

冰冷的雨抽得脸颊生疼。潮湿的沙粒确实发出低低的哀鸣声。这也许是由于这里的沙粒比普通沙滩上的要粗大一些吧。

大海露出白色的獠牙。

龟井刑警3人冒着雨查看了并排陈放在沙滩上的男女尸体。两具尸体都被海水浸透，湿答答的头发贴在尸体的脸上，让人没法立刻分辨出这究竟是不是野村英雄和风见美津子的尸体。

"他们被海浪卷到这里，刚好被渔夫发现了。"负责这一带的年轻巡逻员一脸紧张地向龟井刑警3人汇报。

龟井刑警蹲下身拨开贴在男尸脸上的头发。

一张苍白无比的脸。

"这人就是野村英雄。"龟井刑警心想。这张脸与照片上一样。

脸上还有多处刮伤。

"我觉得他们可能是从这前方的悬崖上掉进海里，或是被人推下去的吧。"年轻的巡查员指着五六十米开外的一座陡峭的悬崖说道。

也就是说可能是从那边掉进海里，然后被海浪卷到这里。脸上的伤会是坠海时造成的吗？

"这就是野村英雄。毫无疑问。"小川刑警沉着一张脸轻声说道。他的脸被雨打湿了，水顺着他的发梢不停地滴落。旁边的女尸从长相和体型来看也几乎可以确定是风见美津子。

龟井刑警伸手搜了搜湿答答贴在男尸身上的西装里侧口袋，

找到了一个黑色皮革钱包。

里面有接近 5 万日元的现金。那张传唤通知书也对折装在里头。

龟井刑警默默地将这张传唤通知书拿给小川刑警看。

第 3 张传唤通知书没有像前面两张那样染着鲜血。

"这两人在哪里投宿，你知道吗?"小川刑警问巡查员。

"离这 200 米左右的外浦酒店。他们似乎是那家酒店的客人。"

"先把尸体搬到那里吧。"小川刑警沉着脸跟长根刑警说道。

6

钢筋混凝土建成的近代风格酒店，一共 3 层。

两具尸体被放置在设有顶盖的停车场的角落里。

小川刑警向酒店借了电话，给东京打了个电话。这期间龟井刑警在前台询问野村二人的情况。

来酒店投宿的客人似乎很少，大厅一派闲散的样子。

"男的是 6 月 4 日中午左右入住的。这是登记信息。"前台的服务员惨白着脸拿出登记信息，上面写着"市村五郎"这个假名。

"女的是后面才来的吗?"

"是的。6月5日，也就是前天入住的。她报给我市村的名字，所以我就带她去了那个房间。"

"男的到达酒店后应该给东京打过电话吧？"

"是的，傍晚时分打的。"

前台人员拿出凭单告知警方当时对方拨打的电话号码。果然是住在中野的风见美津子的公寓电话。

"这之后，也就是今天，两人冒雨外出了？"

"不是。他们是昨晚8点左右出去的。那个时候我记得一滴雨都没下。"

"昨夜？他们出去的时候有告诉你们要去哪里吗？"

"没说。但是他们是跟一位来访的男人一起离开的。"

"这个人是谁？"

"据说是《周刊东京》的记者。"

"《周刊东京》吗？长什么样子？"

"我想想，戴着一副四方形的眼镜，下巴长满了茂密的胡须。不知道具体年龄是多少，看起来三十五六岁的样子。瘦瘦高高的。"

"然后呢？"

"他拿了张照片给我看，还说如果人就住在酒店的话，有急事需要马上见一面。因为确实是市村的照片，所以我就给房间打了电话。市村和那个女的一起下来，然后和那个记者在大厅里说话。不一会儿市村就跟我们说要出趟门，让我们帮忙保管房间的钥匙，然后就离开了酒店。"

"后来就再也没回来过？"

"是的。"

"这名《周刊东京》的记者，有说过他的名字吗？"

"听起来像是姓龙还是龙田来着。他没给我名片。"

这个男的估计用的也是假身份。八成就是凶手。

慎重起见，龟井刑警给东京打了电话，打听《周刊东京》是否派过记者前往能登。

结果如预料的那样，没有这个人，果然是假名。那么可以肯定这个人就是凶手了。

这次行动算是输得彻头彻尾，最终还是没能抢回野村英雄的命。真要说有什么收获的话，只有一个，那就是至今为止一直未知的凶手样貌在这次的案子中终于浮现出一些线索。

三十五六岁，满脸胡须，方形眼镜，高高瘦瘦的男人。这就是酒店前台描述的凶手长相。

"不过，这人究竟是谁呢？"这个疑问仍旧无解。而且犯罪动机仍然毫无头绪。

龟井刑警去停车场再次查看那两具尸体。

尸体的旁边，石川县警方长根刑警正弯着腰细致地检查。看到龟井刑警走过来后，他说道："再过一会县警局的车就会抵达，尸体将被搬到大学附属医院去解剖。"

龟井刑警在长根刑警的旁边也蹲了下来，"查到什么了吗？"

"没有任何东西丢失。没找到那个女人的手提包。它有可能是坠崖时丢了，也有可能是落在酒店房间里。另外手表还好好地戴在手上，不过停掉了。表盘也有裂缝，应该是坠崖时撞到了吧。"

"戒指不见了。"龟井刑警举起风见美津子的左手。

"但是现在还蛮多年轻女性不戴戒指的。"

"嗯。不过这根无名指上有明显的戒痕。"

正如龟井所说的那样，尸体左手无名指的指根位置上有一圈白色的环形痕迹。

"这位死者很有钱吗？"长根刑警问道。

"没。咖啡店的服务员，住在一间6张榻榻米大小的公寓里，看上去不像是有钱人。"

"那么就不太可能戴着很贵重的戒指吧。5万日元现金凶手都没偷走，便宜的戒指就更不会偷吧？"

诚然不假。就算这个戒指价值几十万日元，根据犯罪的心理，比起容易留下证据的戒指，还是更会选择偷走现金，哪怕只有几万日元吧。

那么，戒指是风见美津子自己摘下来的？还是坠崖时受到撞击而脱落的？

"我们要不要去看下这两人住的酒店房间？"龟井刑警跟长根刑警提议道。

野村英雄和风见美津子所住的是3楼的双床房。看来野村一开始就打算叫这个女的过来，所以才会订了间双床房。

龟井刑警和长根刑警，加上小川刑警，3人一起搜查了房间。

房间里看似属于野村的东西只有一个小小的行李箱。箱子没有上锁，可以直接放床上打开查看。

里面胡乱塞着一堆内衣。翻开这些衣物，底下有一个装着32万日元的信封，看起来是为塔希提岛之行而准备的。加上钱包里的5万日元，合起来恐怕就是野村这个年轻人的全部财产了。也就是说他应该是携带了全部财产逃到这里的。

房间里没有发现女式手提包。照此来看，手提包应该是坠崖时掉进海里了。

"野村英雄究竟在躲什么？"龟井刑警坐在床上，双手抱胸地看着自己的同事小川刑警。

"当然是凶手。"小川刑警毫不迟疑地回答道，"说不定那些杂志报道这个案子的时候会将大标题写成'为了逃避鬼船的诅咒'。"

"不过看样子野村并不知道凶手是谁。要是知道的话，他肯定不会和假《周刊东京》的记者见面，还跟凶手一起离开酒店。即便对方乔装打扮，他也应该能认得出来吧。"

"应该吧。那么也就是说，野村知道有人想要自己的命，所以才逃到这里。但是，他却不知道对方是谁。"

"有这么扯的事吗？"龟井刑警表示怀疑。有人想要自己的命，这是很严重的事情。这么严重的事，却不知道是谁要杀自己，这也太荒唐了吧。

"如果凶手就是那个写恐吓信的人，那一切就能说得通了吧。"小川刑警说道。

"你是说那个啊。"

"信是匿名的，也不知道是谁写的。"

"不过，只有懦弱的胆小鬼才会不敢署名。这种家伙会特意追到能登来杀人吗？"

"可能性几乎为零。"

"而且，野村如果知道是谁要杀自己，那他肯定会去寻求警方的帮助吧。"

"这个案子尽是一堆让人猜不透的事。"牢骚川师刑警耸了耸肩。龟井对此深有同感。

截至目前已经死了4个人了。虽然都被伪装成自杀，但是目前已经可以确定是他杀了。

这是连环杀人案。通常死者达到4个人时，罪犯的杀人动机也会浮出水面，至少此时应该可以锁定五六个嫌疑人了。

但是这次的案子截至目前既不知道犯罪动机，连嫌疑人也勉强只有一个，还是那个看起来完全不可能作案的匿名信作者。这换做其他人也会忍不住发牢骚吧。

"搜查过程中是不是遗漏了什么？"

7

　　龟井刑警和小川刑警回到东京后向十津川汇报了这次的案子。

　　"凶手是如何得知野村和那个女的投宿在外浦酒店？"十津川问道。

　　"这是野村的疏忽。"龟井刑警回答。

　　"怎么说？"

　　"国铁轮岛车站有一个导游中心。这里的工作人员向野村介绍了外浦酒店。"

　　"原来如此。这个假记者拿着野村的照片也来到这个导游中心找人。于是工作人员就告诉他自己给野村介绍了外浦酒店。难怪这么容易就找到人了。"

　　"也许野村自己找个酒店住说不定还不会这么快丢了性命。不过他也是慌慌张张逃到轮岛上的，肯定没提前预定酒店，所以才会找车站的导游中心帮忙吧。"

　　"凶手是一名三十五六岁的男人，高高瘦瘦，戴着方形眼镜，满脸胡须吗？特征这么明显，会是真的吗？"十津川摸了摸下巴说道。

　　"你的意思是？"

"方形眼镜和满脸胡须会不会是乔装打扮？如果真是这样，一旦我们照着那个样子找人，恐怕反而会耽误我们寻找真正的凶手。"

"但是这个凶手有必要乔装打扮吗？"

"不清楚。我只是说有可能是乔装打扮，并没有说一定是这样。"十津川笑道。他接着又说道："比起这个，我更在意你刚才说的那个戒指的事。手指上有白色的戒痕，但是却没看到戒指，有点不合常理。"

"能不能认为是坠崖时被撞掉了？"

"如果能这么容易就掉，就不会留下白色戒痕吧。正常来看它不该是坠崖撞击就能脱落得掉的。"

"那么就是凶手偷走的？"

"或者是死者因为什么原因自己把戒指摘下来，收到手提包或者别的地方？"

"但是为什么凶手就只偷走戒指呢？"

"明明现金和手表都还在。"

"没错。凶手在杀死永田史郎和山本良宏时也都没有偷走任何东西。特别是在帆船中杀死永田史郎时，船上除了有大笔的现金外，还有录音机和相机。但是凶手却什么都没偷走。这次在能登也是这样的，野村的现金分毫不少。搞不清凶手在想什么。"

"不过，很令人好奇不是吗？当然，前提是凶手偷走了那个戒指。我也想知道原因。这个戒指到底是有多昂贵？还是有什么来头？"

"我去查查。"龟井刑警说完就离开警局，前往风见美津子打工的咖啡店调查。

这期间，石川县警方打来电话告知野村英雄和风见美津子的解剖结果。十津川先是对对方这一次的配合表示感谢，然后一只手拿话筒，一只手开始记笔记。

野村英雄和风见美津子一样，全身上下有十几处撞击伤，还有脑后凹陷、肋骨骨折等。

另外，警方让采珠女潜到海里，在那个俗称"浪花海角"的正下方大海里，找到了疑似风见美津子的手提包。

由这些发现可以确定，野村和美津子确实是从那个悬崖掉进海里的，浑身上下的撞击伤也是掉落时撞到山体岩石导致的。

"当然，如果这是他杀的话，这些撞击伤中应该有些是凶手造成的。"石川县的长根刑警在电话的另一头说道。

"手提包中有没有发现戒指？"

"没有看到。这个戒指很重要吗？"

"目前还不清楚。我只是有些在意。还有一点，把这两个死者叫出去的那个男人，除了在轮岛车站的导游中心探听消息外，还查到什么吗？"

"目前还知道他在轮岛车站前的'轮岛'食堂吃了海鲜火锅，只有这一点。我想他应该是吃完之后才去的外浦酒店。如果是刚吃完不久，那应该还能提取到指纹，不过现在都已经过去两天了。除此之外，就再也没有这个假记者的其他消息了。"

十津川道了声谢后放下了电话。

龟井刑警大约是在两个小时之后回来的。

"据风见美津子的同事回忆，这个女人果然左手无名指上有戴戒指，是个假钻戒。"

"假的？"

"据说美津子一直声称是真的，但是同事都说肯定是假的。服务员的工资就那么一点点，买不起真钻戒吧。"

"这个戒指是她之前就有的吗？"

"不是。据说假钻戒是最近才开始戴的，这之前都是戴虎眼石做的便宜戒指。手指上的戒痕应该是戴那个戒指时留下来的。"

"是不是可以认为，被杀时，这个女的手上戴着假钻戒？"

"据说她离开东京的那天，也戴着假钻戒上班。应该可以认为她是戴着这枚戒指前往能登的。"

"那也就是说，凶手杀了她，并偷走这枚假钻戒。因为听说手提包里也没找到这枚戒指。案子越来越有趣了。面对大额现金都不会心动的凶手，竟然会去偷假钻戒。"

"会不会是凶手没看出来那是假的？"

"说不定人家原本就是真的呢？"

第六章

第二次庭审

1

6月8日上午10点开始，横滨地方海难审判厅第2号法庭召开了复仇者Ⅱ世号事件的第二次庭审。

今天的法庭内也仍然充斥着电视台的闪光灯。旁听席上座无虚席。与第一次庭审一样，很多都是被太阳晒得黝黑的年轻帆船爱好者。

庭审一开始，审判长就宣读了来自县卫生局关于第一次庭审时提出的霍乱致死论的见解。

"接下来宣读来自卫生局的回答。"3位审判长中最年轻的丹羽审判长单手拿着笔记本站了起来。虽然是逐字念读报告书的内容，但这种方法反而让报告听起来真实可信。

"关于你们特别询问的问题，我们的回答如下。署名是卫生局局长。嗯，新日本电视台新闻部记者山口令二于今年4月5日到4月28日所采访的菲律宾棉兰老岛的达沃市及三宝颜市这片区域整体卫生状况良好，最近几年没有发生过一起包括霍乱在内的检疫传染病。另外，回港的复仇者Ⅱ世号上的食材及饮用水，经过详细检查，没有发现任何病原体。饮用水中检出大肠杆菌，但是量很少，没什么大问题。因此，复仇者Ⅱ世号上的人员不可能会患上霍乱或是其他传染病。这是来自神奈川县卫生局的意见。你同意吗，日高理事官？"

"我赞同。"日高点点头。

"接着第一次的庭审，接下来我提出几个推论，请大家讨论。正如第一次庭审所说的那样，我希望能够通过大家的讨论找到让人信服的事件起因。"

"请继续。"津岛首席审判长催促道。

辅助人、受审人，再加上65名旁观席上的听众都在静静地等待日高的发言。电视台摄像机的闪光灯闪得人眼睛生疼。

"第3个推论是海底火山爆发导致人员消失。众所周知，伊豆七岛至小笠原诸岛的这片海域的海底火山现在仍然处于活跃期内。1952年硫磺岛附近的明神礁大喷火，最近小笠原诸岛的西之岛附近也因为海底火山喷发而产生了一座新岛。我认为复仇者Ⅱ世号在小笠原海域是不是碰到海底火山爆发了？1952年9月明神礁喷火时，被派遣去调查的海上保安厅观测船第五海洋丸受到爆发余波的影响全船沉没，船上的31人无一生还。这大概也是这附近的海域被叫作'魔鬼海域'的一个原因。海底火山喷发是如此危险可怕的一件事，因此如果复仇者Ⅱ世号突然遭遇海底火山喷发，那么船上的9个人会是什么反应呢？既然我们已经无法向他们咨询这个问题，我们只能凭空想象。不过这里请允许我读一段一位遇到海底火山喷发，最终九死一生幸免于难的帆船驾驶员的手记。"

日高说完从桌上拿起一本书，翻到夹着书签的那一页。

5 月 31 日下午，这个太平洋突然"吼——"地咆哮了起来，真的是非常猝不及防。一瞬间帆船开始颤巍巍地剧烈震动起来。它与突发的强风和巨浪导致的震动不同。

刚好轮到白濑值班。武田和我正躺在铺上迷迷糊糊地打发无聊的时间。

什么声音？我吓了一大跳，直接从床上跳起来，头差点就撞到天花板上。我飞奔到甲板上。武田也紧跟着跑了出来。

刚开始我以为是附近的海面上有艘潜水艇要浮上来。但是不是。轰隆声来自海底。连覆盖在海面上的大气都为之颤动。

会不会是海底火山爆发？还是海底要塌陷？

脑子里一下闪出这些念头。慌忙中，我死命吼道："全速前进！全速前进！快逃啊！"

"跑？跑到哪里去！跑不掉的！"武田愤怒地回应了一句，口气中满是一触即发的紧张感。是啊，能跑到哪里去？！我看见白濑的脸色一点儿一点儿苍白起来。

左舷的海面上咕嘟咕嘟地冒出了白色的泡沫。

"哐"的一声,大海又是一阵歇斯底里的吼叫。

"火山爆发的前兆。快爆发了!快操反舵^①!"

但是没有人动,大家都盯着冒着白泡的海面。海底火山会不会顶出水面?来自海底的轰隆声还在继续。白鸥号的震动越发剧烈了起来。甲板前后左右摇摇晃晃。

害怕一分,祈祷二分,断念三分。

选自栗原景太郎《白鸥号航海记》

日高止住声音,把书倒扣在桌上。

"这段描述中出现的3个人物都拥有高超的帆船驾驶技术。其中一名是女性,他们只凭自己3个人就已经成功环游了世界一周。即便是这些人,他们碰到海底火山时都只能放弃逃生。复仇者Ⅱ世号上的9个人突然遭遇海底火山爆发,船身晃动,内心无望,这也是可以理解的。当然,也许有人会主张留在船上,但是最终主张弃船的那一方获胜。9人决定乘坐救生筏出逃。正如山野边教授所讲的那样,这艘救生筏实际上确实只能坐六七个人。但是,人们在面临巨大的危险时,不一定能够理

---

① 反舵指旋转舵轮,使舵叶转向相反方向,从而改变船身前进方向的操作。——原注

性行动。9 人都坐上救生筏，离开帆船。我认为他们会做出这种选择也是因为小笠原诸岛就在附近。他们抱着侥幸的心理，认为只要能暂时躲过眼下的危险，就能抵达小笠原诸岛的某个岛屿上。可惜救生筏整个沉入了大海，9 人丧生在海底。水手在弃船逃跑时通常都习惯把宠物也一起带走，因此这也为那只叫作"Pascal"的鹦鹉的失踪找到了理由。我认为这个理由也适合其他推论，不仅仅局限在海底火山爆发这个推论中。只要船员们弃船离开都会带上这只鹦鹉。海底火山爆发突然发生又突然停止，这种情况也很常见。9 个人所乘坐的救生筏被大海一下子吞没后，海底火山爆发就突然止住了动静，原本认为会沉没的复仇者 II 世号逃过了灭顶的危险，变成一艘'鬼船'，继续在海上漂流。根据被发现时复仇者 II 世号船舱内的情景以及只记录到 5 月 10 日的航海日志来看，可以认为海底火山爆发是发生在 11 日准备好早餐的那一刻。桌上的早餐没有洒落一地或许是因为喷发的火山刚好不是位于复仇者 II 世号的正下方。如果是在正下方的话，复仇者 II 世号肯定会毁于一旦，沉入大海。所以喷发的海底火山可能位于五六百米之外的海域。但是，如果船四周的海域同时有多处火山喷发，这肯定会让船上的 9 人瞬间陷入绝望。海面嘶吼着吐出一堆堆的泡沫，帆船瑟瑟发抖。唯一的好消息是，海浪并不是像飙风那样强烈，没有一下子扑倒船身。因此桌上的饭菜没有被撞飞到地板上。以上是我的想法。"

墙壁上已经挂好了小笠原诸岛海域的地图。

上面标出了明神礁和西之岛新岛的名字。

打 × 的位置表示复仇者Ⅱ世号被鲨鱼Ⅰ世号发现时所处的位置。

"我想问下受审人。"津岛审判长看向冈部孝夫和久本功一郎二人，"鲨鱼Ⅰ世号在航行中，特别是在5月11日到14日这期间是否察觉到类似海底火山爆发的这种震动，或海面异常现象？"

"完全没有。"冈部摇了摇头。

"辅助人的意见呢？"津岛审判长转向白根教授和山野边教授。

海洋学专家白根教授站起身说道："正如日高理事官所说的那样，这一带海域确实海底火山活动频繁。因此复仇者Ⅱ世号突然遇到海底火山爆发也不是不可能的。西之岛新岛产生时我就在海上保安厅的船上做实地考察。我用相机原原本本地记录了从火山喷发到新岛产生的这段时间的情形。正如理事官所讲述的那样，海底火山爆发是很可怕的。我是在离爆发点大约1500米的船上观测的，但是喷发出来的岩浆以及释放出的水蒸气数次让我感受到危险。复仇者Ⅱ世号的体积虽然是快艇中的佼佼者，但它也只不过是一艘93吨的小船。我在2000吨的巡视船上都能感受到恐惧，更何况复仇者Ⅱ世号上的9个人，他们担心帆船沉没，决定乘坐救生筏逃生也没什么不可思议的。

问题是，究竟有没有海底火山爆发。"

白根教授用手抹了下白发，然后拿起油性笔走到墙壁上的地图旁边。电视台的摄像镜头也紧跟着他转了过去。

"首先必须明确复仇者Ⅱ世号漂流的海域。鲨鱼Ⅰ世号在 5月 14日早上是在母岛东边约 150公里的位置发现它，也就是这个打 × 号的位置。然后，5月 10日，航海日志上记录的最后一天，因为发过无线电报，所以这一天它所在的位置是在这里。"

白根教授在这个位置也画上一个 × 号，然后用直线连接起两个 × 号。

"这之间的距离大约是两公里。复仇者Ⅱ世号在 11日至 14日的这 3天里，并不一定是沿直线漂流，因此我们以这个两公里为直径画一个圆。"

白根教授用油性笔画了个圆，然后把这个圆涂上阴影。这个圆画得有些走形，看起来还挺可爱的。

白根教授自己也有点赧然，他挠了挠头，说道："现在我们要来考虑这块圆形海域在 5月 11日到 14日期间有没有发生过海底火山爆发。像明神礁或西之岛新岛这种大规模的火山爆发至少会持续两三周，很容易被人察觉。那么，复仇者Ⅱ世号所遭遇的应该是小型的、短暂性火山爆发。这种小型的海底火山爆发到现在这个节点再去核实几乎是查不到的。但是，所幸有一种方式可以确认，那就是海底火山爆发的时候，海面上会浮出很多浮石，火山灰或火山气体也会让附近的海面染上别的颜色。"

白根教授这次换了根红色的油性笔。

"进入这片海域的船只，首先有鲨鱼Ⅰ世号。你能否用这根红色笔画出发现复仇者Ⅱ世号之前你们的航海轨迹？"白根教授将油性笔朝受审人的方向递过去。

受审人席上的二人互相对视了一会，最后年长的冈部作为代表站起了身，走到地图前，接过白根教授的油性笔。

冈部有些紧张，握着油性笔的手颤抖个不停。他觉得这样下去不行，被人看见就太没面子了，于是他握紧了手上的笔，用力而快速地在地图上画出红线。歪歪扭扭的红线渐渐插进白根教授画的那个圆里。

"谢谢。"白根教授朝冈部说道。

"除此之外，复仇者Ⅱ世号失去联系后，巡视船海角号也曾在这片海域搜查过。虽然它没能发现船只，但是这片阴影海域的绝大多数地方它都搜查过。但是海角号并没有汇报过任何火山爆发之类的情况。另外，这片海域是天然渔场，常常有很多渔船在这里捕鱼。5月11日至14日期间在这个海域捕鱼的渔船，仅我调查到的就有126艘。渔民有义务汇报他们所碰到的异常现象。事实上，不管是明神礁，还是西之岛新岛的火山爆发，第一个报告人都是渔民。但是，这一次，没有收到任何渔船的汇报。另外，海底火山爆发肯定会带来地震波和海啸。明神礁的火山喷发时，美国西部的观测点记录到了它的波动，八丈岛也观测到了海啸。而这一次，我给美国西海岸的海岸观测基地和八丈岛、小笠原诸岛父岛等都发过电报询问，不管是哪个观测点都回复说没有观测到海底火山爆发造成的地震波或海啸。因此，我认为海底火山爆发发生的可能性几乎为零。"白根教授说完，鞠了个躬回到自己的席位上。

"山野边教授，您的意见呢?"津岛首席审判长朝双手抱胸盯着天花板看的山野边教授说道。

山野边教授放下双手，慢悠悠地站起身，说道："我对海底火山完全就是门外汉，没有什么可讲的。不过，我很好奇船体遇到海底火山爆发会受到什么影响，于是就调查了一番，接下来我就讲讲我所调查到的内容。1952年明神礁火山爆发时，海上保安厅所属的观测船第五海洋丸（211吨）遇难沉没，22名船员和9名观测员失去了宝贵的生命，这个事件我想在座的各位应该都有所耳闻。这艘第五海洋丸的船体碎片等物品后来被人们找到。今天，承蒙海上保安厅的厚爱，我有幸带来了它的一个碎片。"

山野边教授从包裹中取出一片30厘米见方的四方形木片。

"这是帆船外板的碎片，正如大家所看到的，上面嵌进一些细小的岩石碎片。也就是说，海底火山爆发的时候，无数的岩石碎片以每秒二三百米的速度飞向第五海洋丸，刺进船体。如果复仇者Ⅱ世号是近距离遭遇海底火山爆发，那它的外板应该同样也有这些痕迹。于是我就去检查了一遍船体，但是完全没找到这种痕迹。慎重起见，我还和我的学生一起带上呼吸器潜到复仇者Ⅱ世号底部查看。因为我认为海底火山爆发可能会给船底造成细小的裂痕。但是，不管我们怎么检查，都没能发现这些痕迹，船身连这次出航时新涂上的油漆都没剥落。

"还有一点，我采集了一些复仇者Ⅱ世号甲板上的附着物让专家们分析。分析数据在这，显示是正常的。也就是说没有检出所谓的火山喷发物。火山爆发时会随之有一些安山岩或玄武岩的细微粉末，但是附着物中没有检出这些粉末。另外，日本的火山中，硫黄成分含量较多，这一点附着物中也没有。

"综合以上几点，我认为，虽然问题海域是否有海底火山爆发暂不清楚，但是可以肯定复仇者Ⅱ世号没有遭遇过海底火山爆发。"

山野边教授简单地讲完这些，就回到自己的席位上。

日高的第3个推论就这样也被否定了。

2

"上午的审判到此结束，下午1点继续开庭。"津岛首席审判长宣布。

日高站起身向津岛审判长问道："前几天我向您提交的书面申请如何了？"

"下午的庭审我们请了在M大学教心理学的佐藤教授作为

参审员出庭。要从心理学方面讨论这次事件，我认为他比较合适，你觉得呢?"

"如果是佐藤教授，我没有异议。"日高表示感谢。下午的庭审上，日高打算提出9人消失的原因在于心理学方面这一推论。因此需要听取心理学专家的意见。于是他向审判长提出书面申请，希望除了两名辅助人外，再邀请一位专家作为参审员出庭。

M大学的佐藤教授虽然才42岁，不过已经出版过很多专著，如《恐慌心理学》《谣言心理学》等。他是位以清晰明了的社会分析而著称的学者。如果是这位专家的话，应该能对提出来的推论给予明确的判断吧。

日高回到自己的办公室用餐。

协助调查的小西事务官给他倒茶时担心地问道:"现在审判进展如何?"

日高打开鳗鱼饭外卖，回答道:"如预料的那样，是场持久战。毕竟作为本案关键点的那些船员都消失不见了。复仇者Ⅱ世号究竟发生了什么，全部只能靠推导来探究。"

"这让我想起玛丽·赛勒斯特号事件，它至今也已有百年，也仍然悬而未决。很多人想要解开这个谜团，更有甚者竟然草率地认为这世上从未有过玛丽·赛勒斯特号这艘船。"

"这个想法我也知道，我记得是一位名叫D.G.保尔的人提出来的。不过，就如复仇者Ⅱ世号是真实存在的一样，玛丽·赛勒斯特号也是真实存在的，它留下了法庭记录。我总觉得要是能解开复仇者Ⅱ世号的谜团，也就能解开百年前玛丽·赛勒斯特号的谜团。虽然我的这个想法很危险，不过我觉得这两起船员消失事件的原因应该是一样的。"

"那也就是说，解开一方，另一方自然就会迎刃而解了?"小西事务官怀疑道。

"你不相信?"

"玛丽·赛勒斯特号事件已经过去100年了。就算现在推理出来，也无法确认真假吧?"

"等这次的事件解决了，我打算去看看1872年玛丽·赛勒斯特号事件发生时英国刊发的报道，确认一下我的推论。"

"我朋友正在英国留学，就在国立图书馆附近，我让他把这些报道复印下来寄回来吧? 是不是只要关于玛丽·赛勒斯特号的报道就可以?"

"不够，如果有法子的话，我想把1872年玛丽·赛勒斯特号事件发生之后的所有伦敦时报全阅览一遍。"

"为什么?"

"玛丽·赛勒斯特号的谜团至今未解。我觉得只是阅览玛丽·赛勒斯特号事件相关的报道，只能得出过去别人已经推导出的结论。当然，这部分报道我也要看，但是我总觉得那些看上去与事件毫无关系的报道中，或许说不定藏着解开谜团的线索。以前那些想要解开玛丽·赛勒斯特号谜团的人可能疏漏了这部分的内容。"

"这个想法很有意思。"

"重点是我的推论能否正确。"日高微笑道。他张开大嘴，吃下一大口鳗鱼饭。日高的块头很大，所以虽然已经 58 岁，但是胃口还很不错。当然，再好也比不得二三十岁的人那样，一次能吃下五六碗盖浇饭。

"今天的报纸您看了吗？"隔了一会，小西事务官问道。

日高已经吃完鳗鱼饭，正往烟管里装调好的烟草："还没。审判的事情已经塞满了我的整个脑袋，我还没时间去看。报纸上说什么了？"

"鲨鱼 I 世号的野村英雄死在了能登。据说口袋里装着那张传唤通知书。"

"第 3 个人了吧？"日高长叹了一声，"意外？还是他杀？"

"野村英雄的女朋友也死了。两人好像是从能登的断崖上坠落而死的。似乎警方认为是他杀。"

"那两名受审人应该已经知道自己的第 3 个同伴也死了吧？"

"应该吧。"

"究竟是为什么？如果是他杀，凶手是谁，又因为什么要杀害鲨鱼 I 世号上的人员？"

"我也不懂。"

"这案子真麻烦。"日高点上烟，从椅子上站起身，望向窗外。或许是为了映衬他的沉重心情，一大早就阴沉沉的天，开始淅淅沥沥下起了小雨。梅雨季节正式来临。

鲨鱼 I 世号上的人员已经接连 3 人被杀。可是就算如此，这些也与这次的海难审判无关。虽然日高一直是这么认为的，不过，他的心情还是很沉重。特别是受审人席上的冈部和久本，他们应该更难受吧，日高心想。

雨势越来越凶。

3

下午 1 点，审判再次开庭。日高努力让自己忘记杀人事件。因为他的责任不是追查杀人凶手，而是解开复仇者 II 世号的谜团。

"那么，日高理事官，请开始吧。"津岛首席审判长催促道。

日高看见 M 大学心理学专家佐藤教授已经作为参审员来到法庭，于是他缓缓站起身，开口说道："接下来是第 4 个推论。在此我先申明一点，我完全没有想要诽谤复仇者 II 世号 9 位失踪者的意思。我仅仅只是在此陈述事件的可能性，听取大家的意见。我之前所陈述的 3 个推论都已经被证明绝无可能，或是几乎不可能。也就是说本次事件的原因不可能是低气压或海底火山爆发这类的外力因素。另外，霍乱发生的可能性也被排除了。那么现在剩下的就是人为因素了。其中之一就是我接下来要陈述的推论。众所周知，复仇者Ⅱ世号上一共有9个人。可以说这9个人已经组成了一个小社会吧。既然是小社会，难免会出现纠纷，有时这种纠纷还会发展成命案，这种可能性不能说完全没有吧。而且，复仇者Ⅱ世号的拥有者兼船长细见龙太郎与同样是评论家的吉村昭之是敌对关系。据说这个关系一直在恶化。虽然细见龙太郎记录的航海日志，以及8毫米、35毫米胶卷中的影像显示整个航程大家都是一团和气，但是我认为细见龙太郎和吉村昭之两人，心里是一直有矛盾的。船上的空间很狭小，每天又抬头不见低头见，日子久了这种心理上的矛盾就会变得比在陆地时更尖锐吧。其他7人也被迫卷入这种矛盾，船上的气氛应该无时无刻都是剑拔弩张的。

"根据我的调查，这9人中有一个人有家族精神病史，他的名字我就不明说了。这个人的曾祖父那一辈出了两个精神病患者，一个自杀，另一个在医院死亡。我之所以连这么隐私的事情都要调查，是因为我想把有关本次事件的所有可能情况都拿出来与大家讨论。我不是专家，还要麻烦今天作为参审员出庭的佐藤教授。我听说通常精神分裂症的发病率与遗传有关，关于这一点，佐藤教授，您怎么看？"

突如其来的提问，让今天第一次出庭的佐藤教授有点措手不及。

"确实如此。"他回答道，声音略显高昂。

"从概率学的角度来看，父母双方有一方患有精神分裂症时，孩子发病概率会增加。曾祖父那一辈如果有人是精神分裂症患者，那么孩子的发病率也有可能会增加。"

"谢谢。"日高朝佐藤教授鞠了一躬。

"那么，这9人中的一人，我们暂且用'他'来称呼这个人吧。他在狭小的船上精神极度紧绷，硬忍着熬过几日后，到了5月11日这天，他再也坚持不下去，精神开始出现异常。这个节点应该是早餐做好那会儿吧。他把船上的其他8个人逐一推下船，最后自己乘坐甲板上的救生筏离开复仇者Ⅱ世号。不过这艘救生筏后来还是倾覆沉没，于是失去船员的复仇者Ⅱ世号就自行在海上漂流，直到14日早上被法庭上的两位受审人发现。这就是我的第4个推论，究竟有没有这种可能性，还请在座各位讨论。"

日高一坐回自己的位置，津岛审判长就看向佐藤教授："针对刚刚理事官的推论，佐藤专家，您认为呢？"

佐藤教授稍微理了理自己的长发，然后站起身，用手帕擦了擦额头的汗。

"自从我收到消息让我出庭本次的海难审判当参审员，我就简单调查了复仇者Ⅱ世号以及100年前的玛丽·赛勒斯特号事件。然后我才知道原来关于100年前的玛丽·赛勒斯特号事件，也有人猜测是其中一位船员精神异常杀掉所有人，最后自己也投海身亡。今天日高理事官的这个推论与此类似吧。

"正如我刚才所回答的那样，精神疾病已被研究证明与遗传有关。如果真如理事官所说的那样，9人中有人携带这种遗传因子，那么这个人是有可能突然精神异常。再加上船上空间狭小会造成精神上的压迫这一外在因素，这个人就更有可能产生神经错乱。

"根据症状，精神疾病可以分成几类。每个学者有自己的分类方法，不过理事官刚才所说的病症可以考虑是精神分裂症。这种病是精神疾病中最多见的，大多是在青年期发病，表现为思考障碍、感情以及意志等出现异常。

"精神分裂症的症状不是固定的，它表现为各种不同的症状，因人而异。我认为大体上可以有以下3类。第1类称为青春期痴呆。表现为：内向的年轻人会越来越孤僻，讨厌交际，睡觉、起床、上班等日常生活越发不规律，渐渐对事物失去兴趣，越来越频繁地自言自语，并开始出现幻想、幻听。

"第2类称为紧张症。这一类症状发病比第一类急，表现为过分话痨，行为举止漫无目的，同时伴有幻觉、妄想等症状。有趣的是，患者有时刚刚表现出极度的紧张状态，下一刻就陷入了昏迷。有时这种情况会多次交替出现。

"第3类称为妄想病。这种病多在进入中年后发病。病症几乎不表现在行动上，主要是妄想和幻觉等。病态的夸大妄想是它的典型性病症。

"上面我讲得有些难，不过日高理事官所说的那些症状，也就是发病时杀了整整8个人的这种症状，我认为通常属于第2

类，紧张症。第 1 类的青春期痴呆，它的症状是逐渐恶化，不是突发的，第 3 类妄想症的症状是把自己封闭起来，陷入妄想或幻觉之中，通常都不会做出伤人的行为。

"问题是，患有紧张症的病人会在帆船上把整整 8 个人都扔进海里，然后自己乘坐救生筏逃跑吗？我印象中大概只有两件类似的事件。一件是发生在一艘远洋渔船上，一个船员突然用军刀杀死自己的一个同伴，并使另一个同伴身负重伤。另一件是发生在 S 县，一名年轻男士半夜突然拿起他哥哥的猎枪射杀了两个路人。

"这两起事件的共同点是使用武器杀人。此外，他们在杀人后都陷入虚脱状态，很容易就被逮捕了。这些与日高理事官的推论都稍微有些不同，我想这点大家也都听出来了吧。虽然只是略显不同，但是在精神病理学上却千差万别。

"按照日高理事官的推论，患者在甲板上逐一将 8 名同伴扔进海中。那么这 8 个人就没人反抗吗？患者只是一个人而已。这种事情有可能吗？这是我的第一反应，不过这不属于精神病理学问题，所以我们先不谈论它。那么，问题是患者为什么不像我所列举的那两起事件那样使用武器呢？我之所以如此在意武器这个问题，是因为精神分裂症的患者在失去理智胡乱杀人时，通常都如我所列举的那两个例子那样，表面上看他们非常残忍，具有攻击性，但是实际上，对他们而言，这些行为完全是防御性行为。从心理上看，患者之所以发病，完全是因为他坚定地认为周边的人要杀自己，或是憎恨自己。也就是说患者是出于恐惧才杀了对方，而不是认为自己处于优势地位，内心想攻击、杀害对方。这种具有弱者心理的患者面对对手时，几乎不会赤手空拳相搏。因为患者一直把自己当作弱者看待。他们会使用近旁的武器，如猎枪、砍刀、小刀等物品。我本来以为复仇者Ⅱ世号上没有这类物品，于是我就查看了备货清单，结果发现里面有很多。这是我收到的备货清单，我读一下，斧子（大的）2把、螺丝刀8把、锤子2把、扳钳1把、凿子6把、刀子5把，除了这些，还有做饭时用的菜刀。说得极端点就是船上处处是武器，也可以说成处处是凶器吧。如果真如日高理事官所推论的那样，有一个人精神分裂症发作杀死所有人，那么他肯定会利用身旁的武器吧。但是刚才我读到的这些物品都没有被使用过的痕迹。船内也没有血迹。据说不仅是船内，连甲板上也毫无血迹。那么，从心理学，特别是从精神病理学上看，这是极其不可思议的。

　　"另外还有一点，我听说船内不仅没有任何血迹，也没有激烈争斗的痕迹。这一点从复仇者Ⅱ世号被鲨鱼Ⅰ世号发现时，船舱桌上摆放的饭菜还是整整齐齐的这点也可以推测出。因为如果船舱内发生打架斗殴，那么桌上的饭菜肯定会散落一地。也许这样推测比较合适，即凶手，也就是患者，在船内杀完人后，抹去所有痕迹，并在桌上摆好饭菜，装作一切正常的样子？但是，精神分裂症患者是不可能做到如此冷静处理现场的。

正如我前面所讲到的那样，精神分裂症的特征就是突然发病后，陷入虚脱状态。

"因此，患者应该是守在甲板上等人上来，上来一个就扔一个，或者逐一将人带到甲板上然后扔下海。不管是哪一种，他都不是在船舱内杀人。这种杀人方式对精神分裂症患者而言，是难以完成的。精神分裂症患者绝对不可能自己挑时间和地点杀人。

"综上所述，我对日高理事官的推论兴趣满满，但是不得不说，并没有现实可能性。"

4

"我尊重专家的意见。"日高平静地说道。目前为止日高提出的四个推论已全部被否定。日高期待这种否定能成为抵达真实情况的阶梯。

"我坚信大家在不断否定我的推论的过程中，反而能渐渐接近复仇者Ⅱ世号谜团的答案。因为我们在不断缩小范围。为了进一步接近事实，请允许我提出第 5 个推论。"

日高看了眼桌上的笔记本。

"我调查了复仇者Ⅱ世号上很有可能发生突发状况的那一天，即 5 月 11 日小笠原附近的天气。记录显示那天天气晴朗，东北风 5~6 米 / 秒，正午气温 28℃，早上 6 点气温 25℃。也就是说那天的天气一大早开始就很炎热。复仇者Ⅱ世号虽然在快艇中是属于大块头的，但是它也没有安装冷气设备。可以认为早饭时船舱内也相当闷热。我也当过船长好多年，所以我非常清楚，这种时候与其在狭小的船舱里待着，还不如去甲板上吹吹海风心情更舒畅。因此，我合理认为，5 月 11 日早上，9 人中有几个人走上了甲板。我认为其中有一个人不小心掉进了海里。

"复仇者Ⅱ世号是扬帆南下，因此离掉进海里的那个人越来越远。大家慌慌张张调转船头想要回到原地。但是，帆船这东西并不是能够很轻易就转回到原地的。它需要一定的时间才行。而这期间，坠海的那个人已经沉到海底。就算他还没死，在广袤的大海上寻找一个人无疑是大海捞针的行为。

"总之，当复仇者Ⅱ世号回到原地的时候，坠海的那个人早已不见踪影。当然，剩下的 8 个人肯定会想尽办法寻找遇难的那个人。

"他们大概会放下救生筏打算下船找找。因为用来救命的救生筏体积较小，容易调转方向。换做是我的话，我会让 3 个人一起去，两个人划船，一个人专门找人。他们也肯定是这么做的，这样就能解释为什么救生筏不见了。我认为救生筏和复仇者Ⅱ世号之间会绑上一条绳索，这样做可以防止连救生筏都消失不见。

　　"这样一来，复仇者Ⅱ世号上还剩下5个人，因为自己的一名同伴消失不见，所以这5个人肯定会全部出现在甲板上盯着海面找人。大家抓着船的安全侧缆，把整个身子都探出去。就在这时，突然刮起了一阵强风，于是这5个人一下子就掉进了海里。受强风的影响，复仇者Ⅱ世号猛地往前冲出去，一下子把那根连接救生筏的绳索挣断了。于是救生筏也沉没了，船上的9个人都沉入海底，只剩下复仇者Ⅱ世号变成'鬼船'在太平洋上漂浮。"

　　"我们听听受审人的看法。"津岛审判长看向鲨鱼Ⅰ世号的冈部孝夫和久本功一郎，"你们应该都是驾驶帆船的老手了。站在帆船驾驶员的角度来看，你们认为理事官的推论如何。请不用有所顾忌，大胆说。"

　　听完审判长的话，冈部和久本对视了一眼，然后冈部站起身，说道："老实说，我不赞同。这种推论有牵强之处。"

　　"请具体陈述下原因。"

　　"我认为日高理事官的推论中有两处不自然的地方。第一点是复仇者Ⅱ世号的船帆。为了帮助坠海的同伴而回到原地，放下救生筏，这一点我赞同。但是这种时候，通常都会降落船帆，往大海抛锚固定船只，这是常识。或者应该落下船帆，发动辅助引擎在原地转圈寻找落水者。但是复仇者Ⅱ世号被发现时，两张船帆都是张开的，辅助引擎也没打开。而且，船帆落下，帆船停止航行后应该不需要在帆船与救生筏之间再绑一条绳索。

"第二点是留在快艇上的 5 个人被突然刮起的狂风吹落到海里，我认为这个地方也过于牵强了。就算把整个身子都探出船外查看海面，甲板上是有安全侧缆的，我觉得不太可能 5 个人全部掉进海里。而且，假设这风威力惊人，把 5 个人全部弄到海里，那么船舱里的饭菜怎么可能没有掉落到地板上？这一点想想就很不正常。另外还有一点，这点也许有些多余，通常有人落海，都是先拼命给他扔救生圈、救生衣那种能浮在水面的东西，然后把人拉回来，这才是常识性做法。因此，如果按照理事官的推论，海面上不可能没有漂浮救生圈、救生衣这类物品。"

"要不要听听辅助人的意见。"津岛审判长望向日高。

日高笑道："不，不用了。我自己也觉得这第 5 个推论有些牵强。"

"那么，这个推论我想就到此为止。不过，我这边想给理事官一个建议。"

"您说。"日高回答道。

"刚刚受审人提到了船帆，我本人对这次事件中的船帆也感到很不解。复仇者Ⅱ世号被发现时，两根桅杆上的船帆都是张开的，其中一片裂开。这一点或许是巧合，但是它确实与 100 年前的玛丽·赛勒斯特号一致。据说玛丽·赛勒斯特号也是两片船帆中有一片裂开。我一直在想这究竟是为什么，但都不得其解。是被强风撕裂的？还是消失的 9 人中有人把它割裂的？

他又是为什么要这样做？玛丽·赛勒斯特号事件中，关于裂开的船帆也没有留下相关报道。我总觉得，不管是这次事件，还是 100 年前的玛丽·赛勒斯特号事件，裂开的船帆中都隐藏着事件的谜底。当然这单纯只是我个人的看法。理事官你知道这个船帆裂开的原因吗？"

"非常遗憾，我也理不清头绪。"

"那么下次开庭之前请找出原因。"

"好的。"

"本次庭审到此结束，下次庭审将于 3 日后的 6 月 11 日上午 10 点开始。"

第七章

戒指迷踪

1

"您怎么了，看起来没睡好的样子？"龟井刑警望着十津川。

"昨晚到家后接到我哥的电话了。"十津川翻阅着目前为止已经查到的资料记录，低声应道。

"您那个在 N 商贸公司当课长的哥哥？"

"嗯，就是那位职场精英典范。又来给我介绍对象，后面我不得不答应他等这个案子了结了就跟女方见面。"

"女方是谁？"

"据说是一家实力强劲的商贸公司社长的独生女。"

"这不是顶好的事吗！警部您也该每个月上缴工资了。结婚没什么不好的。"

"站着说话不腰疼。人家是独生女，我这是给人当上门女婿的。对方似乎暂且同意我继续干刑警。"十津川苦笑。他把笔记本放在一旁，说道："我一直在想戒指的事。"

"结婚戒指吗？我当初买了枚 1 万日元的便宜货应付过去了。"

"你在说什么！"十津川笑道，"我说的是能登那个女受害者的戒指。"

"抱歉。"龟井刑警不好意思地挠了挠头。

"凶手对现金不屑一顾，却偏偏抢走了一个咖啡店打工女的戒指。这事透着古怪。"

"是有点古怪。"

"我出去一下。"十津川站起身，他打算去见一见那两个还活着的鲨鱼Ⅰ世号船员。

这两人住的酒店距离京滨东北线的关内站很近，走路五六分钟的路程。

十津川走进酒店大堂，迎面遇到了神奈川县警局的武田刑警。小个子的武田刑警仍然板着一张仿佛刻着认真两个字的脸。这会儿他正走出电梯，看见十津川来，吃了一惊，连忙点头打招呼："那两人刚结束海难审判庭审回来。"

"现在野村英雄也被杀了，已经死了3个人，他们是不是很震惊？"十津川站在电梯旁，一副想跟武田刑警聊聊天的架势。

"是的。不过，我看他们一脸困惑，好像毫不知情。野村英雄真是他杀吗？"

"不会错的。至少可以确定确实有个男人假称自己是《周刊东京》的记者把两名受害者一起带出了酒店。你那边永田史郎的案子有什么进展吗？"

"毫无进展。我正烦着呢！如果那个也是他杀——"

"肯定是他杀。"十津川说道。

　　武田刑警没有反驳，他点点头说："确实。那天晚上，凶手趁受害者永田史郎下船去买白箭烟的空当，潜入船舱，把氰化钾掺入黑方威士忌。我想事情肯定是这样的，所以我就去找目击证人，不过没有找到。那个时间，不知道有没有人看见凶手潜入鲨鱼Ⅰ世号？要是能找到目击证人，这个案子就能破了。为此我还走访了帆船码头的工作人员以及停靠在码头上的其他船只的船员，可目前还没找到目击者。老实说，我都有点绝望了。"

　　"现在放弃还为时尚早。肯定有目击者。"

　　"但是有可能看见的人员我都走访了一遍，还是这种结果。案子偏偏发生在夜里9点到10点这个时间段，也难怪没人看见。"

　　"我记得是6月2日晚上？"

　　"是的。"

　　"那天晚上码头上应该有些游艇是第二天早上起航的吧。现在正值出海兜风的好季节。我想一天应该有好几艘游艇从油壶出发前往伊豆七岛、冲绳或是更南边的地方吧。6月3日早上应该也是这样。假设有游艇6月3日早上离港出发，那么它们的船员在前一天夜里，也就是案件发生的那个夜里应该会住在船上，为第二天的航行做最后的准备。这些人或许更有可能目击到有人行为异常。"

　　"你说的太对了。"武田刑警的双眼一下子亮了起来，"我马上去查下 6 月 3 日起航的游艇。"

"去吧。"十津川轻拍了下武田刑警的肩膀,然后乘电梯上了 5 楼。

冈部孝夫和久本功一郎的门前有两名神奈川县警局的刑警穿着便装看守。

十津川跟他们道了声辛苦,然后走进房间。

双人房里,厨师长冈部孝夫正趴在一张床上看报纸,而大学生久本功一郎正忍着不断上涌的哈欠眺望着窗外。

看见十津川走进来,两人像是约好了似的齐声抱怨道:"能不能让我们外出? 加上今天我们已经挤在这个狭小到令人窒息的房间里 5 天了。人都快关出病了。"

十津川在一旁的椅子上坐下,微笑地看着两人,说道:"游艇船室那么小你们怎么就能待上许多天?"

"那它走到甲板上就是一望无际的大海啊。"久本功一郎气呼呼地说道。

"野村真是他杀吗?"冈部眼里闪着精光看向十津川。

"我认为是他杀。所以想来问你们一些问题。"

"因为只剩下我们两个活人?"久本冷嘲热讽。

"也可以这么说吧。"十津川轻笑道,"县警方应该也问过你们,你们真没有想起什么吗? 关于自己的 3 名同伴连续被杀这件事。"

"完全没有。所以我跟久本甚至认为会不会是'鬼船'的诅咒。"冈部疲惫地说道。

"诅咒不会一下子死了 3 个人，不，4 个人。肯定是人为的。而且很显然是冲着你们鲨鱼 I 世号的所有人去的。你们对这个想要你们命的人没有任何头绪，这真让人为难。"十津川也就嘴巴上说说，脸上完全不像为难的样子。他叼起烟点上火。

像是被传染了一样，冈部在床上坐下，然后也叼起了香烟。

"想不起来我们也没办法啊。"

"我记得你们是为了塔希提岛之行才凑在一起的吧。也就是说，在此之前，除了你和永田，其他人都是互不认识的?"

"是的。"

"这样看来，凶手盯上你们的原因还是在于复仇者 II 世号。"

"开什么玩笑。我们放弃了塔希提岛之行就为了把那艘无人漂流船带回油壶。不感激就算了，怎么还被人盯上了。"

"真实情况是什么，你们要不要从头到尾地回忆一遍?"十津川平静地说道，还递了根烟给立在一旁的久本，"反正你们闲着也是闲着。"

"话是没错，可是……"久本接过烟，一脸沉迷地抽了起来。

"野村英雄是个什么样的人?"

"什么什么样?"冈部的眼睛眨个不停，"是个好男人。虽然沉默寡言，但该做的事都会认真做，是个很可靠的航行同伴。"

"我很佩服他。"久本说道，"为了塔希提岛之行，他竟然很干脆地辞掉大银行的工作，真是魄力十足。"

"你们满嘴称赞的这个野村，没有像你们这样参加海难审判，而是逃到北陆的能登，对此你们作何感想呢？"

"我也想逃跑啊！"久本说道，"永田船长和山本国家公务员都死得那么蹊跷，讲真的，我真以为是'鬼船'的诅咒。之所以没逃，并不是因为比野村更有勇气，恰恰相反，是因为我不敢逃。收到传唤通知书却没有出庭，这个过后不是会被惩罚吗！所以我就没敢跑。"

"原来如此。还有这种理由啊。不过，你们知道他有一个叫作风见美津子的女朋友吗？"

"不知道。今天看了报道我才知道原来他有个女朋友。"久本耸了耸肩。

"你呢？"十津川看向冈部。

"我也不知道。之前大概猜过，他人那么好，怎么着都应该有女朋友了吧。至于具体的我就不清楚了。本来就是2月份才刚认识的，后来又都是在聊塔希提岛之行。"

"他有提过钻戒的事吗？"

"钻戒？"冈部很惊讶，与久本对视了一眼后说道："我没想到他能买得起这东西。当然，我自己也买不起。"

"在游艇上的时候，野村有没有说过他送给女朋友一个钻戒？"

"没听他说过。"

"我也是。"两个人很干脆地摇头否定。

"那么，在你们看来，野村像是那种会给女朋友买钻戒的人吗？"

"不太清楚。私事都不了解。毕竟我们是因为游艇才认识的，在一起的时候也都只聊游艇。"冈部说。

"为什么你一直问野村的事？"久本很不满地反问十津川。

"你想说什么？"

"被杀的又不是只有野村。永田船长和山本也都死了。虽然我一开始以为这两人是自杀或是死于意外，但是现在看来，只可能是他杀。那么，你为什么没有问问他们俩的事？"

"我们当然在调查他们俩，也包括你们。只是老实说，现阶段我们还没有查出永田史郎案和山本良宏案的线索。而且，这两个案子都没有丢失物品，但是在野村案中，有人可能看到凶手，而且另一名女受害者的戒指还被偷走了。"

"但是，戒指被偷应该只是意外，凶手最终想要的还是野村的命吧。"久本说道。他一脸认真，似乎并没有因为失去朋友感到悲伤，而是对这起杀人案的种种可能性充满好奇。这也许是因为他还年轻，而且又被束缚在这一间小小的酒店房间里无事可做。

十津川微微一笑。他并不排斥这种讨论，而且说不定有意外的收获。

"确实如你所说的那样，凶手的目标肯定是鲨鱼Ⅰ世号上的所有人。风见美津子只是偶然被卷进来的吧。因为那个疑似凶手的假记者在能登四处打听时，都只打听野村。因此对凶手来说，风见美津子也许完全就是个意外。但是，她的戒指被偷了，被那个在此之前没偷走任何物品的凶手偷了，这是不争的事实。"

"那会不会是凶手瞧着她的戒指很值钱，于是就起了贪念？"

"但是风见美津子只是咖啡店的服务员，不可能买得起那种能让凶手瞬间起贪念的昂贵钻戒。因此，最有可能的就是野村买给她的。"

"你说的也有道理，不过你问我们也是白问。就像我刚才所说的，野村从来没有跟我们提过女朋友的事。"久本耸了耸肩。就在这时，一阵敲门声响起。

2

十津川示意两人不要动，他自己起身开了门。

这两人被保护在这个酒店的事一开始并没有对外界公开，不过后来被报社给挖了出来。也因此现在更要小心应对。

门外站着一个身穿酒店制服的男服务员。警局的刑警向十津川比了个 OK 的手势，暗示这个男服务员身份没问题。

"有什么事？"十津川问这个脸上还长着青春痘的年轻男服

务员。

"日本远洋游艇俱乐部送的慰问品。"男服务员说着递过来一个蛋糕盒。

"你们有加入这个俱乐部？"十津川扭过头问道。

"当然，我们是成员之一。"冈部回答，"前天俱乐部的人还过来看望我们，说这次的海难审判非常重要，让我们好好配合，早日解开复仇者Ⅱ世号这个谜团。凡是帆船爱好者，没有人不对这次的事件感兴趣吧。"

"你刚说的这个日本远洋游艇俱乐部给你们送蛋糕来了。"十津川接过男服务员手中的蛋糕盒掂了掂。

"比起蛋糕，我更喜欢他们送我酒喝。"冈部笑着朝十津川伸出手想要接过盒子。就在这时，十津川突然皱起了眉头。

"等一下！"他吼道。

"怎么了？"

"这个蛋糕重量不对。"十津川一个月前曾买过一个同样尺寸的蛋糕带去给 7 岁的侄女过生日。那个蛋糕好像没这个这么重。

看到十津川的表情，冈部和久本也变了脸色。

"不会吧？这个盒子里？"久本的声音都在颤抖。

"快离开这里！"十津川朝两人喊道。

冈部和久本飞也似的跑出房间。一名警局的刑警与他们擦身而过，跑进房间问道："发生什么事了？"

"好像是定时炸弹。"十津川指了指放在桌上的蛋糕盒。

"什么时候会爆炸?"

"不知道。"

"那你待在这里很危险。"

"我知道。"

十津川先强行把那个刑警推出房间,然后把窗户开到最大,最后自己才离开。

关上房间门。

先离开的那个刑警打电话联系了爆炸品处理科。不知道来不来得及。

万幸的是,隔壁两个房间都没有住客人。

"总之先离开这里。"十津川让冈部他们退到了电梯附近。

就在这时,一声巨大的爆炸声突然响起。

整栋酒店似乎都颤抖了起来。走廊也在晃动,十津川一个趔趄。

片刻前几人还在里面的 5012 号房间受到巨大的爆炸冲击,门板嘎吱嘎吱地弯曲了起来。要不是刚才十津川打开了房间里的窗户,给爆炸制造了一个释放的通道,这会儿门板肯定已经被直接炸飞了。

冈部和久本一下子脸都白了。

十津川跑进电梯,迅速下到楼下的大堂。

他一眼就找到了刚才那个男服务员。

　　大堂里的客人和酒店工作人员都被刚刚的爆炸声震呆了，一个个仰着脖子往上看。

　　"跟我来。"十津川一把抓住那个男服务员的手腕把他扯到酒店的角落里。

　　"上面发生什么事了？"

　　"定时炸弹。你拿过来的那个蛋糕盒爆炸了。"

　　"怎么会这样？"服务员小哥的脸唰地白了，"我只是受人所托，把那个盒子送到而已。"

　　"我知道。所以我想问问那个托你送蛋糕的男人，他长什么样？"

　　"不是男的，是女的。"

　　"女的？"十津川疑惑道。他还以为送蛋糕的人就是能登那个把野村英雄和风见美津子骗出酒店的假记者。

　　"你确定是女的？"

　　"长那么漂亮，不可能是男的吧。"

　　"那她长什么样？"

　　"小个子，白皮肤，20 岁左右，很漂亮。虽然她戴着太阳镜，不过看得出来很有魅力。"

　　"她递给你蛋糕盒的时候说了什么？"

　　"她说，日本远洋游艇俱乐部送给那个房间的客人。接着就把盒子递给我。"

　　"她有跟你说房间号吗？"

"有，她亲口告诉我是给 5012 的两位客人。那么漂亮的女人怎么会送个定时炸弹，难以置信。"

"不管你信不信，你刚刚听到的爆炸声就是这个定时炸弹产生的。你再详细描述下这个女的，比如身上的着装？"

"淡蓝色的连衣裙配白色帽子。"

"戴帽子？"

"跟衣服很搭啊。"

"看来应该长得很漂亮。除此之外，你还注意到什么，什么都行，脸上的斑痕、手腕上的手表，或者戒指？"

"好像说话有点关西腔。"

"你确定？"

"我确定。每个词的腔调都不一样。我有个朋友是大阪人，我经常听他这样说话。"

"除此之外呢？戒指呢？接过蛋糕盒的时候你看到她的手了吧？"

"看见了。好像没戴戒指。不过我不太确定，只记得这些。"

3

5012 号房间惨不忍睹。

墙壁四周的装饰品掉落一地，电视趴在地上，晶体管四分五裂，台灯的盖子早已不知飞到哪去，里面的灯泡碎成渣渣。

床上到处都是灯泡和镜子的碎片。窗户因为被十津川提前开到最大，所以逃过一劫，但即便如此，玻璃也碎裂了 3 块。

爆炸品处理专家呼啸而来，开始检查房间。

"要是当时你们还在房间里，肯定必死无疑。"走廊的角落里，十津川正跟冈部和久本说话。

冈部颤抖着他那毫无血色的双唇："为什么非要我们死？"

"我头疼的就是这点。刚刚男服务员说送东西的人是一位 20 岁左右的小个子美女，而且说话有关西腔。你们对这个人有什么印象吗？"

"凶手是女的？"

"是的。"

"但是，杀死野村的凶手不是男的吗？"

"是男的。这女的也许是帮凶，也有可能只是收了凶手的钱，在不知情的情况下替他把东西送到这里而已。现阶段还无法下定论。不过酒店的男服务员证明送东西的是个美女，如何？你们真的没有想起什么吗？"

"我一向没有女人缘。"大学生久本脸色苍白地笑了，只是这个笑容又很快地僵在了他的嘴角处。

冈部双手抱胸，想了想，然后说道："如果这个女的是凶手，那么她的目标是我们鲨鱼 I 世号全体人员？"

"是的。"

"那么，她就不可能只是我认识的，或者只是久本认识的。应该是我们在油壶的帆船码头上因为游艇而结识的那几个年轻女性。其中有个女孩子知道我们要去塔希提岛，就说她想一起去。我们拒绝了她，她竟然还哭出来，真让人无语。我们5人都认识的女孩子就只有这几个了。不过她们不可能想要杀我们，我们又没有跟她们结仇。即便是那个被我们拒绝了的女孩子，听说后来自己和朋友坐飞机也去了塔希提岛。"

"那你们认不认识与复仇者Ⅱ世号有关的女性？"

"怎么可能。那艘船空无一人。连那只叫作'Pascal'的鹦鹉都不见踪影。"

"难道不是'鬼船'的诅咒吗？抱歉，我这个想法有点愚蠢。"久本一副还没从恐惧中回过神的表情。堂堂大学生竟然说这种话，这让十津川哑然无语。

"你所说的诅咒是指什么？"

"复仇者Ⅱ世号上不是有个女乘客？我突然想到，会不会就是这名女乘客的诅咒。最近真是倒霉透了。"

"你是说细见龙太郎的妻子伸子吗？不是她。也不是幽灵。伸子有35岁，高个子。而今天送定时炸弹的那个女人是20岁左右，小个子。"

"那我也不知道是谁了。"久本摇摇头。冈部也是一副无语问天的表情。他怎么也想不明白为什么自己这些人会被凶手盯上。

"复仇者Ⅱ世号船员的亲属中是不是有人以为人是我们杀的，所以找我们报仇，要把我们一个个杀掉？如果真是这样，那也太无理取闹了吧。"冈部孝夫双手抱胸眉头紧锁。

十津川又点上一根烟。

"不是。9名失踪者的遗属中，只有一家怀疑你们是杀人凶手，并且已经起诉。不过，这个诉状不太可能会被受理，取而代之的是通过召开海难审判追查真相。如果他们对海难审判的结果不满的话，也许会做出你所说的那些事，但是现在还在审判中，结果还没出来，肯定不可能现在就来杀你们。而且，我们也认真调查了第一个受害者和第二个受害者被害时他们的不在场证明。他们确实有充分的不在场证明。所以目前来看这9个人的亲属应该是清白的。"

"那么就只剩下给我们寄恐吓信的那个人。你们还没去抓这个人吧？"

"我记得还没有。不过，这种恐吓信每个案子都会出现。虽然恐吓信的内容看上去好像写信的人正要开枪杀人，实际上对这种家伙而言，他们通常满足于写信恐吓，不会真刀真枪地干。这种家伙也就是找找茬而已。"

"那这样的话，我也没什么线索了。"冈部孝夫完全放弃了似的也耸了耸肩表示不知道。

4

十津川刚回到警局，龟井刑警、小川刑警等人就围过来很担心地问道："听说爆炸威力很强？"

酒店发生的这次爆炸事件作为突发新闻已经在电视上用滚动字幕播放过了。

"要是真被正面炸到了，不管是我，还是鲨鱼Ⅰ世号的那两人，都会被炸飞掉吧。"十津川在自己的椅子上坐下，环视了一圈自己的手下们。

到处湿答答的，天气似乎也因此有些闷热，却又有些冷风砭人肌骨，很是舒爽。

"话说，小龟，案子中的那个戒指查到什么了吗？"

"我和小川刑警四处走访调查，但是都没有得到什么有用的线索。"

"没有用的线索也行，把你们知道的都说说吧。"

"首先，你看下这个。"龟井刑警从口袋中掏出一枚用手帕包着的戒指，放在桌上。

一枚中低档品质的虎眼石戒指。

"这是谁的？"

"死者风见美津子的。我从她女子高中的朋友那拿来的。据这个朋友说，这枚戒指是 5 月 25 日那天，两人时隔两年第一次见面时风见美津子送给她的。听说当时风见美津子说自己最近得到了一枚昂贵的钻戒，所以这枚就送给她了。"

"这枚戒指值多少钱？"十津川拈起这枚戒指，举到眼前借着光线仔细地打量起来。

十津川对珠宝毫无概念，最多就只知道真正的钻戒价格高昂。他连白金比黄金贵重这种事都是最近才知道的。

"我给珠宝商看了，说是值 1.5 万日元左右，当然这是销售价。"

"那就是属于便宜货了？"

"也可以这么说吧。"

"但是这对一名咖啡店的服务员而言，应该是属于贵重的配饰品吧。你找她店里的同事确认过了吗？"

"是的，她同事也证明这枚戒指在风见美津子的手指上戴很长时间了。"

"有了钻戒，所以就把这枚送朋友？你们找到她购买钻戒的凭证了吗？"

"这件事是我负责的。"小川刑警报告说，"汇报之前有个线索我先说一下。据她同事说，她戴的这枚钻戒是白钻，直径 1 厘米。"

小川用拇指和食指稍微比画了下 1 厘米大概是多长。

"这点有什么奇怪吗？"

"警部，您是不是不了解钻石的行情？"

"我这三十几年的人生里就从来没接触过钻石、蓝宝石这类贵重物品，除了今天。"

"据说直径约 1 厘米的圆形钻戒有 7 至 8 克拉重。这么大的白钻，您猜它值多少钱？"

"肯定巨贵无比吧？得要 1000 万日元左右？"

"怎么可能？"小川像不会说日语的外国人一样，张开两只巨大的手掌，"老实说，我本来也以为最多就是这个数。以防万一，我还去走访了东京都内最有名的珠宝店。不去不知道，一去吓一跳。据说这么大的钻戒，如果没有伤痕的话，值 1 亿到 1.5 亿。好像如果是红钻的话，就更贵了。"

"1 亿到 1.5 亿啊！"十津川轻叹了一声。千万日元的数额，他还是有点概念的。因为他有时在想买别墅要多少钱，应该无论如何都得三四千万日元吧，因此他对这个数目还是想象得出来的。但是，再巨额一些的钱，他就完全没概念了。

"因此，谨慎起见，我就再次找了她咖啡店的同事确认，得到的结论是肯定至少直径 1 厘米。"

"那就是说，如果它是真品，那么风见美津子手上戴的是价值 1 亿到 1.5 亿日元的钻戒？"

"是的。所以我认为应该是赝品。"

"但是如果是人造钻石，应该合成不出这么大的东西吧？"

"没错。所以我又想，这会不会是玻璃？但是如果是玻璃的话，最多也就值五六千日元。自己戴廉价的，然后把贵一点儿的虎眼石戒指免费送给朋友，这说不通吧。”

“没错。你找没找到风见美津子买这枚钻戒的证据？也许是她同事看错了，把小的看成大的。”

“她住的公寓附近，以及打工的咖啡店附近的珠宝店，我们全都走访了一遍，仍然没找到任何证据能证明这枚戒指是她买的。”

“但是这并不能证明她没买过吧。越是贵重的东西，越有可能是在市中心的大商场买的，而不是在周边小店。”

“确实也有这种可能。但是这样一来范围就太大了，所以我就从另一个角度调查了这件事。钻石如果是真的，那肯定有鉴定书，购买者也肯定会认真保管这张鉴定书。但是，我翻遍了她住的房间都没找到。”

“会不会带去能登了？”

“还有一点，我也查了她的经济状况。咖啡店的工资每个月大约 10 万日元。没发现她做其他零工，所以我不认为她能够买得起。她好像也没有存款。”

“有没有可能中大奖了？”

“好像没有。考虑到也有可能是从她妈妈那得来的，所以我就去查了一下，也不是。”

“那么，还剩下一种可能性，这枚戒指是她男朋友野村英雄送的。这点你肯定也去确认了吧。”

"我去查了。"龟井刑警点头说道。

"然后呢?"

"结论就是,野村不可能买得起钻戒。首先没找到鉴定书。其次,结合野村从 M 银行辞职所得的退职金数目和被杀时身边所带的现金数额来看,他不可能会买钻戒给风见美津子。计算过程在这。"龟井刑警把笔记递给十津川。

"您看完这个就能清楚。他是 2 月份辞职的,扣除后面每个月的生活费、塔希提岛之行每个人分摊到的准备费等,他肯定买不起钻戒。我认为他连五六万日元的东西都买不起。而且他好像也没有存款。"

"也就是说,这个钻戒不是风见美津子自己买的,也不是野村英雄给她买的。那么,只剩一种可能了。"

"钻石是假的?"

"不。"十津川一口否定,"如果是假钻石,风见美津子应该不会把自己钟爱的虎眼石戒指送给朋友。而且我听说人造钻石也相当昂贵。另外,如果是玻璃做的仿品,凶手不会特意偷走它吧。"

"但是我听说现在工艺精良,即便是玻璃仿品都能做得足以在外行人面前以假乱真。"

对于小川的这个回答,十津川笑道:"所以你的意思是,凶手以为这枚戒指是真的,于是就偷走了?"

"难道不是吗?"

"不是。"十津川很果决地否定道，"凶手行凶时已经了解过野村英雄，他肯定知道野村辞掉干了两年的银行工作，目前无业。至于野村的女朋友风见美津子，就算他不认识，也可以从衣着等方面大体了解到她的生活水平。因此，就算是制作精美的玻璃钻戒，也不可能会被认为是真品。如果凶手缺钱，比起也许是赝品的钻戒，他更可能偷的是野村钱包里的5万日元。总之，凶手应该很懂钻石，能够一眼看出风见美津子手上戴的是真品，或者凶手老早以前就知道这颗钻石是真的。事实肯定是这两种情况中的某一种。也就是说，不管是哪一种，钻戒肯定是真品，而且价值不菲，所以凶手才会对5万日元现金不屑一顾。"

"但是风见美津子怎么可能会有价值不菲的真钻石呢?"

"野村送给她的。"

"但是他并没有买过钻戒。"

"所以，这是他偷来的。"

5

十津川的表情变得凝重了起来。

"我曾经也是一名帆船人，现在我仍然觉得自己是。我不说所有的帆船人都是磊落正派的。实际生活中的船员们大多个性强烈，固执且自私自利。但是，一旦出了海，一下子置身于无边无尽的大海中时，帆船人就个个变得跟孩子一样纯真。财迷心窍这种行为在这种时候是极其愚蠢的。所以，我很不愿意认为野村登上复仇者Ⅱ世号后偷走了船上的钻戒，回到日本后，又把这枚戒指送给了女友风见美津子。"

"钻戒的话，能想到的就是9人之中那唯一的一朵红花，细见龙太郎的妻子。是不是可以认为那就是她的戒指？"

"没错。因为没有一个水手会戴钻戒。细见龙太郎、吉村昭之这两位评论家，以及与他们同行的记者和摄像师等，这些人也许不是真正的水手，但是在航程中，他们都必须作为一名船员承担起自己的职责。手上戴钻戒怎么可能开得动巡航帆船。最主要的是戒指尺寸也不对。我们要确认下这一点。"

"怎么查？"

"打电话问问海难审判厅。"

十津川拉过电话打给海难审判厅日高理事官办公室。

他听说过对方的大名，但是跟人家交谈还是头一回。

"我是日高。"对面传来低沉稳重的说话声。

十津川的脑海里浮现出一个坐在案前兢兢业业查证复仇者Ⅱ世号事件的高大魁梧的老人形象。"关于复仇者Ⅱ世号船上的物品，我有个问题想咨询您。里面有没有戒指？"十津川自报姓名后说道。

"请稍等。我看下记录。嗯……有。在船长室中。应该是细见龙太郎之妻的物品。怎么了?"

"实物在您那吗?"

"考虑到庭审时也许得呈交海难审判庭,因此贵重物品都由我们保管。"

"这枚戒指应该不是钻戒吧?"

"你为什么这么认为?它是钻戒。"

"真的吗?"

"是的,没错。"日高在电话的另一头笑道,他似乎觉得十津川的惊讶来得有些莫名。

"这枚钻戒是真的吗?不会是人造钻石,或是玻璃仿制品吧?"

"是真品。我记得小西事务官应该找专家鉴定过。我让他过来跟你解释吧。"

电话那头换了个年轻的声音。

"按照日高理事官的吩咐,我找了专家做鉴定。之所以我们要这么做,是因为……也许您也听说过吧,关于这次的事件,有传言说是鲨鱼Ⅰ世号的船员利欲熏心杀死复仇者Ⅱ世号上的所有人,抢走了船上的财物。如果这颗钻石是价值千金的真品,那么它就能反证这个传言的不实吧。"

"那么,得出来的结论是?"

"鉴定结果它是真钻。"

"那大概值多少钱?"

"钻石不大，因此据说市场价 500 万日元。"

"确定不会有错?"

"是的，不会错。报出这个价的是位值得信赖的鉴定师。"

十津川挂断电话后不由得猛地抓了抓自己的脑袋。"真伤脑筋!"他看向自己的两名手下，"好像我猜错了。出海的时候应该不会带两枚钻戒去吧。那么，风见美津子的戒指该怎么解释呢?"

"听起来可能有点不合理，会不会是复仇者 II 世号上有另外一枚钻戒?"龟井刑警说道。

十津川盯着天花板出神。肯定不可能有两枚钻戒。或许自己想错了? 该不该去查证下?

"来吧，大家，干活了。"十津川说道。

"我们把复仇者 II 世号上的 9 个人全部查一遍。就目前而言，我感觉钻戒只有可能是其中唯一的一位女性细见伸子的所属物。不过，以防万一，大家把男船员也一起查查吧。现在也有男的戴项链和耳环的。"

收到十津川的工作安排后，刑警们一齐冲出了警局。

不久之后，警视厅科研所给十津川送来了几天前的那个定时炸弹的报告，上面写着:

炸弹容器　多层蛋糕专用纸箱

引爆装置　电雷管（干电池）

　　炸药　　　　硝化甘油炸药 3 管

　　定时装置　S 公司生产的旅行表（型号未知）

　　寥寥数行字，没法期待能从中获取什么线索。硝化甘油炸药估计是从工地上偷的，定时装置用的旅行表市场上已销售的估计也有十万八千个吧。可以说这条线索几乎可以作废。

　　"果然只能沿着戒指这条线去推导。"十津川心想。

　　出去搜查的刑警们陆陆续续地回到警局。

　　临近半夜时分，针对复仇者Ⅱ世号上所有人员的排查工作终于告一段落。

　　本田喜昭（厨师长）市价 2 万日元左右的戒指

　　松木孝（水手）无佩戴戒指

　　北岛正夫（水手）无佩戴戒指

　　山口令二（新日本电视台记者）无佩戴戒指

　　日下部武（同电视台摄像师）无佩戴戒指

　　今西敏郎（同电视台摄像师）左手无名指上戴着一枚白金婚戒。

　　吉村昭之（评论家）黄金婚戒

　　细见龙太郎（评论家）无佩戴戒指

　　关键人物细见伸子由龟井刑警负责查证。

"她总是在银座富士珠宝店购买宝石或手表。"龟井刑警边翻看着记录，边向十津川汇报，"因此我走访了这家珠宝店的老板。据说细见伸子在店里买的第一颗钻石是在 10 年前，约 20 万日元。后来购买宝石时都是以旧换新。一年前她买了一颗价值 500 万日元的钻戒。就店里人所知道的，她应该只有这么一颗钻戒。虽然她好像还有祖母绿、珊瑚等戒指。"

至此，确认工作已全部结束。结论是，十津川的推理错了。

"都下班回去休息吧。"十津川一脸疲惫地跟手下说道。

6

翌日仍然一早开始就是淅淅沥沥的细雨。时节已进入 6 月上旬，空气中却带了些冷意，令人发颤。

十津川昨夜在搜查大队的办公室里凑合了一晚。早上 8 点张开眼睛，望着窗外时，这位汉子少见地低低吐出了个感性的词："泪雨啊。"等他在椅子上坐下，抽起今天的第一根香烟时，脸上又恢复了一贯的冷峻坚毅。

在柔道练习场打了一夜地铺的龟井刑警等人也回到了办公室。小川刑警不停地抽搭着他的鼻子，看样子是感冒了。

"臭小子，别传染给我，我呼吸道比较脆弱。"十津川跟小川刑警开玩笑，刚说完，自己就打了一个巨大的喷嚏。

他昨夜睡在沙发上，估计着凉了。

"警部同志，你才不要传染给我们。我们个个都弱柳扶风的。"龟井刑警笑道。

这个打趣并没有像往常一样惹来一室笑声。

本以为那个钻戒会是连环杀人案的突破口，谁知又行不通了。

"大家都打起精神来。"十津川环视了一圈自己的 7 个手下，"凶手在能登杀人时偷走了风见美津子的钻戒，这是不争的事实。这个举动有违凶手之前的做法，这也是可以确定的。所以这里很有可能隐藏着找到凶手的关键线索，这一点也是事实。小龟，你继续追查这条线索。"

"收到。我非挖出点东西不可。"

"接下来是那个疑似凶手的假记者，以及送定时炸弹的年轻女性，他们的肖像画今天应该能完成。大家辛苦一些，拿上这些画像，把 5 名鲨鱼 I 世号船员的周边关系都排查一遍。很明显，第一位死者永田史郎和第二位死者山本良宏也都是死于这两人之手。那么，说不定有人在这两位受害者的周边见过这对男女。所以大家要全面排查。当然，在排查永田史郎的周边关系时，大家一定要好好配合神奈川县警方。"

等所有人拿到凶手画像时，时间已经过了正午。

画像上，男的看起来三十几岁，瘦脸，方形眼镜，满脸胡须。头发也是又黑又密。画像下方还有一个标注：身高约 170

厘米，瘦身材。

另一张画像上，女的戴着太阳镜和帽子，脸型与帽子非常搭配。二十五六岁的样子。长相确实很漂亮。底下也有标注：身高约 154 厘米，小个子。

"这对男女乍看辨识度都很高，但是再看就觉得有点大众化了。"十津川跟自己的手下说道。

"我也是这么认为的。"宫前刑警说道。他刚 30 岁出头，很年轻，但整体稳重感非常强，因此大家都叫他"老先生"。不过，他有时会过于求稳，导致负责的事情进展缓慢，这时人们就会转而称他"小老头"。

"看这个画像，男的特征就是浓络腮胡和眼镜，女的特征是帽子和太阳镜。如果把这些特征拿掉，说不定就面目全非了。"

"还有那个头发，"十津川补充道，"男的头发乌黑浓密。但如果这是假发，而实际头发有很多白发的话，那么连年纪可能都得往后推一些。大家在排查时要注意这些问题。"

等手下们都离开办公室后，十津川在桌上铺开这两张画像，一边吞云吐雾，一边盯着它们瞧。

肖像画有时会画得与凶手长相八九不离十，有时也会天差地别。当它们不一致时，画像反而会阻碍对真凶的追捕。

这次的素描画像不知道属于哪种情况。十津川猜不出来，只能姑且按照与凶手长相一致来调查。

这两个男女究竟是什么关系？能登发生的那起案件中只出

现了那个男人，这次的定时炸弹也有可能是那个男的制作，那么是不是可以认为男的是主犯，女的是从犯？

两人是男女朋友？还是夫妻？最想不明白的是他们的动机究竟是什么。

"说不定那女的也曾出现在能登的杀人案中。"十津川突然想到。男的对风见美津子的戒指毫无兴趣，对现金也视如粪土。不过那女的就不一样，她偷走了风见美津子食指上的戒指。这种情况也不是不可能。

但是这种推测仍然无法解释凶手的杀人动机。

这两男女为什么要置鲨鱼Ⅰ世号上的5人于死地呢？是因为憎恨吗？那又是在憎恨什么呢？

下午2点刚过不久，神奈川县警局的武田刑警打来电话。

"正如你所推测的那样，我在其他快艇上找到目击者了。"武田刑警说道。

"你听上去不太高兴，看来你虽然找到目击者，但是对逮捕凶手没什么帮助？"

"没错。我找到了一艘6月2日晚上停泊在油壶帆船码头，3日早上出发前往九州宫崎的游艇。这艘船已经回到油壶了。我今天早上找到它的船员询问了一番。他们中有人称6月2日夜里10点前后，看见有人登上停泊在附近的鲨鱼Ⅰ世号。他以为是船长永田史郎。但是这个时间永田刚好在外面买烟，因此肯定是凶手。不过，这名船员说他只看到一个黑色轮廓，似乎是男性，不太确定。"

"原来如此，这证词用处不大。不过据此也就可以确定这个案子是他杀了，这也是一大收获。"十津川安慰道。

挂断电话后，十津川再次双手抱胸陷入了沉思。

所有的疑问往往都会集中到同一个点上。这次的案子也是如此，所有的疑问最终都指向了犯罪动机。究竟为什么杀人呢？

下午 4 点 05 分。一阵电话铃声响起。

十津川本以为是手下打来汇报进度的，但是耳朵里却跃进了大学朋友的声音。

"川，我，新东京杂志的矢崎。"朋友仍旧有些小口吃。《新东京杂志》是家很有实力的杂志社，矢崎丰行是社会部的编辑主任。

"你是鲨鱼 I 世号杀人案的负责人吧？"

"嗯。"

"10 分钟前有人给我打了个奇怪的电话。这个人声称自己是杀死鲨鱼 I 世号 3 名船员的凶手。声音听起来像是名年轻男性。"

"哦？"

"这个人有可能只是某个想出风头的混混。不过我想还是跟你打声招呼比较好。主要是这个人说他给那 5 名鲨鱼 I 世号船员都寄了信，让他们赎罪，但是这 5 个人看起来毫无悔改，于是他不得已动手杀人。"

"是吗！"

"我想会不会是那个写恐吓信的人？"

"有可能。然后呢？"

"一个小时后这个人又打来电话，真是个奇怪的家伙，说让我把他的事刊登在报纸上。如果只是这些，倒也没什么。但是他说下次他再打电话来时要让我看看他自己写的新闻稿。这该怎么办？"

"我知道了。我现在就去找你。"

挂断电话后，十津川在办公室找了一圈，发现手下都还没回来。

十津川打算只身前往。但他刚离开办公室走到走廊时，迎面碰到了龟井刑警。

"很遗憾，戒指的事没找到任何线索。"龟井刑警挠挠头说道。

"没关系，你先跟我走一趟。"

"去哪？"

"去抓那个连环杀人案的凶手。"

"什么？真的？"

"准确来说，是抓一名自称是凶手的男性。"

7

十津川和龟井刑警一抵达新东京杂志社的社会部，出来迎接他们的矢崎就说道："都准备好了，我用的那个电话已经装上磁带录音，我也麻烦日本电信电话公司帮忙反向追踪了。"

"你这家伙，准备得够充分！"十津川苦笑道。他走到那部电话机附近，坐下身子。

矢崎显得亢奋异常："要是这个人真是凶手，那绝对能上头版头条。"

"嗯。"

"怎么样？你觉得会不会是真凶。"

"可能吧。"十津川模棱两可地说道。他不认为那个写恐吓信的人会是真凶，不过万一有可能呢！所以他还是带龟井刑警走了这一趟。

"你呢？是不是就算不是真凶，也要拿来大肆报道一番？"十津川略带讽刺地看着自己的大学朋友。

"那当然。不过还是更希望这人就是凶手。"

话音刚落，矢崎面前的电话就响了起来。

他用眼神示意了下十津川，然后拿起电话。录音机转动了起来，扩音器里震耳欲聋地响起了一个年轻男性的声音。

"是我，你知道吧？"

"嗯，连环杀人案的真凶。"

"这不仅仅是杀人，还是伸张正义。希望你能明白这一点。"

"嗯，我很明白。"矢崎说道。

对方轻轻地咳了一会，看样子也感冒了。

"那么，给我做好笔记，你得按照我接下来讲的内容写篇报道，要一字不差，知道吗？准备好了吗？"

"准备好了。你能说得慢点吗？我想记录得更准确些。"

"没问题。我开始读了。复仇者Ⅱ世号在5月11日遭受鲨鱼Ⅰ世号5名船员的袭击。以船长永田史郎为首的5名男性为了盗取复仇者Ⅱ世号上的财物，把船上的9个人全部杀死，抛尸大海，然后编造出现代版'鬼船'这种鬼话想要欺骗社会。"

"什么社会？"

"欺骗！不要写错了。我无法原谅他们，我写信给他们劝他们向社会坦白罪行。但是他们毫无反省之意，还利用报纸和电视扬扬得意地宣传自己。简直罪不可赦——"

"查到对方位置了。"一个记者用旁边的电话与日本电信电话公司联系。他朝十津川比了下OK的手势。

"在哪里？"

"涩谷区一个名叫Skycooper的公寓，506号房间。机主名字叫樱井道雄。"

"了解。出发。"十津川催促龟井刑警。一名记者手拿相机跟在二人后头。

　　警车载着这 3 个人从四谷出发，穿过新宿，朝甲州街道飞奔前进。幸运的是一路无雨，畅通无阻。

　　30 分钟后车子抵达甲州街道临街的 Skycooper 公寓。这是一栋 5 层楼高的旧公寓。楼内没有设电梯，大家只能跑步上到 5 楼。

　　506 号房间门前。房门上没有悬挂带姓氏的铭牌。龟井刑警把耳朵贴在门上。他的这一姿势被跟在后头的记者咔嚓咔嚓拍了下来。

　　龟井听到门后传来年轻男人的怒吼声。

　　"你给我听仔细了！不是正义的实验，而是实现。为了实现正义而杀人。对，没错，就这么写。然后我的第 3 个目标是野村英雄。这家伙逃去了能登，所以——"

　　"就是这！"龟井刑警兴奋地看向十津川。

　　十津川朝贴在自己身旁的记者低声说道："麻烦稍微离远一点儿。"

　　"OK！准备！"十津川朝龟井刑警示意了一下。

　　慎重起见，龟井刑警拿出枪支，然后伸手握住把手拉开门。

　　房间很小，只有一厅一卫。里头的男人惊叫了一声。

　　这是一个二十五六岁的年轻男性。他手拿着电话，呆呆地仰头望着十津川他们。新东京杂志的记者对着这张脸一阵狂拍。

　　快门声一下惊醒了这个男人，他像是被电到一般突然把电话扔了出去。"你们要干什么?"他吼叫道。

"你被逮捕了!"龟井给这个男人扣上了手铐,"目前的罪名是恐吓罪,不过马上就要变成杀人罪了。因为你自己声称是你杀死了鲨鱼 I 世号的船员。"

听了龟井刑警的这番话,男人的脸唰地白了:"不是我做的!"

"那你做了什么? 慢慢说来听听吧。"十津川在男人面前蹲下身。他发现这个被扣上手铐的男人吓得全身如筛糠般抖个不停。

"我没杀他们,我只是给他们写了信。"这个男人颤抖着嘴唇说道。

"姓名?"

"樱井道雄。我没杀人!"

"那你为什么要打电话给报社说是自己杀的?"

"我很无聊,我就是闹着玩的。我一直工作的那个公司今年 3 月份倒闭了,我失业了。现在我连这个公寓都住不起,得搬出去。所以一切对我来说都变得没有意义了。于是我就想着让社会为我哗然一次。"

"你给鲨鱼 I 世号的 5 人寄恐吓信也是为了消遣吗?"

"没错。"

"不过,你为什么偏偏给这 5 个人寄信? 你要消遣的话,可以有其他法子。"

"我也喜欢游艇。要是有钱,我也想买艘游艇出海。可是我既没有钱,也没有人邀请。就在这个时候,这些年纪明明和我一样的家伙,却优哉游哉地出海前往塔希提岛,真令人不爽。而且他们还找到了复仇者Ⅱ世号,享受着英雄般的礼遇。"

"于是你就想给他们泼盆冷水?"

"要是我有一艘游艇前往塔希提岛,说不定复仇者Ⅱ世号的发现者就是我,站在聚光灯下接受采访的也会是我。"

"我懂了。不过,恐吓信有两封,都是你寄的吗?"

"没错。"

"但是笔迹不一样。"

"有一封是让我的一名高中生亲戚写的。因为我想如果只有一封的话,他们可能不会害怕。"

"你还挺费心的!"

"必须的。不过凶手不是我,我不会杀人,你们要相信我。"

"这一点待我们查一查就能明了。"十津川站起身,巡视了一遍一共只有6张榻榻米大小的这间房子。

墙壁上贴着一些从杂志上剪下来的游艇照片,桌上摆着游艇模型,看样子这个年轻人也憧憬着大海和游艇吧。如果没有失业,这会儿他可能招募了同伴,正在接受游艇出海相关的培训吧。

"这个男人是凶手吗?"记者问十津川。

"还不清楚。"

"我还得跟主任汇报。警部您判断一下，他是连环杀人犯，还是单纯只是恶作剧?"

"你再急我也回答不了。我们还得调查这个男人的不在场证明。"十津川笑着朝记者摆摆手。

樱井道雄被带到搜查大队。

不过，入夜时分他的不在场证明就查清楚了，3起杀人案他均不在场。

这场弄出不少动静的闹剧就这样草草收了场。案件的侦破工作再次陷入僵局。

第八章

第三次庭审

1

6 月 11 日，连日的梅雨终于停了。

放晴的天气果然一下子让人感受到了初夏的暑热。

海难审判迎来了第 3 次庭审。由于两位受审人下榻的酒店被人用定时炸弹袭击等原因，法庭四周多了很多警察，这在海难审判史上是极为罕见的。针对旁听人员的安检也突然变得非常严格。

上午 10 点，第 3 次审判开庭。

开庭伊始，津岛首席审判长表明了审判立场："正如在座诸位所知道的那样，本应作为受审人出席的 5 位鲨鱼 I 世号船员，已经有 3 人遇害。不仅如此，现在法庭上的这两位受审人也被人送过定时炸弹到市内下榻的酒店中而险些丢了性命。我们目前仍不清楚这名穷凶极恶的歹徒想要做什么。如果凶手是想通过杀人给本案件的海难审判施加压力，那么，我谨代表本次法庭在此宣布，绝不姑息这种愚蠢的行为。本审判的目的是追查真相，决不屈服于任何压力。"

对此，日高理事官默默点头表示赞同。

津岛审判长接着对日高说道："那么，我们继续本次海难审判。理事官，你找到上次庭审遗留问题的答案了吗？"

"功夫不负有心人。我想我已经知道为什么复仇者Ⅱ世号的一张船帆会裂开。"

"请解释。"

"单纯用嘴巴来解释可能有些地方难以理解。所以我想做个小实验给大家看，可以吗？"

"这个实验能够解释船帆裂开的原因吗？"

"当然。"

"那么开始吧。"

日高点点头，让小西事务官等人搬来一张大白布，悬挂在法庭的天花板上。

"这张布的布料和复仇者Ⅱ世号的船帆一样。"日高解释道，"然后我想申请一个人出庭。这个人名字叫大庭正太郎，他从战前开始就一直在跑船，直到战后。"

"这个人对这个实验而言必不可少吗？"

"是的。"

"同意你的申请。"丹羽审判长说道。

在日高的示意下，事务官带着一个男人走上了法庭。

这个男人五十五六岁的模样，魁梧健硕。他的头发虽然快要掉光，但是被太阳晒过的黝黑脸庞却尽显彪悍。一身西装看上去紧巴巴地勒在他的身上。估计肌肉块头比较大吧。

"我叫大庭正太郎。"男人声音粗犷地向 3 位审判长说道。

"听说你做过船员？"

"昭和十五年（1940 年），我 19 岁那会儿就开始在一艘很小的货船上干活。后来就一直在跑船，直到昭和三十四年（1959 年）。我现在在鹿儿岛捕鱼。"

"开过游艇吗？"

"没有。不过如果是帆船的话，我开过。我战前在濑户内海的一艘运送货物的小帆船上大约干了 3 年。"

"了解了。请开始实验。"津岛审判长看向日高。

日高从包袱中拿出一把刀刃长度足足有 15 厘米的刀子高高举起给大家看："这就是市场上卖的水手刀。船员们通常人手一把。本次实验要用到这种刀。"

刀子被递给了大庭正太郎。

受审人席位上，冈部孝夫和久本功一郎两人一瞬间进入全身戒备状态。他们估计在想这把刀子不会是冲着自己来的吧。

不过大庭只是右手执刀，一动不动地盯着天花板上垂下的白布。

突然，他用手掌握住整个刀柄，把刀举过头顶，静静地调整了下呼吸，然后猛地朝白布掷过去。

刀子完美地旋转，在空中飞过，刺进白布。

不知道是刀子旋转势头不减的原因，还是刀子本身重量在起作用，刺进白布的刀子完美地将白布割裂开来，然后掉在了地上。

法庭里响起了一阵低呼声。

日高捡起地上的刀子，回到自己的席位上，然后立刻面向大庭正太郎："请问，什么情况下会发生刚刚那种事情？"

大庭一边反复地握紧、放松自己关节分明的粗手指，一边说道："帆船在海上漂浮时有时会遇上强风的袭击。如果船的稳定性不够，船肯定会立刻倾覆。但是这种时候船员们又没余力去扯下船帆，于是他们就可以掷刀子，像现在这样切开船帆，给风制造一条通道，让风通过裂缝穿过去，避免风力作用到船上，把船掀翻。"

2

"以前的船员都像你这样擅长扔飞刀吗？"日高问道。他在战前也曾做过船员，对这些事情很熟悉。因此这个问题单纯只是为了让审判长和辅助人等人了解情况。

"是的，因为我那个年代的人大多脾气比较急躁吧。"大庭笑着说道，"我们经常吵架。也因此，我们都会练习扔飞刀。当然，就像刚才所说的，这个练习也是为了割裂船帆应对突发的海上强风。"

"谢谢。"日高感谢道。等大庭离开法庭，日高立刻朝两位受审人问道："你们也会扔刚才那个飞刀吗？"

冈部和久本两人还没从对刚才实验的震惊中回过神，被日高这么一问，冈部摸了摸头，说道："这么厉害的飞刀，我完全不会。"

"我也是。"久本说道，"连那种飞镖游戏我都很少有命中的。"

"你们的朋友中有人专门练过这种飞刀用来应对突发的强风吗？"

对于这个问题，冈部和久本两人凑在一起小声商量了一会儿，然后冈部说道："完全没有。我一个经常潜水的朋友时常会拿着把潜水刀，找目标投掷。但是这纯粹只是游戏，我不认为他知道飞刀还有你说的这种用途。"

"日高理事官，"津岛审判长喊道，"你的这个问题想要证明什么？"

"我想证明——"日高转向审判长，说道，"本案中的复仇者Ⅱ世号事件与100年前的玛丽·赛勒斯特号事件之间的不同之处。"

"请详细说明。"

"1870年的时候，船员之间很流行刚刚给大家展示的那种扔飞刀。在那个年代，刀子玩得溜既是一名船员的必备技能，也是一种炫耀资本。我自己在战前做船员时也向老船员学过扔飞刀。我当时脾气暴躁易怒，而且那时玩刀玩得很溜的人一抓一大把。考虑到这一点，玛丽·赛勒斯特号裂开的船帆，我认为很明显是刚刚展示给大家看的这个技能造成的，即刀子割裂的。也就是说，我认为玛丽·赛勒斯特号遭遇到突发的强风，当时有位船员以为船会倾覆，于是像刚才那样掷飞刀割裂船帆，让风通过。

"其次是复仇者Ⅱ世号。我查看了船帆裂开的位置，很明显是被刀子割裂的。但是，没有证据表明复仇者Ⅱ世号上的 9 人有人会扔飞刀。我问过这 9 个人的亲属或朋友，他们都没听说这 9 人中有人在练习这种技能，他们都说这 9 人不可能会这项本事。这些证词我都录到磁带里了，大家如果想听，请随时联系我。基于以上这些原因，我认为，虽然两艘船的船帆都裂开了，但是它们分别有着不同的起因。基于这个看法，我给出了以下第 6 个推论。"

3

日高的表情暗淡了下来，因为他接下来要讲的话会给受审人席位上的两位年轻人造成伤害。但是，这些话又势在必行，无法绕过不谈。

"目前已确认复仇者Ⅱ世号既没有遇到低气压，也没有遭受突发的强风。因此船员们应该没必要割裂船帆以减少风力对船的影响。而且，刚才那种技能，这9位船员好像无人能做到。尽管如此，复仇者Ⅱ世号的一张船帆还是被刀子割裂，这是为什么呢？很明显，是有人故意为之。那么究竟是何人所为，又是为何呢？

"为什么他要这样做？这个人是男的还是女的？他是一个人？还是有同伙？这些都不清楚，我姑且用'他'这个第三人称来统称此人，陈述我的推论。请大家把这个'他'既看作单人也看作多人。我认为这个'他'肯定非常了解100年前玛丽·赛勒斯特号变成空荡荡的'鬼船'漂泊在大海之中的玛丽·赛勒斯特号事件，包括船上的一张船帆莫名被割裂这种细节。大家不觉得这些显现出来的现象像极了'鬼船'吗？

"他肯定是为了把复仇者Ⅱ世号弄成像玛丽·赛勒斯特号那样的'鬼船'才把船帆割裂。因为没有其他可能性了。那么，他为什么要这样做呢？我不认为这纯粹是无聊之举。有一种可能，他是为了让空荡荡的复仇者Ⅱ世号被发现时，能让人们联想到玛丽·赛勒斯特号，让它也笼罩在谜团之中。他因为某些原因杀害了复仇者Ⅱ世号上的9个人，并抛尸大海。这个原因也许是为了抢夺复仇者Ⅱ世号上的某些东西，比如金钱、宝石，或者重要的文件。他也可能是因为某些理由而对这9名船员怀有深深的恨意。他杀完人后想起了玛丽·赛勒斯特号事件，那艘被发现时已变成'鬼船'的玛丽·赛勒斯特号，那件即便过去了百年仍然未解的事件。于是他就打算把复仇者Ⅱ世号伪造成现代版的玛丽·赛勒斯特号。他在船舱内的桌上摆上9人份的早餐。因为一共杀了9个人，我想船舱内肯定凌乱不堪。不过他肯定认真收拾了，让整条船看起来像是什么事都未曾发生过一样。甲板上的救生艇也被扔进大海。因为玛丽·赛勒斯特号的救生艇也失踪了。然后是整个事件的关键点——船帆。他应该不清楚玛丽·赛勒斯特号的一张船帆裂开的真正原因。也因此他只是模仿了一个表象，不知缘由地用刀子割开了一张船帆。正如他所谋划的那样，媒体把复仇者Ⅱ世号称为现代版的玛丽·赛勒斯特号，而召开海难审判的我们也在为复仇者Ⅱ世号的未解疑点而伤神不已。"

"我认为日高理事官所讲的含糊不清，这个'他'究竟指的是谁呢？"津岛审判长困惑地看着日高。

日高也很为难。不过，话没讲清楚确实不好让人讨论。

"我想请大家在脑子里一定要牢记一点，我的这个推论单纯只是推论。然后，我所说的第三人称'他'，是指受审人席位上的鲨鱼Ⅰ世号船员，包括已经死亡的那3个人。老实说，我不确定是否真是这5个人杀害了复仇者Ⅱ世号上的9个人。根据我和这几个年轻人的接触，我不认为他们是凶手。不过，仅仅因为个人感觉就放弃这个推论，这于他们而言，也是不利的吧。因为复仇者Ⅱ世号船员的一位遗属已经把受审人当嫌疑人告到警局，普通民众间也有人对此持相同看法，坚信这5人是杀人凶手。如果我们避开这个疑问，稀里糊涂地就结案，那么，对受审人的怀疑肯定永远都不会消失。因此，虽然我担心我的这个推论会给他们带来伤害，但我仍要在此提出我的第6个推论——鲨鱼I世号5人凶手论。

"鲨鱼I世号上的5人计划从油壶的帆船码头出发前往塔希提岛。但是这只是他们的一面之词，事实如何没人知道。我假设，他们其实一开始就计划谋杀复仇者II世号上的9人。复仇者II世号在出发前就已被报纸大肆报道。因此，他们应该知道这9名船员的名字，以及这艘船的出航目的和去向。这些都极大地方便了他们安排杀人计划。

"5月7日下午，复仇者II世号启程朝小笠原海域驶去。3天后，鲨鱼I世号也同样从油壶出发。不过，也许他们是和复仇者II世号同一天出港的；也有可能他们是在5月7日前就出港，然后在小笠原海域蹲守，伺机而动。总之，鲨鱼I世号在小笠原海域和复仇者II世号相遇。船上的5人假装偶遇，然后登上对方的帆船。复仇者II世号上的人毫无戒备地欢迎这些人的到来，因为茫茫大海上的相遇总会给人一种独特的欢喜。我推测他们相遇的这一天应该是5月11日早上。5个人趁着对方不注意，一个一个地把这9个人推到大海里杀害掉。然后，这5个人按照我刚才所说的那样布置了现场，把复仇者II世号伪造成现代版的'鬼船'，3天后也就是5月14日，他们发电报说发现了随波逐流的复仇者II世号，上面空无一人。"

"我听明白你的推论了。不过，鲨鱼I世号上的5人已经被杀3人，余下的两人也差点被炸死在酒店中，这些该如何解释呢?"津岛审判长问道。

"这些很明显都是凶杀案，我想还是以警方的调查结果为准吧。就我个人来说，我认为这5个人身后应该还有一名主谋。这个主谋让他们杀害了复仇者Ⅱ世号上的9人，在5个人回来后，害怕秘密被泄露，于是一个一个杀人灭口。这就是我的推论。"

日高回到座位上时，法庭里的气氛非常凝重。特别是受审人席位上的冈部和久本，他们都板着一张脸，毫无血色。

像是为了缓解这种气氛，津岛首席审判长宣布:"上午的审判到此结束。我想受审人肯定有不同的意见。你们可以利用这休息的时间好好商议，下午进行反驳。"

4

下午1点，庭审再次开庭。受审人冈部像是等不及似的，一开庭就站起身开口辩驳。两台电视台的摄像机一齐对准了他。

"我，我们没有杀任何人。"冈部激动得舌头直打结。

日高闭眼倾听。

"我们5个人是今年2月份通过杂志认识的。虽然我和船长永田史郎早已认识，但是和其他3个人却仅仅只是因为帆船这个共同的爱好，以及为了同一个目的地——塔希提岛而临时搭伙的。因此，在这之前完全陌生的几个人有可能在 2 月到 5 月 10 日出航之前的这短短的 3 个月内就发展成为可以一起筹谋特大杀人案的关系吗？

"其次是日高理事官提出的那个看法，他说我们虽然说是 5 月 10 日出港，但实际上可能提早出航了。这个看法不对。我们是在 5 月 10 日，也就是复仇者 Ⅱ 世号出航后的第 3 天起航的。有证据能够证明我们所言非虚。请先查下我们向横滨海上保安厅提交的文件。这上面应该明确写着 5 月 10 日。而且，5 月 10 日出港那天，有几位'永田'餐馆的同事来给我们送行。他们的名字我还记得，你可以向他们求证。我们还有一个最有力的证据。因为是去塔希提岛，所以我们用日元兑换了一些美元。我和永田史郎船长在起航的前一天，即 5 月 9 日星期一下午到 N 银行新宿支行兑换。永田史郎兑换了 15 万日元，我兑换了 10 万日元。兑换记录银行有存根，你可以去 N 银行查看。如果你还怀疑我们有可能是让他人代行，你也可以去问问银行外汇兑换窗口的工作人员，他认识永田，还听永田提过塔希提岛之行，所以他应该有印象。

"我想，这些都能证明我们是 5 月 10 日出港的吧。还有一点，我们的船速不仅无法与复仇者 Ⅱ 世号持平，而且应该还比它慢，因为我们的船比较小。另外，从复仇者 Ⅱ 世号的航海日志上看，5 月 10 日之前，这艘船并没有取道他处，而是直直南下。那么，在这种情况下，晚 3 天出航的我们不可能填补得了这些差距，在 5 月 11 日追上复仇者Ⅱ世号。就算能追上，那也要在 5 月 12 日之后了。而且前提是复仇者Ⅱ世号从 5 月 11 日就开始变成'鬼船'随波逐流。但是这样一来就又不对了，因为我们是 5 月 12 日才追上，那 5 月 11 日他们应该是平安无事，能够正常记录当天的航海日志。但是航海日志却只记录到 5 月 10 日，而且它的下一页也完全没有被人撕掉的迹象，这一点我想理事官应该也十分清楚吧。

"接下来还有理事官提出的，我们登上复仇者Ⅱ世号后趁人不注意把这 9 个人抛尸大海，然后伪造成'鬼船'，开回油壶。关于这一点，请认真想想。当我们的船靠近他们时，他们肯定会把摄像机对准我们吧。16 毫米和 8 毫米的摄像机里拍了很多镜头，或多或少都会拍到我们吧，但是什么都没有，不觉得很奇怪吗？也许有人会认为我们偷偷处理了一些胶卷，但是理事官应该也十分清楚，摄像机或 35 毫米的相机里，并没有少什么。"

冈部一阵机关枪似的讲完这些话后，像是说累了一样，稍微停下来喘了口气，然后又开始说了起来。

"最后，我还有一点想说。如果人是我们杀的，我们不会又特意把船开回油壶。我们 5 个人都知道玛丽·赛勒斯特号事件，因为它太有名了。我们当然也知道把玛丽·赛勒斯特号开回航的德格拉蒂亚号船员被人怀疑是杀人凶手，并被告到海难审判这件事。如果我们是凶手，我们肯定不会冒这种可以预见的风险，肯定会让复仇者Ⅱ世号在大海上漂流，让其他帆船发现它。或者我们就在船底挖个洞，把它沉到海底，这样就不会惹来嫌疑。正因为我们都是清白的，所以我们才中止我们的塔希提岛之行，特意把复仇者Ⅱ世号带回港口。

"关于理事官怀疑我们背后有没有类似赞助商这种主谋者，这点我没什么想反驳的。因为没有反驳的必要，我上述给出的这些理由足以证明我们是清白的。"

冈部说完就回到了自己的席位上。他在陈述这些内容的时候并不是一气呵成的，中间也有各种磕磕巴巴和反反复复的情况，有时也会因不知道该如何表达而一时间进退维谷。但这些现象反而更能体现他所讲内容的真实性。

"理事官，你有什么要反驳的吗?"津岛审判长看向日高。日高睁开眼睛，看了眼正用手帕擦额头的冈部。

"在这之前，为慎重起见，我想申请调查永田史郎和冈部孝夫于5月9日在N银行新宿支行兑换美元这件事。"

"我让人立刻去查。"土方审判长保证。

电话交涉期间，法庭笼罩在一种奇异的静谧之中。冈部和久本不是凶着一张脸盯着天花板看，就是两只手不停地搓着脸。这会儿他们难免会静不下心吧。电视台的摄像机还在不停地录制。

十二三分钟后，事务官拿着一张便条走进法庭递给审判长。

土方审判长扫了眼便条，转向日高说道："刚刚办公室的人帮忙打电话询问 N 银行新宿支行了。银行记录显示永田史郎和冈部孝夫两人于 5 月 9 日兑换了外汇。永田史郎的金额是 450 美金，冈部孝夫是 300 美金。另外，银行外汇兑换窗口的工作人员说自己认识永田史郎，他证明 5 月 9 日下午 1 点左右，永田确实和一名男性一起来到银行。他所说的那一名男性好像是受审人冈部孝夫。"

"日高理事官，对于这个结果你有什么看法？你还有反驳意见要向受审人提吗？"

"没了，我没什么想说的了。"日高说道，"我认为，既然出发点已经错了，那么我的推论就是错的。受审人刚才的那番反驳十分有说服力，我无可置喙。"

虽然第 6 个推论也被推翻了，但是日高反而松了一口气。因为他无论如何都无法想象现在坐在受审人席位上的两名年轻人以及被杀害的 3 名年轻人会是一口气连杀 9 人的穷凶极恶之徒，他也不愿意这样看待他们。

不过，日高的工作就是查明复仇者 Ⅱ 世号事件的真相。既然第 6 个推论被否决，那么就必须提出下一个推论。

日高再次站起身，看向桌上摊开的笔记，上面写着"7 号推论：伪造之举"。

"接下来我将陈述第 7 个推论。这个推论与之前的想法相差甚远，可能很难被证明，还请大家务必认真研讨。这个推论与第6个推论一样，是基于复仇者Ⅱ世号上发生了凶杀案这一前提。但二者的不同之处在于，这次我认为凶手在复仇者Ⅱ世号的9名船员之中。这边我大致标记了这9个人的简历。假设这里面真有人杀了其他8个人，并抛尸大海，那这人会是谁呢？

"两名电视台的摄像师和同一个电视台的记者，他们自始至终都是因为工作才加入这次航行。我找不到这3人要杀害细见夫妇或吉村昭之的理由。他们应该会有一些个人情感上的好恶，但是我没找到证据证明这些个人情感上的好恶会强烈到让人杀人的地步。接下来是两名船员和厨师长。这3人是新日本电视台公开招募的人员。当时应聘者一共有86人。我没有发现这次的招聘有任何虚假之处或猫腻。而且也没有证据表明在这次航海之前，这3个人与其他6人有关联。总之，上述6人没有杀人动机。

"那么就剩下细见夫妇和吉村昭之3个人了。

"根据细见夫妇周边朋友的证词，他们夫妻之间主要是由于丈夫的女性关系而争吵不断。但是从伸子怀孕，以及细见这次出海调查也带上伸子这些事情来看，两人之间应该不是矛盾一触即发的状态。而且，因为夫妻之间的爱恨就杀害其他无辜的7人也不太可能。

"那么最后只剩下细见龙太郎和吉村昭之之间的意见不合了。全天下都知道同样是评论家的这两人正在就海洋的神秘性唇枪舌剑。这里有几册两人的著作，从中可以看出，他们二人的争论有时甚至还会互揭对方隐私。两人在《海洋》这本杂志所发表的评论中还互相谩骂，吉村昭之称细见龙太郎为'神经病迷信分子'，细见则称吉村为'榆木疙瘩老古董'。这次调查之行也是通过细见龙太郎挑衅，吉村昭之应战这种方式产生的。细见龙太郎记录的航海日志虽然将两人的相处描写得相当融洽友好，但是，我认为这终究是表现给他人看的。两人肯定暗地里已经采取一些见不得人的手段彼此攻击。他们自5月7日离开油壶，这之后的每一天都要在狭窄的船舱里跟自己的对手面对面生活，而且表面上还得笑意盈盈。我认为这肯定会给人带来巨大的精神压力。到了第5天，5月11日，这种极度紧绷的紧张感开始爆发，这也很正常。在这种情况下，我不认为细见龙太郎会突然发神经施暴。因为复仇者Ⅱ世号是他的船，而且他妻子也在船上，他肯定能控制好自己的情绪。因此，我认为吉村昭之更可能无法控制自己激动的情绪。

　　"到了5月11日这天，应该是清晨，吉村昭之在船舱内与细见龙太郎起了争执，他突然失去理智杀死了细见，然后把亲眼看见这一惨剧的伸子也一并杀害。我认为其他人当时应该都在甲板上。恢复理智的吉村讶异地发现了自己的所作所为。与此同时，他也意识到这件事要是被人知道自己就完蛋了。于是走投无路的吉村一不做二不休，打算把所有人都杀掉。他来到甲板上伺机把人一个个推下大海。没人会想到评论家吉村会变成一个杀人魔，于是吉村很意外地轻轻松松杀掉了所有人。

"被杀死的细见夫妇也被扔进大海。这之后，吉村想起另外一件事情，那就是把复仇者Ⅱ世号装扮成 100 年前的玛丽·赛勒斯特号。他边回忆玛丽·赛勒斯特号事件的每个细节，边着手伪造。他先是在饭桌上摆上 9 人份的食物，然后用刀子把两张船帆中的一张割裂。接着是鹦鹉，他打开笼子让它飞走。当然，鹦鹉也许没有飞走，也可能被杀死扔进海里了。

"把帆船妥善伪装后，吉村放下救生艇，乘船逃跑。他到达小笠原诸岛，或是被其他船只救起来后，恐怕他就会用一些鬼话迷惑世人，比如谎称自己的船突然被浓雾包围，等浓雾散去时，他才清醒过来，发现自己正乘救生艇漂泊在海中。这样一来，如果后来已经变成无人'鬼船'的复仇者Ⅱ世号被人发现，自己被告到海难审判上，这套说辞也可以帮他糊弄过去吧。

"不过救生艇最终也难逃倾覆，吉村自己也长眠于深不见底的大海之中。"

5

"很有意思的推论。辅助人，你们对此有什么看法吗？"津岛审判长看向辅助人席位上的两位教授。

两位教授交头接耳商量了一会儿后，海洋学专家白根教授站起身。他将了将满头漂亮的银发，说道："就海洋学专家这一

身份而言，我和细见龙太郎、吉村昭之是同行，因此请允许我
代表发言。确实，人们在狭小的帆船中会变得很暴躁，压力也
会大增，并具有攻击性。3年前有两个男人相约驾驶帆船环游
世界，后来这次航程的航海日记被出版成书。我兴味浓厚地看
了这本书。这本书最让我感兴趣的是，在海上漂了两三个月后，
这两个人之间的关系开始出现一道道裂痕，他们会因为一点点
芝麻小事吵架甚至互殴。这两人是发小，连他们在帆船这片狭
小的天地中待久了都会这样，更何况细见龙太郎和吉村昭之这
对冤家呢？帆船生活中经常有磕磕绊绊，有一天突然矛盾升级，
一方失手杀了另一方，这也是有可能的事。这一点我赞成理事
官的推论，但是对于其他内容我有异议。"

　　白根教授停顿了一下，再次用他修长的手指顺了顺银发，
他的眼镜闪烁着光芒。

　　"第一，5月7日离港，到5月11日疑似凶案发生，这中
间仅仅只有5天的时间。诚然，在无处可躲的帆船船舱中，相
互敌对的两人每天抬头不见低头见，是很容易挑起神经中那根
敏感的线。发生互殴这种程度的事也很正常，但是要说发展到
杀人这种程度，没有积累成巨大压力，一般是不太可能的吧。
我刚才所列举的那两个人，也是起航100天左右后才发展到互
殴的程度。而且还是因为船上只有他们两个人，没有其他人了。
所以在本案中，两个人再怎么敌对，也不可能在出发刚刚第5
天就把人逼到处于需要杀人的这种极端精神状态中吧。而且，

复仇者Ⅱ世号上还有包括细见伸子在内的其他 7 人。一个记者和两个摄像师应该不是细见龙太郎的支持者吧。特别是那两个摄像师，我在电视上看过他们的工作。怎么说呢？我记得他们是反对神秘主义的。因此，他们应该是吉村昭之的支持者吧。人有个倾诉对象的话，一般不会被逼进极端的精神状态中。而且，刚刚理事官所给的笔记中，关于吉村昭之的性格，写的是低调但有韧性。这种性格的人，自制力很强，很难走上杀人这条路。

"第二个疑点是杀死全员，抛尸大海后，吉村昭之所做的伪造之举。所谓的学者或评论家，因为我在这一队伍中忝列末座，所以我很清楚，他们是那种即便被逼入绝境也坚信自己观点的正确性的人。更准确地说，他们不管处于何种境况，都不会认同对立的观点。如此坚持己见，这就是学者，就是评论家。可是，吉村昭之在伪造现场这一重要环节中，却遵从了细见龙太郎的观点。无人'鬼船'也罢，让船员消失也罢，这些无疑都是细见龙太郎的观点主张。吉村昭之的观点是否定神秘性，但他却在细见的观点中寻找自己的退路，这一点怎么想都不像一个评论家该有的作风。即便吉村得以乘救生艇成功获救，并能够把复仇者Ⅱ世号的多人凶杀案归因于'鬼船'的神秘性糊弄过去，他的内心也肯定充满了挫败感。因为从结果上看，这些都证明细见龙太郎的观点才是正确的。相比做这些事，吉村还不如直接在复仇者Ⅱ世号的船底挖个洞，让船沉入海底，自己再乘救生艇逃脱，这样他就可以把一切归咎于突发的飙风。因为复仇者Ⅱ世号沉船的原因如果归咎给自然现象，他就可以不用放弃自己的观点。

"根据以上两个理由，日高理事官提出的吉村昭之激情杀害所有人，并伪造成现代版的玛丽·赛勒斯特号事件这个推论，我表示很难苟同。"

"山野边教授，您认为呢？"审判长询问另一位辅助人的意见。

"我也赞同白根的看法。"山野边教授冷静地说道，"我并不是心理学专家，但是我认为，带着目的出门航行，而仅过了四五日就感受到巨大的压力，并崩溃激情杀人什么的，这是不可能的。另外，我也是一名学者，我绝对不会做那些最终能够支持对立方观点的事情。因为一时的胜利会带来一生的思想包袱。"

"日高理事官对此有异议吗？"审判长看向日高。

日高看向两位辅助人，说道："我并不是想要反驳两位的观点，不过，我想问一下，是不是只有得到两位辅助人认同的推论才具有真实性呢？"

"你的意思是？"津岛审判长问道。

"我是指，如果不是吉村昭之杀人，而是细见龙太郎呢？"

6

"但是你刚刚应该提到过，相比吉村昭之，细见龙太郎更不可能会倍觉压力，并情绪失控杀人吧。"

"没错。我想应该可以这样理解刚刚两位辅助人的观点：不仅仅是细见龙太郎，任何人都不可能在四五天的时间里就情绪失控而杀人。因此，就算是细见行凶，也不可能是激情杀人，而应该是计划周密的杀人行凶。这就是我的第 8 个推论，接下来我会做说明。"

日高倒了杯水，喝了一口，润了润嗓子。整个法庭里的人都在侧耳倾听他的新推论。

旁听席上有人在低声咳嗽。今天的旁听席也是座无虚席。

"细见龙太郎对持相反观点的吉村昭之抱有强烈的憎恨。因为有时越是对自己有信心的人，越无法容忍相反的观点。细见想着总有一天要干掉吉村昭之。他肯定会在心里面想，单纯干掉吉村难解心头之恨，得以一种能够证明自己的观点才正确的方式干掉吉村，这才是最完美的。当资深电视明星小见山次郎所有的小日本号帆船在小笠原海域失踪的消息传来时，理所当然地，细见和吉村之间围绕这个事件的原因起了争论。虽然也有媒体在一旁鼓动的因素，但是细见自己认为机会来了。

　　"细见向吉村下了战书，邀请他乘坐复仇者Ⅱ世号去小笠原海域验证各自观点的正确性。对此，电视、杂志以及报纸都大肆宣传，并出力支持这个项目，这让吉村无法选择逃避，他没有考虑太多就应允下来。复仇者Ⅱ世号除了这两个人，另载有7人，于5月7日下午，离开油壶起航。细见在5月10日抵达小笠原海域之前，对自己的计划肯定没漏半点儿口风。我认为，他反而很努力地营造出一团和气的氛围。这点从那些照片中也可以看出。

　　"那么，5月10日晚上，或11日早上，细见杀死所有人，抛尸大海。至于杀人手法，因为凶手是细见，他是复仇者Ⅱ世号的船主兼船长，所以对他而言杀人应该是轻而易举的事。毕竟他要是将掺入毒药的咖啡拿给其他8个人喝，大家也会毫不迟疑地喝下去吧。我认为他是先毒杀，然后抛尸大海。接着细见开始伪造现场，以确保自己的说法能被认可。他整理船舱，准备9人份的早餐，用刀子割裂两根桅杆中后头那根的船帆，放走鹦鹉'Pascal'，把一切都弄得像玛丽·赛勒斯特号一样。做完这一切后，他放下救生艇，乘船离开复仇者Ⅱ世号。他暗自期待着无人'鬼船'复仇者Ⅱ世号能被人发现，引起社会轰动。不过，他所乘坐的橡胶救生艇侧翻，他自己也丧生海底。"

　　"你的意思是，细见龙太郎为了杀死对立者吉村昭之，所以把其余7名无辜人员，包括他的妻子一起杀了？"丹羽审判长一马当先提出了疑问。

"细见龙太郎或许原本也想害死他的妻子伸子。"日高回答，"因为细见的女性关系，夫妻之间经常大吵小吵不断，所以两人彼此厌恶，这也是有可能的。"

"如果是这样的话，他们可以离婚，完全不用杀人吧。我记得伸子怀孕了吧。如果她怀的是别人的孩子，那离婚不就很容易吗？"

"确实如此。对此我是这么认为的。她肚子里的孩子仍然是细见的。大家也都知道，即便是即将离婚的夫妻，有时丈夫也会突然抱住妻子。这样的情况下，妻子怀上孩子也不是没有可能。这样一来，妻子的腰杆就直起来了，即便用杠杆撬也绝不离婚。丈夫又不能主动提出离婚。那么要想分手，就只能杀了对方。"

"即便如此，那他也仍然多杀了 6 名无辜的人啊！"

"这一点我承认，从常理来看确实说不通。不过这会儿我想起了一个军人。他是个很有名的将军，他为了贯彻自己的信念，最终让手下数千、数万的士兵惨死。据说，冷静来看，他的作战计划毫无章程、任意胡来。不过这位将军深信自己是正确的。这种人，越是相信自己的信念，就越不会对因此而牺牲的人命感到愧疚。从细见龙太郎的著作来看，我认为他的性格独断专行，以自我为中心。他为了证明自己观点的正确性，可能不会为谋害几条无辜的人命而良心不安。"

7

"针对当前理事官的推论，辅助人有异议吗?"津岛审判长看向辅助人席位。

海洋学学者白根教授先站了起来，说道："我认为这个推论很精彩，很有说服力。"

"也就是说您赞同这个推论?"

"不。"白根教授把垂下来的银发撩拨回去。

"请陈述您的疑议。"

"我就一个疑问。我们就按日高理事官所推论的那样，细见龙太郎为了消灭对立者吉村昭之，杀害了8个人，抛尸大海。然后为了证明自己观点的正确性，他伪造了复仇者Ⅱ世号上的证据，最后自己乘橡胶救生艇逃脱，结果途中救生艇沉没，细见本人也死掉了。但是，如果细见并没有死亡，那他究竟打算做什么呢? 不管他是被其他船只所救，还是漂流到小笠原诸岛的某一个岛屿上，人们肯定都会问他船上究竟发生了什么。到时海难审判召开，细见应该就得坐在受审人席位上。那么，他要怎样解释这件事情呢? 恐怕他会辩解说，复仇者Ⅱ世号在小笠原海域时突然被浓雾包围，他失去了全部知觉，等清醒过来时，自己正乘橡胶救生艇在海上漂泊，而复仇者Ⅱ世号已不知去向。因为细见只剩下这套说辞能用了。他肯定会尽可能把整件事弄成神秘事件，并通过这种方式来自圆其说。但是，其他人全部失踪，只有细见独自获救，这一点不管是在海难审判厅，还是在社会上，都肯定会遭到强烈质疑。这一点单从鲨鱼Ⅰ世号船员现在的处境就可以预见。鲨鱼Ⅰ世号船员特意把随波逐流的无人的复仇者Ⅱ世号带回到油壶，结果却仍然被人怀疑是凶手。因此，对于独自平安归来的细见龙太郎，估计全社会都会认为他有杀人嫌疑。面对这些看法，细见肯定无法反驳，他只能不断地谎称在小笠原海域发生了怪异事件。细见的伪造之举要想真正发挥作用，船上的所有人，包括细见在内都必须死亡。因为如果只有他一个人获救，反而会让别人起疑心。因此这个问题该如何解决？如果这一点没法解释得让人信服，那么我就无法赞同这个推论。"

"你认为呢，日高理事官？你认为细见龙太郎要是获救，他能顺利摆脱嫌疑吗？"津岛审判长看向日高。

这一点确实是第8个推论的弱点。虽然是唯一的弱点，却也是最致命的。

日高站起身，"因为确实是细见杀了所有人，所以他不可能证明得了自己是清白的。而且他也不想证明自己是清白的，否则他就不会在桌上摆上9人份的食物，也不会特意用刀子割裂船帆吧。我觉得他之所以把复仇者Ⅱ世号伪装成100年前的玛丽·赛勒斯特号，就是为了躲进现代版'鬼船'这一神秘性中。

这里有一本细见的著作，是关于百慕大三角地带。书中记录了一位从差点就整艘倾覆的船上死里逃生的船员的话。这位船员是拖船的船长，他说突发怪异时他的船正穿过百慕大三角海域。突然海平线消失不见，海与天重叠了起来，所有的电气设备全都无法运转，船也停了下来，还被奶白色的浓雾裹住。这套说辞最终让这名船员得以摆脱嫌疑，我想细见应该也打算这么说。"

"这本书我也读过。"白根教授说道，"我还记得拖船船长的证词。但是，那个案件中没有人失踪。对这个船长而言，就算没人相信自己说的话，他也不会被问责。但是，细见龙太郎不一样，如果没有人愿意相信他的解释，他就会因为谋害多人而被追究杀人罪。而且，就算人们认可了书中关于神秘性的解释，但是这种认可在 8 位船员全都失踪、只他一人独活的事实面前，会荡然无存，一切文字上的说服力都会清零。即便因证据不足暂停问罪，他这一辈子也都会被人怀疑是杀人凶手吧。对于这些结局，细见真的已经做好思想准备了吗？对此我表示怀疑。因为我也是海洋学者，所以我和细见龙太郎有过多次交谈，我大概是了解他的性格的。他爱出风头，有时又很冷酷。但是，从另一方面来看，这个男人思维敏捷，做事有计划，小心谨慎。如果仅仅是为了消灭对手吉村昭之，他不会如此兵行险着，还有很多更稳妥的方法。因此我还是不太赞同日高理事官的推论。"

"山野边辅助人，你的意见呢?"津岛审判长问另一位辅助人。

"我也赞同白根教授的意见。"山野边教授回答道，"我不是心理学专家，没能力分析细见龙太郎的心理，不过我先假定凶手是细见。日高理事官这个推论中的计划，有太多危险的成分。杀掉其他8人，独剩自己获救，这种情况下，不管如何巧舌如簧，都不可能让全世界的人认同他的无辜。我要是细见的话，就不会筹谋这么危险的计划，当然更遑论实行。"

第九章

突破口

1

今天也不例外，一早细雨霏霏。

气象厅也宣布天气正式进入梅雨季。据说今年的梅雨季会持续得比往年长。

十津川警部从刚才开始就一直凝望着窗玻璃上滴滴下滑的雨滴。这些小小的雨滴不断积聚，慢慢变大，然后像是承受不住重量似的一下子滑落下去。

嫌疑人男女的肖像画虽然已经分发给全国县警了，但是还没收到任何效果。戒指这条线索也仍旧毫无进展。

临近傍晚，龟井刑警完成调查工作回到警局。他一边用手帕擦拭肩膀位置湿透的雨衣，一边把一张折叠成小方块的晚报放在十津川面前："今天的晚报您看了吗？那个海难审判的第3次庭审细节已经报道出来了。"

十津川沉默地打开这张最新发行的晚报看了起来。虽然在调查的空隙他瞅过几眼电视上的直播，不过这样完完整整看一遍下来，感觉还是不太一样。

十津川边浏览海难审判的报道，边问道："戒指这条线索查到新情况了吗?"

"很遗憾,颗粒无收。那个戒指会不会毫无作用?"

"为什么这么说?"

"会不会根本就不是凶手从风见美津子的手上摘下来偷走的,而是风见美津子自己发现这枚戒指是玻璃造的假货,于是扔掉的呢? 要真是这种情况,那我们再怎么费劲调查也是徒劳的。"

"有道理。"十津川点了点头。其实他并没有从头到尾都在认真听龟井刑警讲话。因为中途的时候他突然被报道中的一些内容吸引住了。

"我出去一下。"十津川对龟井刑警说道,然后站起身。

"您要去哪?"

"横滨的海难审判厅。我一个人去就行。"十津川披上雨衣,走出警局。

雨淅淅沥沥,不肯停歇。十津川讨厌撑伞,并不是因为雨伞不方便刑警的日常工作行动,而是打小他就不喜欢,他总觉得伞下的空间十分压抑,难以忍受。

他把雨衣的领子立了起来,冒雨走到地铁的进站口。

坐地铁到东京车站,然后转乘京滨东北线到樱木町。

在4点半的时候他抵达了横滨海难审判厅。

十津川立刻去见了日高理事官。两人虽然在电话中讲过话,但面对面交谈还是头一次。

弯腰坐到日高理事官所指的椅子上后，十津川开口说道："我看了报纸上关于昨天审判内容的报道。虽然我在电视上也看过一些。"

日高默默地用他那粗大的手指往钟爱的烟管中装入混合好的烟草。

十津川继续说道："船主细见龙太郎杀死其他8名船员这个推论很有意思。"

"是吗？"日高笑道。他点上烟说道："但是那个推论最终被否决了。"

"我知道。不过比起其他推论，我觉得这个更有意思，有些推理我觉得挺合情合理的。"

"我自己也这么觉得。但可惜关键的地方缺乏说服力，没法让别人也认同。"

"我记得这个推论的不足之处是，无法解释为什么只有细见独自获救？"

"是的，确实如此。一起上船的8个人全部消失，只剩下细见获救，这一点不管如何解释，肯定还是会被怀疑的。得找到合适的理由才能让这个推论有说服力。"

小西事务官走进来给十津川倒了杯水。

十津川拿出一根七星牌香烟抽了起来。算上这一根，他今天已经抽了一整包了。每次案件有难度，十津川抽烟就会抽得很猛。

"如果细见从一开始就打算自己也消失呢？那么这个推论就都说得通了，是吧？"

"没错，确实如此。这样的话就和实际发生的情况一致，细见也就不会被怀疑。但是，警部，"日高轻笑道，"如果是细见杀了其他8个人，然后自杀，那么为什么他要把船舱布置成那样？这一点就解释不了了。在桌上摆上食物，用刀割裂船帆，扔掉救生艇，弄成现代版玛丽·赛勒斯特号、现代版'鬼船'的样子，有必要吗？最主要的是，他都要自杀了，还有心情布置这些吗？"

"不不不。我只是说他消失，没说他自杀。"

"等等，我不明白您的意思。"日高皱着眉头，轻轻地在烟灰缸的边缘敲了敲烟管里的烟灰。

十津川微眯着眼缓缓地吐了口烟，然后维持着这个姿势总结自己的想法："我说的消失是指从社会上消失不见。这里面也许包含您说的自杀，也包括躲藏起来，也就是人间蒸发，是广义上的消失。总之，要是复仇者Ⅱ世号船上的9个人都消失了，那么就能营造出现代版'鬼船'的效果吧？"

"确确实实如您所说的那样。事实上，这次的事件确实被称为现代版玛丽·赛勒斯特号，玛丽·赛勒斯特号之谜好像至今依然无法解答。这次的复仇者Ⅱ世号之谜也是如此，庭审都已经开过3次了，却仍然没有结论。因为船上的人都消失了。也许解不开也是正常的。"日高像外国人那样夸张地耸了耸肩，然后端起茶来。

"但是报纸上不是说船帆裂开的原因找到了吗?"十津川说道。

日高很高兴地笑了一下:"我确信并肯定玛丽·赛勒斯特号事件应该就如我所想的那样,它的船帆肯定是船员扔飞刀割裂开的。但是复仇者Ⅱ世号上的船员中应该没有人具备以前船员那种扔飞刀割裂船帆的技能。"

"但是,复仇者Ⅱ世号不是有张船帆被割裂开了?"

"是的,很明显是用刀子割裂的。所以我才认为它应该是9个人中的某人模仿玛丽·赛勒斯特号事件而做的,但好像事实并非如此。我给出这两个推论:凶手是科学评论家吉村昭之,以及凶手是船主细见龙太郎,不过都被法庭否决了。"日高说完突然笑了一下,"其实,你知道吗,复仇者Ⅱ世号事件刚发生那会儿,我甚至还想过这会不会是那9人合伙演的一场戏。他们挑了个小笠原诸岛中的无人岛,在附近停下船,把船按照玛丽·赛勒斯特号那样布置,然后9个人全部躲到无人岛上。在风力的作用下,无人的复仇者Ⅱ世号随波逐流,接着被人发现,以'鬼船'这个噱头引发社会轰动。当世人为他们大肆喧哗时,这9个人从无人岛转去父岛或母岛,出现在人们面前,于是整件事情就成了一个大笑话。我也曾这般想过,但我知道这无论如何都不可能。这9个人不会出现在世人面前让这件事变成大笑话,因为人们会蜂拥而上去谴责他们。这么浅显的道理他们不可能不知道。所以这个推论不值得一谈。"

2

日高再次用粗大的手指灵活地往登喜路牌烟管里塞了些烟草，点上火。清淡的美国烟草香气飘荡在办公室里。

"警部，你为什么对这次的海难审判感兴趣？你认为鲨鱼Ⅰ世号上的3名死者与复仇者Ⅱ世号事件之间有关联吗？"

"一开始我不认为它们之间有关联。"十津川很直接地回答道，"我原本以为鲨鱼Ⅰ世号发现海中漂泊的无人复仇者Ⅱ世号纯属偶然。"

"你现在不这么认为了？你不会认为是鲨鱼Ⅰ世号上的5个人杀了那9个人吧？"

"不，我没这么想。"十津川笑道，"第一，这个推论已经在海难审判中被否决掉了。我在报纸上看到过。所以我现在仍然认为鲨鱼Ⅰ世号发现无人复仇者Ⅱ世号纯属偶然。被发现时，它确实是艘无人'鬼船'。原本5名鲨鱼Ⅰ世号船员身上应该不会发生什么事情。但事实是，已经死了3名船员。其中一人的女朋友也被杀死，总共死了4个人。"

"剩下的两个人也差点被杀死在酒店里。"

"没错。这5个人的共同点，怎么想都只有复仇者Ⅱ世号。

也就是说这 5 个人被凶手盯上的原因很有可能是复仇者Ⅱ世号。因此，只要知道复仇者Ⅱ世号上发生的事情，说不定就能解开这起连环杀人案吧。"

"但是，很遗憾，复仇者Ⅱ世号事件之谜我们也都还没找到答案。"

"你们给了我一个提示。"

"是吗？"日高笑道，"因为我昨天提出的那个细见龙太郎杀人论？"

"是的。"

"但是，正如我刚才说的那样，这个推论因为不具备说服力已经被法庭否决了。"

"这个我知道。"这次轮到十津川微笑，"可是在海难审判上被否决，也不等于这种情况发生的概率为零吧？"

"话是没错。"日高有些困惑，他盯着十津川的脸看了一会，然后问道，"您不会认为细见龙太郎没死，正在逐个谋杀鲨鱼Ⅰ世号的船员吧？"

十津川笑了起来，然后说道："细见龙太郎杀死其余 8 个人后，将船按照玛丽·赛勒斯特号的样子布置好。但是，这之后如果他选择自杀，那这一切就说不通了。那如果他不是自杀，而是潜逃呢？"

"也就是说细见龙太郎活着回到了陆地上，然后一个一个地杀死鲨鱼Ⅰ世号的船员？"

"您觉得有没有这种可能?"十津川反问道。

日高耸了耸肩,表示不知道:"我们就当细见回到了陆地上。那么,第一个问题,他是怎么回来的?他不可能是乘坐复仇者Ⅱ世号上的救生艇从小笠原海域回到陆地上吧。救生艇上又没有安装发动机,就算有发动机它也航行不了这么远。如果他是被其他船只所救,那么我这边,或者海上保安厅应该会收到相关消息。第二个疑点是——"

"我知道,您说过了,不知道细见杀人的动机是什么。"

"没错。我们就当作细见把复仇者Ⅱ世号伪装成'鬼船'后,独自一人回到了陆地上。鲨鱼Ⅰ世号上的5人发现了无人的复仇者Ⅱ世号,并把它开回油壶。由于这5个人的证词,报纸和电视上都大肆宣传它是现代版玛丽·赛勒斯特号。一切都朝着细见所希望的那样发展。也因此他就完全没理由必须杀死这5个人,毕竟这5个人也帮他完成了计划。啊,稍等一下,这里还有个疑点。假设细见回到了陆地上,但是他又无法跟别人坦白身份。因为一旦别人知道他还活着,那他肯定会被人怀疑成是杀害其他8个人的凶手而立刻遭到逮捕吧。刚才也说过,他不可能证明得了自己的清白。我听说细见既是知名的海洋研究专家,又有丰厚的家产。如果他没法使用自己的身份,那么他将永远失去这两样东西。当然,复仇者Ⅱ世号他也拿不回去。付出这么大的牺牲,就为了杀害其他8个人?我想不通他必须这么做的理由。"

"您的怀疑都很有道理。但是，也许是我异想天开了，我还是觉得细见龙太郎活着回到了陆地上。"

"你这想法确实有些奇怪。"日高苦笑道。

"我也觉得。谢谢您给的参考意见。"十津川道了谢，然后把烟头丢进烟灰缸中，站起了身。

"稍等下！"日高叫道。

"您还有其他的疑点？"

"不不不，跟工作无关。你的烟瘾似乎很大？"

"好像是。"

"这样对身体不好。"

"我知道，可就是戒不了。"

"你像我这样，换成烟管吧。用烟管确实会少吸一些。而且，烟管本身也是件艺术品，看看它也是一种享受。"

3

十津川回到局里的时候时间已经将近晚上 8 点了。虽然他跟手下交代过，让他们放心回家，但是大家都没有回去。现在案件陷入僵局，没有人有心思回家休息。

"大家过来开个会。"十津川召集起自己的 7 个手下，"明天开始，大家换个方向调查，去查查细见龙太郎。这个搜查方向也许会是错误的，但也许能打破现在的僵局。"

"但是细见龙太郎不是和其他 8 名船员一起消失了吗?"一名手下发问。

"没错。"

"那么，我们要调查细见的哪些方面?"

"全部。人们对他的评价、资产、名声以及其他方方面面。"

十津川没有仔细解释为什么要调查细见龙太郎。他一方面是想让手下在没有先入为主的观念下展开调查，这样做说不定会有意外的收获。不过更多的还是因为他本身对细见还活着的这个假设没有多大的信心。

日高理事官认为这个假设是不可能的。十津川自己也认为这个想法过于异想天开。不过如果细见真的还活着，那这也许会是案件的一个突破口。

第二天起，7 名刑警开始全力调查细见龙太郎这个男人。

调查工作进行得很彻底，因为这是十津川的要求。

细见的生平，甚至是小学时的学习成绩都被查了一遍。为了彻底调查清楚，一名刑警还飞去细见的出生地北海道江差町，并走访了他的小学朋友。

警方当然也逐一走访了细见在东京读大学时的朋友。他作为海洋评论家出道后的生活更是被查了个底朝天。

不过还是没有查到十津川想要的信息。

细见龙太郎在北海道江差町念完小学和中学后，随父母来到东京，读了高中。他从小学到高中的学业成绩经常都是位列前十，当初也很轻松地考进了 T 大学。

从 T 大学的物理学专业毕业后，他的父母相继去世，不过他仍然去了美国的哈佛大学留学。回国后以一名思维敏锐的海洋研究家身份出道。

细见脑子活跃，而且人长得帅气，又会适当地故弄玄虚，很符合电视时代的需求，因此收获了一波粉丝。

他的著作有十几本（包括译著），不过全部都是主张海洋的神秘性。这些书搭上了超自然主义热潮，因此大多数成为了畅销书籍，给细见带来巨额的版税收入。

除此之外，警方甚至还查到细见很长一段时间都喜欢开保时捷跑车，不过最近换成了美国车。

"据出版社说，最近他的书卖不动了。不过因为这次的复仇者 II 世号事件又开始畅销起来。"龟井刑警汇报他查到的消息。

"我知道他的一些书又再次登上畅销书榜单。"十津川说道，"因此，他今年又有多少版税收入？"

"出版社说有两三千万日元。"

这笔收入，就算细见还活着，只要身份没法用，就进不了他的口袋。可是如果坦白身份，又会被当成嫌疑犯立刻遭到逮捕吧。

怎么想这些信息都不是十津川想要的，反而是最不想要的。

细见龙太郎名声、金钱双丰收后，和 N 女子大学毕业的才女伸子结了婚。

"好像是伸子主动追求他的。"小川刑警补充道,"媒人是 C 出版社社长夫妇,细见的大部分著作都是由这个公司出版。"

"听说因为细见的女性关系问题,夫妻俩争吵不断?"

"细见这个人就是典型的花花公子。"小川刑警羡慕地说道,"结婚后也经常和电视明星、时装模特传桃色绯闻。"

"桃色!你这个词用得很文雅。"十津川笑道,"细见喜欢名人吧?"

"好像是。和细见传绯闻的女性都是媒体上的知名人物。"

"那他被《女性周刊》报道过吧?"

"被报道了 3 次之多。我走访过这家周刊的记者。据说,细见根本不想隐瞒自己的女性关系,反而还很自豪地吹嘘不停,难怪会被人家报道。而且,每逢这种情况,他都会和妻子吵架。"

"他的妻子伸子性格怎么样?"

"据说是个大美人,聪明,强势。也因此才无法容忍细见搞外遇,经常跟他吵架。"

"有点不对劲。"

"嗯?"

"家里有个很强势的妻子,还敢不停地对外宣传自己的外遇,主动制造家庭不和的事端,这总让人觉得不对劲……"

"你这么一说,还真觉得有点奇怪。"

"这个不重要吧。细见都出轨了那么多次，伸子不都没离开他吗?"

"没错。我听伸子的朋友讲，伸子曾说过想好好敲细见一笔补偿费然后分手。不过后来伸子说，在知道肚子里怀了丈夫的孩子后，她决定不管发生什么事都不离婚。"

"我听说伸子怀孕了，孩子真是细见的呀!"

十津川有些小失望。他想着要是伸子自己也搞外遇，还怀上别人的孩子，那细见就有了杀死伸子的动机。目前来看，这些想法似乎都是错的。

接下来是负责调查细见龙太郎资产的西崎刑警汇报。

"细见夫妇的银行存款和股票价值一共是 3000 万日元。"

"有点少啊。要是细见夫妇去世，这些钱谁来继承?"

"细见没有双亲。所以我想应该是他妻子的父母继承吧。"

"价值 9000 万日元的复仇者 II 世号也是这样吗?"

"是的。"

"除此之外呢? 有房产和土地吧?"

"这一点有些奇怪。"

"怎么了?"

"细见在出发之前把房子和土地全卖掉了。"

"什么?!"十津川一下子眼中冒光，终于听到一个有意思的消息了。

"买家是大型房地产公司日之丸不动产。日之丸不动产说这房子位于东京都正中心，占地面积将近 200 坪①。所以市值 1.5亿日元。"

"1.5 亿日元吗？什么时候付钱给细见的？"

"5 月 2 日，用支票支付的。因为 5 月 7 日复仇者Ⅱ世号出航，所以双方约定房子在此之后交付。目前细见的房子已经属于日之丸不动产了。"

"卖房子的时候是夫妻双方都在场吗？"

"不是，据说只有细见一个人。"

"那也就是说房子是他瞒着他妻子卖的？"

"这 1.5 亿跑哪去了？又没有存进银行，也没有用来购置别的土地。复仇者Ⅱ世号的船舱内好像也没发现这张 1.5 亿日元的支票——"

"细见在离港之前把这笔钱花掉了！"

"买什么了呢？"

"钻石。钻戒有两枚，不是一枚！"

4

十津川并不能肯定细见是否真的把这 1.5 亿日元用来买钻

---

① 坪是日本面积单位，1 坪约为 3.3 平方米。

戒了。

只是这个结论比较方便他推进猜测。

刑警们重新全面排查东京都内及周边的有名珠宝店。

警方也走访了细见伸子常去的那家珠宝店，不过细见并没有在那里买任何东西。

在走访了 11 家店之后，警方终于在龟井刑警负责的第 12 家店里得到了十津川想要的答案。

这家店是新开的，位于东京郊外的八王子市。该店与伦敦知名珠宝店有合作。店长是名年轻的混血儿，他的父亲是英国人，母亲是日本人。面对龟井刑警的提问，他承认 5 月 6 日细见龙太郎的确在店里买过钻石。

"据说，正如警部您所想的那样，细见买了一枚 1.5 亿日元的钻戒。对我们这些拿这么点零头小工资的人来说，完全没法想象。"龟井刑警紧拧着眉头朝十津川说道，"1.5 亿日元可以做些什么事呢？换我的话，我就能从两室廉价公寓搬到豪宅里，能买得起车，也买得起庄园。但是细见龙太郎却用来买一枚小小的钻戒。理解不了这些有钱人的做法。"

"不要这么愤愤不平。他买的是什么钻戒？"

"据说是 7.77 克拉大的钻石，美式切割的双多面形琢型，铂金戒圈戒指。"

"戒指的尺寸呢？"

"我知道你想问是不是与他妻子伸子的手指尺寸一致？很可

惜，是同样的尺寸。但是，这个尺寸其实也是全日本女性的平均手指尺寸。"

"如果细见是 5 月 6 日拿到这枚钻戒，因为第二天下午船就要从油壶起航，所以他很可能把这枚钻戒带在身边。"

"细见为什么要这么做？不会是打算在船上的时候送给他妻子吧？他妻子不会因为收到戒指而感到开心吧，毕竟是用卖房子的钱买的。那么他是想拿来送给别的女人？那起航之前送或是旅程结束后送都可以吧？"

"我说说我的想法。"十津川喝了口凉掉的茶水，"细见在出发之前制订了一个计划。这个计划恐怕是杀人计划。他另有女人了，他的感情完全转移到那个女人身上。"

"这个女人会是《女性周刊》上报道过的某个电视明星或时尚模特吗？"

"不是。我觉得那些绯闻都是烟雾弹。明明有个强势的妻子，却还主动对媒体聊自己的外遇，这种行为不正常。毕竟这些导致了他和妻子之间口角不断。通常出轨都是藏着掖着。所以我认为，细见有一个自己真心喜欢的女人，为了不让他的妻子和朋友注意到这个女人，他故意与明星或模特传绯闻。所以细见的女人并不是明星这类身份，应该是个普通人。"

十津川说得很肯定。当然，这些也都只是推测，只不过他对这些推测信心满满。

龟井刑警等 7 个手下围着十津川，专注地听他分析。

"我觉得细见龙太郎是不是压根就不喜欢他妻子。但是伸子又死活不肯离婚。而且因为怀孕，她还变得更为强势。于是细见就想杀掉他的妻子。此外，他还憎恨一个人，就是完全反对他的观点的科学评论家吉村昭之。细见虽然人气很旺，但是最近书的销路越来越差。另一方面，他的对手吉村是个坚韧顽强的人，人气正在逐渐上升。再加上超自然主义热潮也在逐渐消退，细见的书越来越卖不动。基于这些形势的变化，我觉得，细见对吉村昭之的憎恨之心日益强烈。于是他就思考着同时把这两个人给杀掉。但是，如果直接杀了这两人，那么头一个被怀疑的肯定是他。于是他就想到利用复仇者Ⅱ世号。"

十津川把黑板拉过来，用粉笔写道：

复仇者Ⅱ世号→现代版玛丽·赛勒斯特号

"这个计划很可怕。把同船的 8 个人全部杀害，抛尸大海，还把它伪造成现代版玛丽·赛勒斯特号。他坚信这些手段能给他带来双丰收。第一个好处当然是可以同时消灭已经不爱的妻子伸子和憎恨的对手吉村昭之这两人。第二个好处是，把复仇者Ⅱ世号变成'鬼船'，让人们不得不无条件承认他的观点。细见成功地实施了自己的计划，他公布了'魔鬼海域'调查计划，把电视台卷进来，也让吉村昭之和伸子一同乘坐复仇者Ⅱ世号起航。在 5 月 10 日之前，他极力营造出一团和气的海上生活气氛。等到了 5 月 11 日，他就把 8 个人全部毒杀掉。我估计他是在咖啡或茶水中掺入氰化钾让人喝下去。这 8 个人可能以为细见是船主，而且他妻子也在船上，不可能会毒杀自己吧，于是就轻易地喝下去。大家想象下当时船舱里的情景：满地板都是痛得打滚的男女，他们哀嚎着，渐渐没了生息，船舱内阴森森的，如人间地狱。细见淡然地把断了气的这 8 个人扔进海里，然后开始伪造现场。他做好 9 个人的早餐，在餐桌上摆好，用刀子割裂一张船帆，放走鹦鹉。鹦鹉也可能是被杀死扔进海里。因为鸟儿可能怎么赶都不愿意离开船，毕竟船正在大海中，海水一望无际看不到陆地。这些事情都做完后，细见乘救生艇逃走了。"

5

"最终这艘救生艇也沉入海里，细见自己也死了？"年轻的宫田刑警开口询问。

十津川微笑道："海难审判厅的日高理事官好像是这样认为的。不过，如果现实真是如此，那么就不会发生连环杀人案了吧。而且，我一直觉得，细见能够如此沉着冷静地实施自己的计划，那么在最后关头，应该不会犯这种错误。他应该是平安无事地回到了日本。"

"他怎么回来的?"

"这点需要查一查。他不可能靠橡胶救生艇回来。肯定是搭乘在小笠原海域过往的船只回来的。因为小笠原海域没有飞机飞往陆地。"

"我们是不是可以认为,救他的那艘船也在他的计划之内?"龟井刑警说道。

"没错。我想恐怕那艘船在小笠原海域出现的地点、时间也都是提前计划好的。"

"但是,他是如何租赁这艘船的。一个不留神说不定就会被这艘船的船员泄露秘密。"

"这点我也不懂。不过我认为细见应该很信任这艘船。得去查查这个方向。总之细见平安无事地回到了陆地。"

"不过,他没法告知别人自己的身份。一旦他这么做就会立刻被海难审判传召,说不定还会因杀人嫌疑而被逮捕。也不能被熟人或朋友发现。所以他要是回国了,也必须躲起来生活。"

"这里有个疑点。对于这个推论,日高理事官和法庭都是持反对意见。不过,我是这么想的,会不会细见打一开始就打算回来后以别人的身份生活?所以他才会在出发前把房产和土地全部卖掉,换成钻戒带在身边。"

"但是,警部,如果细见不使用自己的身份,那他出书的2000万日元版税、3000万日元存款和股票、花费9000万日元打造的复仇者Ⅱ世号以及海洋研究者的名声和地位全部都会失去。您不觉得这个牺牲很大吗？"西崎刑警质疑道。

"你说的这些我都懂。"十津川点点头，"这点确实是个漏洞。不过，那艘 9000 万日元打造的复仇者 II 世号，每年仅维修费就多达 1000 万日元以上。据说最近细见有点难以支撑这笔费用，想把这艘帆船免费送给一个学校，不过对方拒绝了，好像是被维修费吓到了。而且，如果新的身份比原来的身份更方便更有好处，那也不是不可行吧。"

十津川再次手持白粉笔在黑板上写道：

细见龙太郎从小笠原海域回来的方法。坐的是哪艘船？

细见换个身份重新开始的好处是什么？

"接下来终于到了连环杀人案。细见乘坐救生艇逃了出去，不过他不小心把价值 1.5 亿日元的钻戒落在了复仇者 II 世号上。他本身没有戴戒指的习惯，而且要是手上戴着这么昂贵的钻戒，肯定会遭到他妻子伸子的质问。所以，他应该是藏在船长室的桌子抽屉中吧。然后，再怎么冷静自持的人，连杀 8 个人后，应该都会很激动吧，所以他才会不小心落下戒指。但是回到油壶帆船码头的复仇者 II 世号上并没有这枚价值 1.5 亿日元的钻戒。细见在报纸上看到了海难审判厅公布的物品清单，于是确定钻戒是被鲨鱼 I 世号的船员偷走了。"

"于是他就一个个杀过去?"

"是的。"

"他的杀人顺序应该是随机决定的吧?"

"不是。准确来说,复仇者Ⅱ世号并不是由鲨鱼Ⅰ世号上的5个人一起驾驶回航的。厨师长冈部孝夫和大学生久本功一郎留在了鲨鱼Ⅰ世号上。复仇者Ⅱ世号上只有船长永田史郎、公务员山本良宏和前银行工作人员野村英雄这3人。这些信息新闻报道中都提到过。细见认为是这3人中的某个人偷了那颗钻戒。所以他先把这3人一个一个杀掉。毒杀永田史郎的时候,他是用自己的血将传唤通知书涂红的,因为细见的血型是B型。接下来是山本良宏的案件,用的是被害者的血。"

"他为什么要把传唤通知书用鲜血染红?这个举动表演成分太重了。"小川刑警提出疑问,"要是他没这么做,那这两个案件应该会比较容易被认定是自杀案。"

"这就是细见的性格导致的。在把复仇者Ⅱ世号伪造成现代版的玛丽·赛勒斯特号这件事情上,他只成功了一半。他想让他的这两次杀人案变得更完美些。因此为了让现代版的'鬼船'变得更神秘,他就把他杀伪造成自杀,同时又做些其他的举动来破坏这种自杀表象。他把传唤通知书染上鲜血是为了让世人以为这是'鬼船'的诅咒吧。实际上,这两起杀人事件发生后,社会上确实有谣言说这是'鬼船'的诅咒,只是我们并没有上当受骗。第3名受害者野村英雄逃到能登后,细见意识到偷走那枚钻戒的应该是此人，于是他就粘上假胡子，戴上眼镜，装成杂志的记者追到能登。不过那时野村的女友风见美津子也在一旁，因此他很难像处理前两个死者那样把野村的死伪造成自杀，并给传唤通知书染上鲜血。于是他就把两人诱骗出来，趁人不备杀死他们，然后取下风见美津子手上价值 1.5 亿日元的戒指，最后把他们推下悬崖。"

"那么，到此为止，他已经没必要再用定时炸弹杀死躲在酒店里的冈部孝夫和久本功一郎了吧？"

"没错。所以那起案件是用来隐藏杀人动机的烟雾弹。"

"那么把定时炸弹交给酒店小哥的那个 20 岁左右的小个子美人是细见的女友吧？"

"也许是，不过也有可能是临时花钱雇来的。这一点查查就能清楚吧。"

十津川停下话头，目光灼灼地环视了一圈自己的手下：

"刚刚所讲的这些仅仅只是我的猜想，为了验证这些猜想是否正确，今天起请所有人好好调查取证。"

第十章

古　都

1

调查进展得不顺利。

十津川的推理确实很有意思，但是查证起来却困难重重。

整整两天过去了，警方颗粒无收。

第3天早上，天气难得放晴。十津川叫来龟井刑警。

"小龟，过来一下。"

"头儿，什么事?"龟井刑警已经满脸焦虑。

"你马上跟我去京都出趟差。我已经申请好了。"

"啊? 为什么去京都?"

"老实说，我这也有点病急乱投医的感觉。"十津川笑道。他递给龟井刑警一张列着数字的纸条，"这次的案件，我认为关键在细见身上。这些数字写的是细见去年一整年在全国不同城市开讲座的场数。不愧是知名评论家，很多人邀请他，竟然开了97场，平均4天一场。我听出版社的人说，这个还是精挑细选的结果，要是全部都应允的话，每天都得全国各地到处跑。这个暂且不论，有趣的是全国各地的讲座场数不同。东京最多，36场，不过细见住在东京，这也正常。但是，排名第2的是京都，有 32 场之多。第 3 名是大阪，6 场。然后是神户，5 场。场数断崖式下跌。单从这个数字可以看出细见特别喜欢接受来自京都的邀请。因为出版社也说了，来自京都的邀请并没有多于其他地方。"

"但是京都独具魅力啊。我的哥们儿中就有些人明明讨厌旅行，但是却很喜欢京都，一听说旅行地是京都，就不管多忙都会跟来。细见会不会也对京都情有独钟？"

"我一开始也是这么认为，不过，不是这样。你看看这个。"十津川说着又拿出另外一张纸条给龟井刑警看。

"这是前年细见演讲的场数，一共 36 场，比去年少很多。不过里面京都只有 5 场，大阪和名古屋反而更多一些。而且，我没发现有迹象表明细见更钟情京都。"

"所以，细见的女人在京都？"

"目前来看，只能说有这个可能。不过，这点可能已经值得我们跑一趟了吧。"十津川边催促龟井边站起身。

他吩咐好其他刑警继续调查细见龙太郎及有关人员，然后就和龟井刑警乘坐新干线从东京车站出发。

两人到达京都车站时，时间已经过了下午 1 点。东京的天空时不时还有阳光露个脸，而京都却阴沉沉的，仿佛下一刻就要下起雨来。

"我们先去京都酒店吧。"十津川和龟井刑警在车站前叫了辆出租车。

车子刚启动，十津川就悠悠地抽起了烟。

"据说刚开始来京都演讲的时候，细见都是住在京都酒店。"

"刚开始？那意思是说后来他换到了别的酒店？"

"大概是去年 3 月份开始换的。他出来演讲通常有出版社的人员跟随，所以按照他们的说法，细见大概是 3 月份中旬开始换了住的地方。而且，好像不再住酒店了。"

"什么意思？"

"出版社的人说，自去年 3 月以来，每次来京都他们都是在车站就分开了。据说细见说他有住的地方，但他不告诉大家具体的地点。如果是住在酒店或旅馆，应该可以跟人说吧。所以我猜测，他不告诉别人的原因可能是他住在京都市内的某个公寓里吧。"

"用来跟女人幽会的住处？"

"是的。"

"但是我们该怎么找到它呢？虽然京都没有东京那么大，但是市区内也有很多公寓，我们要一个一个找吗？"

"所以我们才要去京都酒店。"十津川说道。

出租车载着两人从新京极出发，经过本能寺的旁边，在三条这个地方右拐。然后沿着三条通往疏水的方向行驶，爬上一道缓坡，就到了京都酒店。

刚到酒店，雨就像等不及了似的下了起来，如烟如雾。

酒店大堂里一群外国人聚在一块儿等观光车。

　　十津川两人在大堂旁边的茶室点了杯咖啡。

　　窗外绵延不绝的坡道模糊在细雨中。

　　"换做是你的话，住在这个酒店，但又想找个差不多的公寓，你会怎么做？"十津川问龟井刑警。

　　"嗯，"龟井刑警思考了片刻后说道，"漫无目的地到处乱走也不一定能找到房子，所以我会去问问房产中介。"

　　"那你从哪里找这个房产中介？"

　　"如果用来长住，我会去问问附近的房产中介。但细见不是用来长住的，所以我会翻翻报纸，给报纸上打广告的房产中介打电话，让他们帮忙找间合适的房子。"

　　"恐怕细见也是这样做的。"

　　"但是报纸有好多种啊。"

　　"是有很多种，不过酒店给每个房间配送的报纸应该只有一种。我们就先找找这个报纸。"

　　两人来到酒店前台询问了一番，最终得知这个酒店分发到各个房间的报纸是京都报。

　　只是这个报纸的广告栏上刊登的房产中介广告不计其数。还好酒店发的早报和晚报是同一家报社的。不过，即便如此，至少也有 50 家房产中介需要排查。

　　十津川两人向酒店借用了大堂角落里的一台红色电话，开始逐一打电话询问。

　　他们先简略描述细见龙太郎的长相，然后询问对方去年 3

月的时候，有没有人从京都酒店打电话过去租房子。

排查过程中，两人口袋里的 10 元硬币全都用尽，龟井刑警还跑了一趟大堂里的小卖部，换了些硬币回来继续打。

直到第 16 家"葵不动产"时，两人才打听到了一条有用的信息：去年 3 月 15 日时，他们曾帮一个这样子的男人介绍过公寓。

十津川和龟井刑警立刻动身前往这家位于壬生寺附近的葵不动产。

雨无休无止。

葵不动产很小，只有两名员工。年长的那位引着十津川两人坐到沙发上，然后说道："关于我在电话里跟你们说的那个铃木——"

"他说他叫铃木吗？"

"是的。叫铃木胜巳，不对吗？"

"先不管这个，你继续说，你给他介绍了哪边的公寓？"

"一开始介绍的是山阴总线二条车站附近的一间两室公寓。定金 50 万日元，房租一个月 6 万日元。"

"一开始？"

"对，6 月的时候，这个客人再次光临。这次是想买三室的公寓。"

"6 月份买了公寓？多少钱的？"

"3000 万日元。新房，不仅集中供暖，而且还配有美式家具。我觉得价格挺优惠的，就推荐他买。"

"铃木胜巳一次性支付 3000 万日元现金吗？"

"不，不是用现金付的，他用支票支付。"

"但是铃木胜巳应该是个假名。他的这张支票能兑现吗？"

"不，支票上的名字是跟他一起来的那位女性的名字。"

"有女的跟他一起来啊？"

"是的。第二次来的时候有一位女性。如果是那位女性的支票，应该是不会有问题的，所以我们很快就达成了交易。"

"也就是说，那个女的挺有名的？"

"是的。不过她不是那种经常出现在杂志上的名人。她是位资产数百亿的女性。"

"哦？"十津川笑了，"您能告诉我们这位女性的名字吗？"

"可以不说吗？那位不喜欢媒体报道她。大约 3 个月前，有家杂志报道她，结果当时她甚至要出手收购这家杂志。尽管后来好像不了了之。"

"请务必告诉我们。"

"你们警察都这么说了，那我只能告诉你们。她叫伊久地奈美。哦，刚才提到的那本杂志，我记得就放在这边哪里。"

这名老员工说着就开始翻找起身后的书架和置物架，不一会儿就找到了。他把一本缺了封面的杂志放在桌上。

这是一本面向年轻人的杂志，名字叫《周刊之友》。它的凹版印刷页上有一个叫做"焦点单身女性"的栏目，似乎是连载的，上面写着第 7 期。

一名身材小巧、身穿和服的女性的照片几乎占满了整版页面。

照片旁边的题注内容是：

伊久地奈美

在山阴本线嵯峨站下车，往大觉寺方向走 200 米左右就可以看到一栋规模宏大的白墙宅邸。

这栋宅邸是资产数百亿日元的"焦点单身女性"伊久地奈美的家。

伊久地是伊久地食品股份公司社长伊久地太一郎的独生女。父母双亡后，她继承了家中的全部财产。

伊久地家在北嵯峨及京都市内都拥有大片的土地。奈美的叔父伊久地富男当时是伊久地超市社长（该超市共有 16 家连锁店，年销售额 500 亿日元）。奈美自己也是该超市的大股东。

从照片中我们也可以看出奈美是位时尚美女。她爱好画日本画，在京都市内还拥有两家画廊。

奈美现在住在占地面积 800 坪、建筑面积 230 坪的豪宅中，家中有 3 名女佣，生活优雅精致。

奈美为了将伊久地家族传承下去，现招募上门女婿。有年轻有活力的男子愿意应聘这个乘龙快婿吗？

2

十津川和龟井刑警带走了这本杂志。他们坐上出租车，直奔房产中介口中的那栋公寓。

这栋公寓位于京福电铁岚山线的"三条口"附近，7层楼，外形时尚。楼栋整体视野开阔，连停车场都很宽敞。呈コ形排列的楼栋中间还设有一个游泳池，虽然有些小。

两人找来了楼管。

"铃木的话，他住在最高层的 705 室。听说就职于大公司。"留着小胡子、五十五六岁模样的楼管告诉十津川。

"能不能让我们看看他的房间？"

"可以。你们是要买吗？"

"买？"

"是的。这套房子正在出售。你们不是买家吗？"

"是吗？它在出售啊？"

"对啊。"楼管指了指电梯旁边的告示板。上面写着：

有房出售。顶楼三室。详情请联系楼管员。

"是铃木胜巳说要卖吗？"

"不是，是那位常来这里的女士说要卖。"

"是这个女的吗?"十津川翻开《周刊之友》的凹版印刷页。楼管托起眼镜仔细地看了看，然后说:"对，就是这姑娘。听铃木说两人近期要结婚。"

"你说的这个铃木，是他吗?"十津川拿出从东京带过来的细见龙太郎照片。

"很像。不过铃木总是戴着眼镜。方形的，黑色眼镜。"

"这样子吗?"十津川用圆珠笔在照片上添了副方形眼镜。

"对，这样子就没错了，就是铃木。"楼管满意地笑了。

"铃木总是住在这吗?"

"嗯，不知道为什么，他好像不常来这边，也没有快递包裹。我有一次问他，他说他的家在别处，这里只是用来做办公室用的。真令人羡慕，那么大的房子用来当办公室。"

"房子是什么时候挂出来出售的?"

"我记得是 5 月 7 日。那天，那位女士叫了卡车把房子里的物品全部搬走了。"

"5 月 7 日!"

这天是细见驾驶复仇者 II 世号离开油壶的日期，这是不是纯属巧合? 还是说细见就是铃木胜巳，他和伊久地奈美串通好了?

十津川决定还是先看看 705 室再说。

这是一套装有西式壁橱的房子。屋里的家具就如楼管所说的那样，全部搬走了，三室的大房子显得空荡荡的。

"怎么办？"龟井刑警环视了一圈宽敞的房子，问道，"空荡荡的，什么线索都没有。"

"你联系下京都府警方。让他们采集下这个房间里的所有指纹，看看里面有没有指纹和细见龙太郎的一致，即便只找到一个我们就可定案了。"

"警部您呢？"

"我去会会伊久地奈美。"

3

十津川在山阴本线的嵯峨站下了车。他刚在车站前向人打听了伊久地家的方位，立刻就得到了答案。看来伊久地在当地确实是名门望族。

往北走了 200 米左右，十津川就看见一栋被古式纹瓦白墙围起来的宅邸，确实十分壮观。没有经历过战争之祸的大门使用的是结结实实的漂亮杉木。

确认完门牌上的"伊久地"3 个字后，十津川按响了门柱上的门铃。

宽阔的宅邸里一片寂静。

好一会儿后，里面的石头曲径上走来了一位身穿和服、50

岁左右的女佣。

"您有什么事吗?"女佣站在门边一板一眼地问道。十津川一阵苦恼,他很不擅长跟这种女性打交道。

"我找伊久地奈美,她在家吗?"

听完十津川的话,对方表情没有丝毫起伏,仍然板着脸严肃地说:"小姐去旅行了。"

"去哪旅行了?"

"不知道。"

"什么时候会回来?"

"主人家的事,我们哪里能知道。"

"那你们有事时怎么联系她?"

"我们不会主动联系她。"对方冷冷地应道。

十津川苦笑了一下:"你们这里来过一个叫铃木胜巳的男人吗?"

"没有,我没听说过这个名字。"

"真奇怪,我听说这个人和你家小姐近期要结婚啊?"

"我没听说过这回事。"女佣一副拒人于千里之外的口吻说完这句话后就砰的一声关上了大门。

十津川苦笑不已地盯着被关上的门。

只要出示警官证,就能够很容易地进去搜查,可是十津川不打算这么做。

第一,这里是京都府警方的管辖地。第二,如果铃木胜巳就是细见龙太郎,那么十津川不想打草惊蛇。刚才那个女佣一副忠心耿耿的样子,她肯定会立刻通知伊久地奈美说警方找上门了。这样一来,细见说不定就会潜逃出国。

十津川回到嵯峨车站,用公用电话给伊久地超市打了电话。这家超市在市内拥有 17 家门店,十津川随便挑了一家就打过去询问。他很快就得知奈美的叔父伊久地富男正在京都车站前的总店里。

十津川打车回到了京都车站。他走进丸物百货附近的伊久地超市总店,出示自己的警官证,要求见下社长伊久地富男。

1 楼和 2 楼是卖场,3 楼是社长办公室。

伊久地社长看起来四十五六岁的模样,身材矮胖,很有社长福相。他笑眯眯地请十津川落座,然后问道:"这位警官,你从东京而来是有什么事吗?"

等身穿和服的秘书上完茶后,十津川直视着伊久地问道:"我想打听下伊久地奈美。"

"我侄女犯事了?"

"不,不是这样的。我想先拜托您一件事,关于我今天来找您这件事请务必要保密。"

"放心,我口风很紧。"

"听你这么说我就放心了。我听说奈美女士拥有数百亿资产,事实真是如此吗?"

"这个啊,没去精确计算过,不过也许有这么多吧,大部分是土地资产。"

"您知道她最近和一名叫作铃木胜巳的男子交往吗?"

"嗯,我知道。"伊久地边点点头,边抽出一根细卷纸烟抽了起来。

"您见过他吗?"

"见过一次,我们一起吃过一次饭。当然,我侄女当时也在场。应该是今年3月份那会儿,在酒店的餐厅里。"

"是这个男的吗?"十津川把刚才那张添上眼镜的照片拿给对方看。

"没错,是他。怎么了,他犯法了?"

"没,还没确定。话说,您认识评论家细见龙太郎吗?"

"嗯,我知道啊。这个人最近不是很火吗?好像他和另外8个人一起消失了。"

"您见过他本人吗?"

"见过。我听过一次他的演讲,而且他的著作的封底也刊有他的照片。"

"您不觉得他和铃木胜巳很像吗?"

"啊,当然,我之前有一次也觉得很像,就问我侄女,不过她回答我说是另一个人。我想着这世间本来就有容貌极为相似的人,于是也就没继续追问。毕竟另一个人就是另一个人,不可能等同于一个人吧。"

"您觉得铃木胜巳是个什么样的人?"

"嗯，我觉得他很聪明，是个大人物。毕竟他说他在东京从事贸易相关工作。"

"您知道他们俩是什么时候走到一起的吗？"

"嗯，是不是去年的 3 月中旬？我感觉从那个时候起，我侄女的身边就突然多了一个他。"

去年 3 月中旬？

当时两人之间是不是发生了什么？伊久地奈美为什么不把真名告诉她叔父，而要用细见龙太郎的假名铃木胜巳呢？十津川总觉得这个时间段里发生了什么，就是找不到头绪。

"奈美女士跟您说过她和铃木是怎么认识的吗？"

"我侄女因个人爱好，在京都五条开了家画廊。我侄女说，有一天铃木不经意间走进她的画廊，于是两人就走到一块儿了。"

不经意间吗？

细见那时应该是来京都演讲的吧。他自尊心那么强，肯定会报上真名，送上自己的著作吧。但是，为什么细见也好，伊久地奈美也好，都只说铃木胜巳这个假名？而且还是从最开始就这么做？去年 3 月中旬那会儿应该什么都还没发生吧。

"我听说奈美女士和铃木胜巳要结婚了？"

"我侄女很爱他。"

"您对此也赞同吗？"

"我觉得他们之间岁数差得有点大。不过如果两人彼此相爱，那我也没什么理由反对。但是，如果那个男的是个骗婚惯犯，那这事可就不能这么办。所以那男的不会真是骗婚吧？"

"不是。他的家底很不错，至少有 1.5 亿日元财产。"

"如果是这样那我就放心了。不过，总觉得有点不对劲。那个男的犯案了？"

"目前还无法确定。话说，奈美女士最近联系过您吗？"

"你这么一说，我才想起来，我们这两三周都没见过面。我大概是前天还是什么时候给她打了电话，结果说是出门旅行了。"

"您知道她去哪旅行吗？"

"不知道。她经常去海外旅行。可能又去欧洲那一带玩了吧。"

"您和铃木胜巳一起吃饭时，他有没有提起过大海？比如游艇之类的？"

"嗯，你这么一说，我觉得他好像讲过这些。我自己也有游艇，因此我好像也聊起过这个话题。没错，他说他也有游艇。"

"那他有没有告诉您他的游艇是艘巨大的远洋游艇？"

"不知道啊，我不记得聊到过这个。这个很重要吗？"

"您没印象也没关系。如果奈美女士跟您联系的话，麻烦您通知警方。"

"通知您吗？"

"不是，通知京都府的警方就行。京都府的警方到时会转告我。"

4

十津川跟伊久地社长道别后就直接去了京都府警局。

龟井刑警已经在那里了。

"指纹提取了吗?"

"嗯,采集到了几个,现在正传真给东京方面。希望里面有细见龙太郎的指纹。"

"应该会有吧。但是,即便有,它也不能证明细见龙太郎有违法的行为。"十津川冷静地说道。

龟井刑警对此感到很讶异。十津川笑道:"细见在京都用铃木胜巳这个假名与商人的独生女相恋,这件事并不违法。而且,复仇者Ⅱ世号上也没有发现细见杀害另外8个人的证据。5月14日复仇者Ⅱ世号被人发现时已经成为一艘无人'鬼船'。也就是说,如果铃木胜巳,也就是细见龙太郎在5月14日后在这里出现过,那么这点将成为解开复仇者Ⅱ世号之谜的关键。但是现阶段,我们还没找到目击者证明5月14日之后铃木胜巳在京都出现过。"

"真可惜。"

"你在这边多待一阵子,监视下伊久地奈美的宅邸,他们也许会出现。"

"明白。"龟井刑警点了点头,"不过,这也太物以类聚了吧!"

"你是指资产数百亿这件事?"

"当初我还对细见买了个 1.5 亿日元的钻戒大惊小怪。现在直接翻了数百倍,我简直目瞪口呆,哑口无言了。估计财运不会落到我们身上,都停留在别的地方了吧。"

"也许是因为能随意支配数百亿日元,所以细见想换个身份吧。因为即便失去海洋研究者的名声和两三亿资产,他也能成为有数百亿日元可以随意挥霍的有钱人。"

"但是,他不当细见龙太郎不就意味着他得失去祖籍吗?我觉得要做到这个地步很不容易吧。"

"我呢,既听过有人买了户籍,也听过有人卖了户籍。很便宜,也就几万日元。而且,在这个事件中,细见是要成为伊久地奈美的丈夫,那他之前的祖籍就变得一文不值了。因为成为伊久地奈美的丈夫,就意味着跻身豪门望族。这交易划算吧?而且,人心不足蛇吞象。就算对现在的一切感到无比满足,人们有时也会想要完全换个身份生活。"

"这种心情我很能理解。"龟井刑警猛点头,"哪怕像我这种人,走在人群中的时候也会想,大千世界,为什么自己只能品味一种人生,这是多么不自由又悲伤的事。这世间既有被万千女性宠爱的电视明星或歌手,又有年纪轻轻就当上社长的男人,还有飞行员和棒球选手,可为什么我只能体验刑警人生?我不是嫌弃刑警，就是觉得没有体验过别的人生就这样离开人世真是令人很不甘心啊。这么一想，我就有点羡慕细见换了个身份这件事。”

“而且，他还有一个好处。”

“那数百亿资产？只要有这个，啥事办不成？甚至还可以从政。”

“你说的这点也算。不过，我是指别的。当然，前提是铃木胜巳确实是细见本人。这样他就能够远远地看着自己的计划得以实现，享受这种成功的乐趣。他把复仇者Ⅱ世号弄成现代版‘鬼船’。媒体们每天围着‘鬼船’不停地报道。海难审判到现在也还没解开这个谜团。他可以远远地看着这些人因为自己的杰作而焦头烂额。要是他没把1.5亿日元的钻戒忘在船上，他就不用杀死鲨鱼Ⅰ世号的船员，也就不会引起我们警方的注意。他就可以高枕无忧地躲在京都这个充满魅力的地方，笑眯眯地看着海难审判的进展。”

十津川望着窗外。外头仍旧淅淅沥沥，雨滴闪着银光坠落。

不过他没注意到这些，他在出神。有个问题突然涌上他的心头。

十津川其实对自己的推理很有把握。他觉得来到京都后，自己的一些推理也得到了证实。

就在这时，不经意间，一个小小的疑问浮上了心头。

就是那枚1.5亿日元的戒指。

细见把这枚戒指落在了船上，然后鲨鱼Ⅰ世号的野村英雄偷走了它，并转赠给女友风见美津子。估计野村英雄也没想到这枚戒指竟然价值1.5亿日元吧。

细见为了拿回这枚戒指，接二连三地杀人。事件应该大致是如此的。

尽管如此，却总觉得有点不对劲。

细见为了拿回1.5亿日元的戒指杀害了4个人。毕竟是1.5亿日元的戒指，这么做也可以说得通。

不过……

他应该也可以什么都不做吧。1.5亿日元虽然是笔巨款，不过只要和伊久地奈美在一起，数百亿日元还不是手到擒来？冷静想想他还是更可能选什么都不做这条路吧。

那么细见就不用杀人，也不会被警方追缉。就算野村英雄上缴了偷来的戒指，对细见而言，也没什么不利吧。

1.5亿日元的钻戒可能会引发一些小骚动，但是船上有这么昂贵的钻石反而能让现代版'鬼船'更添神秘感，从而更不会让人怀疑到细见身上吧。

尽管如此，细见却杀了4个人，夺回钻戒。

为什么呢？

十津川没有继续在这个问题上纠结。他告诉自己，1.5亿日元的钻石确实会令人不惜代价也要夺回。

十津川当晚乘坐"光速号"列车返回了东京。

5

翌日，十津川刚到搜查大队就收到一个好消息。

京都府警方传真过来的 5 枚指纹中，有一枚是属于细见龙太郎的。

"请看下这个。"负责技术鉴定的园田技术员给十津川看了这两枚指纹放大后的照片。

"右边是京都传真来的右手大拇指指纹，左边是细见龙太郎的，同样是右手大拇指指纹。两个都呈突起弓状，把两张照片这样放在一块儿，完全重叠。"

"也就是说，可以认为这两个人是同一人？"

十津川之所以心里已经明白却还多问一句，是因为他想慎之又慎，不出纰漏。

到此可以断定，在京都购买公寓，并与富商的独生女伊久地奈美交往的铃木胜已就是细见龙太郎。

但是，就算如此也仍然无法申请逮捕细见。因为东京人在京都用假名跟女性交往并不构成犯罪，而且也尚未找到细见还活着的铁证。

最主要的是，十津川的推论中还有一个问题必须解答。那就是细见龙太郎回到陆地的方法。目前这点仍然存疑。离开复仇者Ⅱ世号后，细见究竟是如何回到日本的呢？十津川虽然可以肯定他是乘船回来，但是不知道具体坐的是哪艘船。

"关于这件事……"小川刑警犹豫不决地开口道，"我想着或许能找到线索也说不定，于是把细见写的东西从头到尾看了一遍。"

"然后呢？"

"他可真是高产！看得我脑瓜生疼。话说，我在一年前的杂志上看到一处挺引人注意的内容。"

小川刑警说着把一本去年的杂志摆在十津川面前。

《海的神秘》，5月刊。翻开目录，"关于船灵——细见龙太郎"一行文字映入眼帘。

"这个吗？"

"是的，感觉有点奇怪。"小川仍然迟疑不决。不过，他用这种口吻说话的时候，反而通常意味着他对自己的发现抱有些许确信和跃跃欲试的想法。只是他在竭力控制自己的这种心情，因此才使语气显得没自信。

基于对小川的这些认识，十津川反而充满期待地翻开那一页读了起来。这是一篇小随笔。

关于船灵

细见龙太郎

这世间总有些人叫嚣着科学万能，拒不承认世界上存在着人类大脑完全无法解答的神秘力量或现象。真令人无语。

有些学者或评论家只要耳朵听到船灵这个词就立刻把它划入迷信范畴。可是，船灵确实存在于这世间。

也许有人会认为船灵这个词一般只出现在旧时的帆船时代。不过，现代的大型油轮的船员也听说过船灵。

我为了了解船灵，3月上旬搭乘了静冈县烧津市的捕捞鲣鱼、金枪鱼的远洋渔船第13北川丸（199吨位），然后中途下船。

船靠近赤道的那天夜里，我走到甲板上就听见年轻船员新藤（22岁）轻声说："船灵大人来了。"我立刻竖耳倾听，果然有一个咕噜咕噜叫的清澈声音在头上响起。听起来非常像虫子的鸣叫。不一会儿，这个声音在我的头顶上忽远忽近，感觉像是船灵在船上四处跑动。后来，响起了一阵木板与木板相碰撞的声音，一瞬间一切归于平静。船灵大人在船上休息了。

据说船灵显灵一般意味着有暴雨或大丰收。果然第二天早上，我们遇到了一大群鲣鱼。

十津川合上杂志，看向小川刑警："你确认过了吧?"

"我打电话问过烧津渔协。第13北川丸是5月16日从南太平洋返回烧津的。"

"5 月 16 日！具体是南太平洋哪个方位？"

"澳大利亚近海。"

"也就是说，往返时会经过小笠原海域？"

"没错。"

"了解了，我们跑趟烧津吧。"

6

烧津也在下雨。

离东海道本线烧津车站大约 800 米的地方就是有名的远洋渔业基地烧津港。该渔港的金枪鱼、鲣鱼捕捞产量据说全国第一。

港口上，钢筋结构的大型渔船排列了将近有 30 艘。可能是下雨的缘故，港口静悄悄的。

十津川和小川刑警在渔业协会见到了协会的副会长，一位名叫矢头的五十几岁的男人。这个人以前可能从事过业余摔跤，体格庞大健硕。

矢头满脸戒备地看着十津川两人："两位刑警从东京而来，有什么事吗？"

"你们这里应该有艘叫作'第 13 北川丸'的渔船吧？"十津

川喝了口女秘书端上来的小麦茶。

矢头点点头承认，然后用他那粗大的手搓了搓头。

"这艘船现在在港口吗?"

"没，出航了。"

"什么时候离港的?"

"请稍等下。"矢头慢吞吞地翻找背后的橱柜，然后抽出一本黑封皮的出港日志翻了起来。

"6月1日。"

"5月16日回港，6月1日就又出发?"

"是的。"

"也就是说它只休息了半个月，就又再次出港?"

"对。"

"它每次休整都这么短暂吗?"

"对，大体上是这样。"

"能给我看看第13北川丸的船员名单吗?"

"嗯。"

矢头把船员名单摆在十津川面前。第13北川丸的船员包括船长北川清二郎（47岁）在内一共有19人。

趁小川刑警将这些名字抄写在笔记本上的空当，十津川向矢头询问了第13北川丸的归期。

"估计两三个月之后吧。"矢头仍旧十分冷淡。

"它5月16日回港的时候，有没有什么与往常不一样的地方?"

"不知道,没什么特别的。"

矢头的回答很随意,很不靠谱。

十津川示意了下小川刑警,两人暂时离开了渔业协会。

两人来到码头上,细雨中有船只正在准备出港。以防万一,两人一艘一艘地排查了停靠在港口的渔船,但是没找到第 13 北川丸。看来副会长说的这艘船已经出港这话没骗人。

"就算这样,那家伙也太冷淡了。"小川刑警生气地说道。

"嗯,说不定关于第 13 北川丸他有所隐瞒。"

就在这时,一名穿着雨衣的高个子男人向十津川两人跑来:"请等一下。"

面前的男人三十几岁的样子,十津川有些惊讶地看着他。

"二位刑警来自东京?"这名男子看着十津川二人,开口确认。

十津川想起来了,刚才在渔业协会里,这名男子也在,当时他正在办公室后方和年轻的女秘书开玩笑。

看到十津川点点头,这名男子突然扯着两人来到了仓库屋檐下,说是有事要说。

"这是我的名片。"男人拿出自己的名片。名片上印着"相模报社会部,三好幸夫"。

"哦,原来是记者。"十津川笑道。他抽出一根烟抽了起来。

三好记者用手擦了擦被雨淋湿的脸:"您二位在打听第 13

北川丸吗?"

"是的。"

"那么,二位果然是来调查那个案子的?"

"那个案子?"

"您就别卖关子了,您知道我说的是哪个案子。不过,过来调查的竟是警方,而不是海上保安厅。这说怪也挺怪的。"男人自顾自地说道。

"第 13 北川丸究竟发生了什么?"

"能发生什么,肯定是保险的事啊。"

"保险?"

"不是吗?"三好记者一瞬间愣住了,"如果不是的话,那——"他转身就要走。

"等一下。"十津川立刻厉声喊住他。对方很吃惊地转过头来。

"麻烦你跟我们说说第 13 北川丸保险的事。"

"不是跟你们要查的事无关吗?"

"或许有关系。总之请告诉我们。"

像是被十津川的严厉口吻所威慑到,三好记者开口说道:"第 13 北川丸在八丈岛东南方 200 公里的位置沉没。沉没时间是 6 月 2 号晚上,出港的第二天。"

"奇怪!副会长怎么没告诉我们这件事?"

"肯定的啊,因为你们是刑警啊。"三好记者意味不明地笑了笑。

"这么说，这次的沉没事件有猫腻？"

"嗯，怎么说呢，毕竟它有前科，第 13 北川丸。"

"前科？"

"好吧，我都告诉你们吧。不过这些都没证据，纯粹是我个人的猜测，你们听听就好。"三好点上香烟，沉醉地抽了一口，然后说道，"现在的第 13 北川丸其实是第二代，第一代第 13 北川丸去年 3 月 20 日在澳大利亚海域沉没。按照船长及轮机长的说辞，沉船原因是船尾捆货物用的金属零部件坏了，修理焊接时火花溅到浸油的布条上，结果起火了。于是就灌水灭火，结果导致船上浸水严重，整艘船沉入海底。船上的 19 人乘坐橡胶救生艇逃脱，后被附近的兄弟船所救。"

"你刚才说 3 月 20 日？"小川刑警打断道。细见龙太郎在随笔中写过，3 月上旬他搭乘第 13 北川丸见识到了船灵，随笔里还写到他只坐到中途，应该是在澳大利亚的某个地方下船了。船的沉没估计是发生在这之后吧。

"去年 3 月 20 日，你确定这个日期没错？"

"没错。"

"你认为这次沉船有疑点？"十津川开口问道。

"是的。我问过船舶专家，专家说，199 吨位的钢铁结构船舶不应该会因为一点点注水就立刻沉没。而且获救回国后，第 13 北川丸的所有船员都从船主那收到了 100 万日元。明明船都沉没了，这不是很奇怪吗？"

"但是渔船大多都会上保险吧？"

"是的。最近鲣鱼、金枪鱼的捕捞量不如从前，暂时有点不景气。第 13 北川丸的船主是北川大造，是船长的哥哥。据说他欠债 3 亿日元，这 3 亿日元他全靠沉船理赔获得的保险费还清了。"

"原来如此。那第二代第 13 北川丸是新船吗？"

"不是。是高知室户渔业协会卖的二手船，大小和前一代一样，也是 199 吨位钢铁结构。"

"那它肯定也上了保险吧？"

"当然。"

"然后它又沉没了？船员和第一代第 13 北川丸一样？"

"19 名船员一模一样，所以我才认为它旧戏重演。还有一件怪事。"

"什么怪事？"

"这一次所有船员都沉入大海，目前还没有收到有人获救的消息。报纸上闹得很大，您不知道吗？"

"我最近被复仇者 II 世号事件弄得焦头烂额。话说，事发时附近没有兄弟船只吗？"

"关于这个，是这样的。这次出海，第 13 北川丸是最迟出发的。为了赶上兄弟船只，它提速前进，于是就出事了。求救信号是 6 月 2 日半夜收到的，巡视船也前去救援了。不过目前为止，还无人获救。这才是怪异的地方。我敢肯定去年的沉没绝对不是事故，而是自编自演，骗取保费。估计他们在船底挖了个洞，给船舱不停地注水，然后把船弄沉了。"三好信心十足地说道。

"不过你没证据，不是吗？"

"是的，美中不足。"

"这艘船今年 5 月 16 日回港口时有什么不对劲的地方吗？"

"不对劲？"

"是的，比如说半路偷载回一个偷渡者？"

"它还有这种嫌疑吗？"三好眼里冒光。

十津川连忙摇手："我只是打个比方。"

"我倒是没注意到有这种事。我记得当时只有它一艘船返回港口。"

"只有它一艘？"

"渔船在远洋捕鱼时，因为担心会遇到海难，所以一般都是组成船队一起行动，回港也是。但是，5 月 16 日回港的第 13 北川丸，据说因为在澳大利亚海域作业时，部分船体破损，所以比预期回港日提早了 5 天收网回港。"

"这可真有意思。"十津川笑了起来。

第十一章　雨中陷阱

1

　　"感觉这下子牌都凑齐了。"十津川心满意足地对召集过来的手下说道，"细见龙太郎去年3月上旬为了了解船灵，搭乘过第13北川丸。他可能在船上亲耳听见船员们在讨论骗取保费这件事，或者是他听到了一些动静让他察觉到了这件事。细见中途下了船，估计在澳大利亚的某个港口吧。他坐飞机回国后知道了第13北川丸沉船事故，他当时肯定意识到自己在船上听到的一切都是真的。到了今年，他在制订那个'鬼船'计划时，想起了去年的第13北川丸。他去烧津查了一下，发现第13北川丸又有了第二代，船员和之前的一模一样。于是细见就拿自己知道的事情威胁他们，让他们配合。我觉得事情很可能就是这样。当然，他估计也会出钱。复仇者Ⅱ世号与第13北川丸的相遇地点应该也是提前算好的，相遇时间估计是5月11日或12日吧。正在澳大利亚海域捕鱼的第13北川丸借口部分船体破损，提早收网，前往约定地点。另一边，5月11日，复仇者Ⅱ世号上，细见把8个人全部毒杀，然后抛尸大海，伪造现场。最后等着第13北川丸的到来。或者也许相反，是第13北川丸

先到约定的地点等候。总之，细见利用橡胶救生艇换乘到第 13
北川丸，然后把救生艇沉入海底，坐着这艘 199 吨位的渔船朝
烧津而去。5 月 16 日，细见登上陆地，然后按照我们之前所推
断的那样，杀害了 4 名男女。"

"6 月 2 日晚上第 13 北川丸再次沉没，这会不会是细见干
的？"小川刑警问道。

"不好说，他手上也有对方的把柄，没必要杀人灭口吧？"
十津川刚回答完，电话铃声就响了起来，是还在京都的龟井刑
警打来的。

"伊久地奈美回宅邸了。"电话那头，龟井刑警有些语无伦
次。他一兴奋有时就会结巴。

"一个人回来的？"

"没看见细见龙太郎的身影。要不我闯进去问问？"

"不行。"十津川厉声说道。

"但是她肯定知道细见在哪啊。"

"她应该会知道。不过她要是否认的话，我们就难办了。"

"但是指纹一致。我有权利盘问她。"

"不可以。虽然我们已经证实铃木胜巳就是细见龙太郎，不
过她估计会坚称自己所认识的是铃木胜巳。之前不是说过了，
就算铃木和细见是同一个人，这件事本身并没有犯法。要是她
声称自己 5 月 7 日以后没见过铃木，我们就无计可施了。"

"那我们该怎么办？"龟井刑警问道。十津川仿佛看到小龟

在电话另一头气得嘟着嘴的模样。他不由得苦笑道："你就给我盯着这栋宅邸。我们目前不知道细见是还在东京，还是去了别的地方。但他应该会和奈美通电话或写信，说不定奈美就会去见他。所以她外出时你一定要跟紧她。你也可以请京都府警方支援。"

"我明白了。"

"伊久地奈美回来的时候，是不是穿淡蓝色连衣裙搭白色帽子，还戴着太阳镜？"十津川描述了一遍那个给酒店送定时炸弹蛋糕盒的女性的服装。

"完全不是，她穿的是白色喇叭裤，没有戴帽子。不过，她带着行李箱，说不定里面就装着淡蓝色连衣裙和白色帽子。之前那个酒店小哥怎么说？"

"我让宫田刑警拿着杂志上刊登的伊久地奈美的照片跑了一趟横滨的酒店。酒店小哥说那个女的戴着一个大帽檐的帽子，还把帽子压得很低，看不太清楚。所以酒店小哥说对方是个大美人这句话估计也不靠谱。虽然两人看起来很像，不过不好断定是同一人。"

"是吗？"

"不要气馁，就算那个女的不是伊久地奈美，杀害那 4 个人的凶手也肯定是细见龙太郎。"

"关于细见的身份确认，现在是什么进展？在能登出现的那个戴眼镜、满脸胡子的男人确定是细见乔装的吗？"

"石川县的警方已经联系我们了。他们已经找见过那名假杂志记者的轮岛车站站员和外浦酒店前台员工确认了。"

"所以这两人是同一个人?"

"不是。站员和酒店的前台员工都说无法确定。这也难怪,毕竟半张脸都被胡须和眼镜遮住了。给细见的照片补上眼镜和络腮胡后,他们说看起来很像,不过无法断定是否是同一人。"

"没有一个令人开心的消息。"

"你不要担心了,安心监视伊久地奈美。"

十津川挂断电话,再次环视了一圈办公室里的手下。

"那我们该如何逮捕细见龙太郎?"

2

"关键是现在细见在哪里?"小川刑警补充道,"他已经拿到1.5亿日元的钻戒了,所以这会儿也许正冒用他人的护照远走高飞吧。那么昂贵的钻戒,卖掉足以供他在海外生活一段时间。"

"而且,伊久地奈美过后就会去找他,是这样吗?"

"没错,说不定他会打算悠闲地待在海外,直到复仇者II世号事件淡出人们的视野,毕竟他有的是钱。"

"不对。细见还在日本。"

"您为什么这么认为?"

"首先最主要的是，虽然我们打探出细见以铃木这一名字和伊久地奈美相爱，但他并没有把这件事告诉报社记者。杀人案中的那 1.5 亿日元钻戒也是如此。不管是报社还是电视，都只把这个案子归结为离奇的连环杀人案。细见活着回到了陆地这个推测我也没跟报社提起过。在第 3 次海难审判庭上，日高理事官提出了细见是凶手这一推论，幸运的是，这个推论被否决了，而且报纸上也报道了这件事。总之复仇者 II 世号事件仍是一团迷雾。细见应该会以为，我们警方也对这团迷雾理不清思路，同时也正在为找不到连环杀人案的凶手而头疼。因此他可能觉得没有必要逃到国外。其次还有一个原因，就是细见的性格。我认为他导演了这么一大场现代版'鬼船'的轰动大戏，足可看出他爱出风头的个性。细见应该十分关心海难审判的结果。如果审判没法解开谜团，复仇者 II 世号成为现代版的玛丽·赛勒斯特号，那么细见应该会遂心如意吧。所以没等到海难审判的结果，他不会想要逃到国外。细见还在日本，绝对的。"

"那么，我们发布全国通缉令?"年轻的西崎刑警迫不及待地发表意见道。

十津川苦笑道："要是可以这么做就不用这么辛苦了。"

"为什么?"

"大家听好了。海难审判已经开过 3 次了，复仇者 II 世号事件还是没解决。虽然我们认为是细见杀死了 8 人，然后乘坐第

13 北川丸回国，但这些终究只是猜测。能够证明这一点的人证是第 13 北川丸的那 19 名船员，可是他们已经和船一起沉没了。另外，杀死鲨鱼 I 世号的 3 名船员和野村英雄的女友风见美津子的人，我可以肯定是细见，不过这个结论也只是推测。我们没有确切的证据证明戴眼镜的络腮胡男是细见。总之，我们的这些想法都只是猜测和推理的结果。大家以为能够用这种猜测得来的结果申请全国通缉吗？未免想得太乐观了。"

"但是对方是个杀人魔。"西崎刑警涨红了脸，"这家伙，也就是细见，他先是杀死了复仇者 II 世号上的 8 个人，然后回国后又杀了 4 个人。杀人如麻！简直丧心病狂！"

"这些我都懂，虽然不能全国通缉，但我们也不能置之不理。"

"那要怎么做？"

"我们挖个陷阱给他跳。"

3

十津川抽出一根烟点上了火，然后再次环视了一圈自己的手下。烟灰缸里的烟头早已堆积成山。

"刚刚我也说了，细见应该会以为我们警方陷入了困境。我就是要让他这么认为，所以才让还待在京都的龟井刑警不要去审问伊久地奈美。"

"但是该怎么利用这一点?"

"首先我们可以召开记者会。很久没给记者们案件的新信息,他们估计会很开心吧。"

"那肯定的,然后我们公布细见是凶手这件事吗?"小川刑警问道。

"你这不是傻吗?"十津川笑道。

当天上午11点,警方紧急召开了记者发布会。到场的记者们明显因为之前没得到足够的消息而各个面露不满。这也难怪,鲨鱼 I 世号的船员死了3个人,剩下的两个人也在酒店被人用定时炸弹差点炸死,而且还死了一名女性。案件这么严重却迟迟不见警方召开记者发布会,也没公布嫌疑人。

这不,十津川刚落座就有人大声问道:"警方找到凶手的线索了吗?"看来记者们的不满非同一般。

十津川冷静地环视一圈到场的记者们,然后开口道:"找到了!"

"究竟是谁? 既然你们已经找到了,为什么还没逮捕他?"

"凶手年龄32岁,男,目前待业,有过两年的游艇驾驶经验,住在千叶市内。现阶段请大家允许我们用 K 这个假名来称呼他。"

"你们打算什么时候逮捕他?"

"我有把握一周之内逮到他。目前正在收集整理证据。"

"你们锁定这个 K 的依据是什么?"

"电话。每次有人死亡,搜查大队都会接到一名男子打来的挑衅电话。于是我们反向侦查,就找到了 K。"

"但是这种电话不是很常见吗?我记得有个男的写恐吓信给鲨鱼 I 世号的 5 名船员,说要杀死他们。他好像是叫樱井吧?这个男的不是最终也证实是清白的?"

"没错,现实中确实有些奇怪的人每逢有杀人案发生,就会打电话过来说是自己干的。但是,这个 K 在电话中不小心透露了只有搜查大队的警察才知道的信息。于是我们就锁定了嫌疑人。目前我们正在调查他在这 3 起杀人案以及那起杀人未遂案中的不在场证明。总之,应该八九不离十,我有信心。"

"动机是什么?"

"K 男喜欢游艇,但是目前又失业,没有钱,坐不了游艇。我们认为这种欲求不满被带回复仇者 II 世号并成为人们心目中英雄的 5 名船员所激化,并演变成了强烈的嫉妒,最终让他失控杀人。另外,这个 K 也许还坚信复仇者 II 世号的船员就是被这 5 名船员所杀。说不定他还以为自己是为了正义而杀人。"

"这些内容我们可以公开报道吗?"

"可以,没关系。不过——"

"不过什么?"

"我们在证明 K 是凶手的时候碰到了唯一一个难点,也因此我们无法牢牢地锁定他是凶手。"

"这个难点是什么？"

"根据电话里听到的内容来判断，这个 K 对 5 名鲨鱼 I 世号船员怀有极其强烈的仇恨。不过他好像突然就收手了，明明厨师长冈部孝夫和大学生久本功一郎这两人还活着。他们二人虽然也被人送了定时炸弹到酒店，不过都侥幸获救了。K 如果那么憎恨这 5 个人，不应该会留下这两人不杀。但 K 在那之后就再也没有任何行动。如果凶手的目标并不是所有人，而是 5 名船员里面的某几位，那么凶手就不是 K，我们的调查方向也必须得重新审视。"

4

记者发布会结束后，十津川就只身前往横滨地区海难审判厅找日高理事官。

他想着有些事情在电话里问不清楚，而且他也没信心在电话里说服看起来有些古板顽固的日高。

日高和上次见面一样，仍然喜欢用他的登喜路烟管。十津川想起他建议自己改用烟管这件事，然后仍然叼出一根七星牌香烟抽了起来。

"海难审判的第 4 次庭审应该是后天 6 月 21 日吧？"

"是的，老实说我很担心它会步玛丽·赛勒斯特号的后尘。

该讨论的也都讨论了，但是看起来仍然是一团乱麻。"

日高满脸忧愁地双手抱胸，身体不停地转动着旋转椅，发出嘎吱嘎吱的声响。

"那两位受审人在那之后转移到哪里了？"十津川问道。

"横滨港口酒店，你想见的话，我可以带你去。"

"不，不用了。这件事对外是绝对保密的吧？"

"当然，上次那种事决不能再发生第二次。"

"您会不会演戏啊？"

日高一下子就愣住了："我开船那会儿，曾在赤道祭①中做过一些类似戏剧表演的举动，不过也就仅此而已。"

"其实我想让您一会儿去召开一场记者招待会，然后把我接下来要说的这些透露给记者。就说两名受审人冈部孝夫和久本功一郎在酒店里待得很无聊，闹着要出去。再加上停泊在油壶帆船码头上的鲨鱼Ⅰ世号也需要人打理，所以他们要求回游艇留宿，等审判开始时再返回。考虑到前些天发生的爆炸事件，审判方反对这种做法，但是又没权限强制要求他们住在酒店，所以只能答应。从今夜起，他们将回鲨鱼Ⅰ世号留宿。"

"不过实际上并没有把他们放出酒店？"

"是的。"

"为什么要演这出戏？"

---

① 航海界有着船过赤道时举行仪式进行祭祀和庆祝的古老习俗，称为赤道祭。

"为了挖个陷阱让凶手跳进来，请务必配合。"

"我是没问题，不过守在酒店里的神奈川县警局的刑警同志该怎么办？我要是在记者会上这么说，他们看到报道估计会很惊讶吧。"

"我会跟神奈川县的警方提前解释清楚。您在记者发布会上讲的时候请一定不要露馅了。"

"感觉好难。"日高笑道，"你还是认为细见龙太郎还活着，而且他就是连环杀人案的凶手吧？"

"没错，十有八九。不过我没有证据，因此想给他挖个陷阱。"

"如果你的推理是正确的，那么复仇者Ⅱ世号事件也可以同时得到解决。"

"那您的那个关于细见龙太郎杀死其他 8 人，并把游艇伪造成'鬼船'的推论就是正确的了。"

"要真是这样，那我一定得拼一次，充分调动我的所有戏剧细胞。"日高笑了起来。

5

当天的晚报上出现了两篇报道。

一篇是十津川的记者招待会，另一篇是鲨鱼Ⅰ世号的冈部孝夫和久本功一郎二人离开酒店住到他们停在油壶的巡航帆船上这件事。

究竟细见会不会看到这些报道，然后为了让警方逮捕千叶市那名虚构的重大嫌疑人K，而再次出动对冈部和久本下手呢？

十津川认为概率至少六四开，细见也有可能会识破这一陷阱。

要是他识破了，那他会怎么做呢？

他有可能什么都不做，龟缩起来不动。不过十津川认为他肯定会去找京都的伊久地奈美。十津川通过京都府警方联系了龟井刑警，叮嘱他一定要注意那女人的行踪。

然后，十津川眼冒精光地看了小川刑警他们一圈："等太阳下山，我和小川刑警就前往油壶，登上鲨鱼Ⅰ世号，乔装成冈部孝夫和久本功一郎。你们5个人配合神奈川县警局在帆船码头附近布控。这件事我跟县局商量过了。"

"细见究竟会不会上钩啊？"小川刑警问道。

对此，十津川只回了句："希望会吧。"

日落时分，十津川和小川刑警按照冈部和久本两人的着装风格，身穿牛仔裤、狩猎衬衫，脚蹬帆布靴，手提旅行袋向油壶出发。

年轻人久本是一头长发，不过乔装成久本的小川刑警却是短发。没办法，他只能戴了个毛线帽。

　　十津川从没穿过牛仔裤，他最近有点发胖，找了一圈都没找到腰围 82 的裤子，最后只能穿了条腰围 80 的凑合。他现在感觉勒得难受。

　　其他 5 名刑警已经提前出发前往油壶了。

　　十津川两人在横须贺线的逗子车站下车，转乘出租车前往码头。

　　这一日也是淅淅沥沥的雨天。

　　两人在帆船码头附近下了车，在雨中朝鲨鱼 I 世号的泊位走去。

　　细雨和夜色隐去了两人的面孔，只留下黑影。这种天气方便了他们行事，却也能为细见打了掩护。

　　两人登上鲨鱼 I 世号，进入船舱，然后先发动了发电机，灯亮了起来。这艘巡航帆船算得上是凶杀案的物证之一，不过为了抓到凶手，十津川经过周密分析最终还是决定利用它做一番文章。

　　十津川和小川刑警从旅行袋中拿出无线对讲机和手枪放在桌上。

　　小川刑警立刻拿起无线对讲机联系分散在帆船码头各处的西崎刑警等人。神奈川县警方据说调配了 14 名刑警过来支援。

　　十津川把手枪塞到皮带中，上了驾驶台查看情况。可能是因为天气很热，所以雨滴滴在皮肤上让人觉得有些暖意。码头的游客中心以及每艘游艇中透出的灯光在细雨的晕染下，梦幻而美丽。

"细见会用什么法子袭击我们啊?"小川刑警从船舱中走出来,朝十津川开口说道。

"不知道。如果他有车和手枪的话,也许会开车过来,然后开枪射击吧。对细见而言,他不是非得杀死我们不可,所以这样做对他有利。估计他想着他只要过来开个枪坐实了证据就可以吧。"

十津川刚说完就突然变了脸色。他迅速跑进船舱。"快找找!"他吼道。

"找什么啊?"

"定时炸弹!细见之前用过定时炸弹。这里或许在我们来之前也被放了定时炸弹。"

听到十津川这么说,小川刑警的脸色一下子白了。

两人在狭窄的船舱内四处翻找,驾驶台以及甲板等地方也都找了,没发现可疑物品。

两人松了一口气,对视了一眼,发现彼此身上的衣服都被汗水湿透了。

十津川脱掉狩猎衬衣,只穿了一件背心。

时间缓缓地流逝。

外面传来了年轻人的歌声。应该是附近游艇上的年轻人们在欢闹。

小川刑警每隔30分钟就用无线对讲机跟外面布控的同事联

络一次。

雨势忽大忽小。大的时候，那雨滴敲在甲板上，嘈嘈切切。

已经晚上 9 点了，什么事都没发生。两人嚼着带过来的奶酪和巧克力充饥。

烟灰缸里的烟灰、烟头已经堆积成山。

晚上 11 点。风平浪静。

临近午夜的时候，无线对讲机里突然传出西崎刑警的声音："现在有一辆车朝你们那个方向驶去。黑色丰田皇冠，东京练马区车牌！"

十津川和小川刑警一下子严肃了起来。

十津川抓起无线对讲机："能看清开车的人吗？"

"开车的是名男性，不过下着雨，看不清楚。副驾上坐着一名女性。"

"女的？"

"很时髦的样子。车现在停下来了，位于鲨鱼 I 世号前方十五六米。"

十津川来到驾驶台上。

十五六米开外的岸上，一台黑色的车子正车头对着鲨鱼 I 世号停在那里。

小川刑警也走出船舱："一对情侣吗？"

"看起来像是。"

十津川擦了擦被雨水打湿的脸庞。

车的驾驶座上，男人和女人突然抱在了一起。雨刮没有动，雨滴流过挡风玻璃，模糊了车里的人脸，却模糊不了那名女性身上妖冶艳丽的着装。

男人和女人就这样抱着直接躺倒了下去。

"这也太大胆了。"小川刑警轻轻啧啧咂舌。

雨势变弱。

车里的男女仍然倒在驾驶座上没起来。

"不对劲！"十津川突然说道。

"嗯？"

"那辆车没熄火！"十津川叫道。就在这一瞬间，车门打开了，那名男子跳了出来，手上拿着已经点燃的炸药。

6

男人把炸药扔向游艇。

两管绑在一起的炸药，拖着导火线上的明火，划过夜空，直直地飞向了鲨鱼Ⅰ世号。

"快逃！"十津川喊道，一把将小川刑警推进海里，然后自己也纵身跳进暗夜里的大海。

毫厘之间。

掉落在鲨鱼Ⅰ世号驾驶台上的炸药炸开了，发出巨大的轰隆声。

空气微微地颤动，一部分船身被炸成碎片四处飞散。

男人跳回车上，车轮发出尖锐的地面摩擦声，车子调转了方向，飞一般地逃走了。

十津川冒出海面，大口地喘着气。

鲨鱼Ⅰ世号火势燎原地烧了起来。

火光映在海面上，一片血红。

小川刑警也冒出海面。两人游到栈桥，爬上了岸。

码头游客中心以及附近游艇上的人们被吓了一跳，一个接一个地跑了出来。

十津川和小川刑警浑身湿淋淋地向前狂奔。

等候在码头游客中心附近的西崎刑警兴奋地向十津川汇报：“3辆警车在追。”

“走！”十津川大声说道。

神奈川县警局的警车已经发动好引擎候在一旁。打过几次交道的武田刑警朝十津川和小川刑警说道：“上车！”

两人迅速跃进车后座。警车立刻发出低低的轰鸣声在雨中飞奔了起来。

车上配备的警用无线对讲机一个接一个地传出消息，有追逐情况汇报，也有指令室下发的命令。

“嫌疑人的车辆正沿着134号公路往逗子市方向北上。黑色丰田皇冠DX，车牌号是东京练马区……”

"现在车正驶过下宫田附近。时速 70 到 80 公里。"

"好，在逗子市前方的叶山拉起紧急警戒线。14 号车，全速前往叶山！"

"14 号车收到！"

"14 号车呼叫总部。已抵达叶山御用邸附近。已截住 134 号公路车流。"

"总部收到。"

"12 号车呼叫总部。嫌疑人的车左拐，往天神岛方向而去。"

"12 号车呼叫总部。嫌疑人的车再次出现在 134 号公路上，这次驶向南边。"

"绕回来了！"武田刑警尖声喊道。

十津川他们乘坐的 16 号车在雨中全速前进。或许是由于时间已过午夜零时，对向车道几乎没有任何车辆。在车前灯的照耀下，雨滴闪着银光灼灼生辉。

"嫌疑人的车！"开车的年轻警官叫道。

就在这时，对面的车突然拐进岔道。

16 号车发出刺耳的车轮擦地声追了过去。

车子驶入三浦半岛西海岸的小小岬角。

"再往前就是水产研究所，路到头了。"武田刑警说道。

路的尽头处是荒崎海岸，三浦半岛最有名的郊游地。

海岸附近是水产研究所的荒崎厅办公楼，嫌疑人的车就丢弃在它的前方。

十津川等人走下警车。虽然他们仍然浑身湿淋淋的，不过大家都没在意。

车里早已不见嫌疑人的身影，只剩下副驾驶座上有一名年轻的女性像是累惨了似的晕在靠背上。她的身上穿着深 V 领的裙子，浑身散发着一股酒味。估计是酒吧的陪酒女郎，嫌疑人带她过来遮掩耳目吧。

这时，12 号车也抵达现场，两名警察一前一后从车上下来。

"把他赶到海岸边！"黑暗中传来了县局刑警的喊声。在警车车灯强光的照射下，前方出现了一座小山丘，山丘上是一片松林。突然，光线中有一道黑影一晃而过。

十津川一行人冲上了这座二三十米高的小山丘，这里以前还是地方豪族的城郭遗迹。

穿过松林，一个陡峭的断崖面朝大海突兀地悬在空中。

雨一直下，虽然雨势有些减弱。小川刑警打着手电筒，射出的光线中出现了闪着银光的雨滴，前方闪过了嫌疑人的黑影。

"在那边！"小川刑警吼道。

嫌疑人跌跌撞撞地朝悬崖边跑去。

"进洞穴了！"县局武田刑警的声音在黑暗中响起。

十津川的前方出现了一个黢黑的山洞。这是一个典型的海蚀洞，洞中不断地传出一股股寒气。嫌疑人的脚步声回响在洞穴中，渐行渐远。

大家也都打开各自的手电筒跑进洞穴。洞内的岩壁凹凸不平，上方不停地有水滴滴落。前方的黑暗中传来了男子低沉的惊呼声。

所有的手电筒一下子全部转向声音的来源。

层层叠叠的光柱中浮现出嫌疑人跌倒打滚的身影。

"站住！"小川刑警大喊道，声音回响在洞内。

嫌疑人摇摇晃晃站起身，往洞穴的另一个方向逃去。

穿过海蚀洞，外头是一片被海浪拍打成搓衣板样子的浪蚀台。

一侧是悬崖，另一侧是大海。嫌疑人再次跌倒在地。所有的手电筒光线交织成一张网，网住了慌忙挣扎想要重新站起来的嫌疑人。

"不许动！"小川刑警喊道。

嫌疑人缓缓地站起身，大口大口地喘着粗气。呼吸声重得连十津川都听得见。

十津川朝着细雨绵绵的天空开了一枪，闪出一道光芒。枪声回响在雨水不肯停息的暗夜中。

手电筒的光线中，嫌疑人抽动着肩膀嘶哑着声音说道："不要开枪。"

"行动结束！"

十津川绕到嫌疑人的前方，把手中的手电筒往对方的脸上一照。

　　一张中年男人的脸浮现在光亮中。他满脸都是雨水，额头流血不止，估计是摔倒的时候被岩石刮破了。

　　"果然是你，细见龙太郎。或者我应该叫你铃木胜巳？"

第十二章

终审

1

6月21日，第4次海难审判开庭。庭审一开始，日高理事官就急切地站起来申请发言。

今天的旁听席上也坐满了人，里面也有记者，不过这些家伙很现实，脸上已经没有了上一次审判时的热忱。

"我想大家都已经知道复仇者 II 世号的船主细见龙太郎已被警方逮捕这件事。我曾在法庭上给出细见杀人这一推论，不过由于这一犯罪计划过于超乎常理，因此被推翻了。这让人不得不感到遗憾。不过，现如今已经确认了凶手就是细见龙太郎，所以最令我高兴的是，鲨鱼 I 世号上的 5 名年轻船员，包括受审人席位上的冈部孝夫、久本功一郎都被证实是清白的了。

"我本来想要在庭审上再次申请细见龙太郎出席陈述复仇者 II 世号事件。我想这应该也是大家的希望吧。但是遗憾的是，细见龙太郎作为连环杀人案的凶手已经被警方逮捕，无法出席庭审。作为弥补，在警方的支持下，我借到了细见龙太郎自述书的复印件，稍后我想在法庭上读读它的内容。因为比起我的论证，这封自述书更能让大家清楚这次复仇者 II 世号事件的真相。在读完这封自述书后，我将略加陈述我个人的一些发现。"

日高打开皮包，掏出细见龙太郎自述书的复印件。

一沓厚厚的自述书上，开头部分写着："本人，细见龙太郎……"

2

本人，细见龙太郎于今年3月份左右利用复仇者Ⅱ世号实施了一场杀人计划。

但是我对我的妻子伸子的憎恨产生在更早之前。当然，最初的时候我并不恨她。结婚前虽然是她追求我，但是我确实也被她的聪明伶俐、活泼开朗和良好的教养所吸引。刚开始的时候我们看起来相处良好。刚好那段时间我的著作开始出版售卖，电视也越来越多地邀请我做节目，我的事业处在所谓的上升期。我想伸子也在努力克制自己以便让我喜欢她。后来，我们开始发生了一些所有的夫妻之间都会有的小争吵，都是些不知缘由的、毫无意义的争论。普通夫妻可能很快就会忘记这些争吵，或者相反，这些争吵反而成了两人感情升温的催化剂。不过我和伸子不是这样的。我们之间一点儿一点儿地开始出现裂缝，等意识到的时候，这些裂缝已经汇成一道很深的沟壑。

安德烈·纪德的著作中有下面这两部作品：《太太学堂》和

《罗贝尔》，两部作品的内容刚好构成比照。在《太太学堂》中，主人公和温柔的男子相遇相知，在浓情蜜意中步入婚姻的殿堂。而到了《罗贝尔》中，主人公发现自己深爱的男人却是个极其无趣之人。它们俩的内容我可能记反了，不过总之两部作品合起来的故事大概就是这样的。这两部作品让我感兴趣的地方在于，女主人公并不是因为男方变坏而厌恶对方，男方其实从未改变过，她是由于自己看待对方的视角变了，所以觉得男方像是变了一个人似的。对方的温润如玉变成了娘娘腔，心思细腻变成了胆小如鼠，博学多才变成了利欲熏心。我跟伸子之间也是如此。一旦憎恨滋生，看待对方的眼神就完全不一样了。

伸子身上的那些优点不知什么时候起变成了令人忍无可忍的缺点，比如高教养所表现出来的天真烂漫变成了不可救药的任性胡闹，活泼开朗变成了无耻傲慢。

具体举个例子来说吧。我工作一忙，伸子就挑起了经纪人的重担。刚开始我还挺感激她，她很开朗，待人处事也很圆滑，也有当秘书的能力。但是，我渐渐开始厌恶作为秘书的伸子。她包揽了我所有的生活，支配了我所有的工作。最初她只是作为经纪人帮忙处理一部分工作，可是，不知不觉间，所有著作的出版事宜，以及所有演讲的计划安排，都变成由伸子来决定。而且，伸子善变，有时只是因为不满意对方的态度就违约。她还不跟我商量就擅自答应演讲邀约，让我左右为难。因此我与伸子之间的口角变得无休无止。她变得歇斯底里，说妻子当然会想要事无巨细地了解丈夫，还说我之所以对此有意见，是因为我不再爱她了。

我开始后悔与伸子结婚。我开始很自然地和别的女人玩。但我也只是和宴会上遇到的电视明星或酒吧陪酒女郎玩玩，根本算不上搞外遇。即便如此，每次传出绯闻的时候，伸子都紧咬不放，大闹一场，有一次甚至以自杀相威胁。我已经完全从这段感情中清醒过来，她这种嫉妒、冲动的行为，我只觉得是对我的放肆，对我的骚扰，而不是感情。

如果那个时候伸子能同意离婚，我肯定会把所有的财产都留给她。我是如此迫切地想要与她分离，过上自由自在的独身生活。

但是伸子很固执，不同意离婚。她应该是想要报复我吧，也有可能她还在留恋海洋评论家细见龙太郎夫人这个头衔。伸子喜欢社交，喜欢光鲜亮丽，作为细见龙太郎的夫人，她出席过电视节目等场合。所以她也许害怕失去这些华丽的登场机会吧。

横亘在我与伸子之间的沟壑我说得再多也已经于事无补了吧。

总之，我们之间已经变得毫无感情，而且我还开始憎恨她。可是，即便如此，我也没有打算要杀死她。

3

去年 3 月 10 日，我去京都演讲。我已经忘了演讲的内容，不过，那时我遇见了伊久地奈美。

为了我的名誉着想，有一点我要先申明。我并不是因为知道奈美拥有数百亿日元资产才接近她。她好像最初也不知道我是细见龙太郎。我的感情天平急剧地朝伊久地奈美倾斜。简单来说，她和我的妻子是完全相反的两种女人。奈美深思熟虑、有自制力。尽管如此，她的心底却燃烧着熊熊的热情。每次见到她，我都觉得自己陷入迷恋而又沉醉的状态之中。于是我开始优先同意来自京都的演讲邀请。自然地，伸子对此表示奇怪，并诘问我，反复表示她不乐意，但是我已经不理会她了。

为了和奈美自由地见面，我在京都用铃木胜巳的名字租借了公寓。另外，为了隐藏奈美的存在，我故意在记者面前表现出自己常常拜倒于电视明星或模特的石榴裙下。因此，我还被杂志写了各种胡乱报道。其实我也想借此分散妻子的注意力。因为伸子很强势，她要是发现奈美的存在，肯定不会找我闹，只会去京都找奈美算账。

我与奈美之间的关系就这样秘密地持续下去。但是，只要我的妻子伸子不离开，我就得不到完全的自由，每次只能趁着演讲的空当匆匆忙忙见一面。我再一次向伸子提出离婚，不过她不肯接受。她不仅不同意，甚至像是看破了我的心思似的，还威胁我说要是我敢喜欢别的女人，她就杀了那个女的。就算她这么说是在开玩笑，但是由此也可看出她是多么的无理取闹。而且我还知道伸子雇私家侦探调查我。我收买了这家私家侦探，让他们停止调查。不过随着这种事情的不断增多，我对伸子渐渐生出了杀心。

但是，那个时候我也只是心里想想而已，完全没有具体去计划。如果杀了妻子，我肯定会被怀疑。可以说也是这种恐惧制止了我的行动。

要是没有吉村昭之这个男人的存在，说不定我对我妻子的恨意可以仅仅只停留在内心。

我开始把吉村昭之当作自己的死对头看待大约是在前年年末那会儿。在这之前，吉村也写了几本书，并在杂志上反对我，不过我都没理他。他那时刚开始出名，我认为自己比他高一级。在电视台的出演次数也是我遥遥领先，即便是在杂志上写的评论，我听说我的稿费也要比他高得多。

但是从去年年末开始，事情开始一点点变了。我认为这也有可能是受神秘思想热潮消退的影响。我的著作销量肉眼可见地减少，而吉村的著作销量却在稳步增长。虽然我一开始就很反感他的那种乡巴佬似的纠缠不休的说话方式和生存方式，不过渐渐地，我开始越来越在意吉村这个男人的存在，我意识到自己好像一点点被时代抛弃。虽然发生海难事故时，杂志或报纸都还是和之前一样找我咨询，拜托我写稿子，不过他们也一定会刊登吉村的谈话或稿子来反对我的看法。于是，我们俩的待遇就变得完全相同了。

我曾经和吉村在电视上辩论过。他很不上镜，而且笨嘴笨舌，刚开始总是说不过我。不过他那絮絮叨叨的说话方式最后似乎总能把我说服了。我一着急，嘴巴开始没边时，吉村总是纠缠不休地抓住一个错处不放。杂志上的辩论也是这样。我耗不过他，最终常常会暴露出自己的弱点。吉村发现我的弱点后就紧咬着这个弱点发起攻击。他那种一点点攻城略地式的打法，现在想起来我都一肚子火气。

我预感自己与吉村的地位会颠倒过来，为此我感到很害怕。无论如何我都不能输给他。这么想着，我仿佛已经看到自己在将来的某一天败在了他那纠缠不休的性格上。事实上这种征兆已经出现了。有个知名的评论家针对杂志上我跟吉村的辩论，堂而皇之地为吉村摇旗呐喊。

我要杀了吉村昭之。

4

当要杀的人变成两个时，我的脑子里开始制订具体的计划。

　　我打算利用我的游艇复仇者Ⅱ世号，把它打造成现代版玛丽·赛勒斯特号。当我在完善我的这个计划时，我感到无比的快意。

　　缘由有二。

　　第一，当然是因为能够彻底杀掉妻子伸子和吉村昭之两人。

　　第二，是因为我能够通过再现现代版玛丽·赛勒斯特号事件来向世人证明我一直以来的观点——在"魔鬼海域"，超自然之力会制造出不可思议的现象。

　　用俗话来说，就是一石二鸟。

　　当然，这个计划也不是没有缺点。首先就是为了消灭两人还得杀死其他船员。但是，令人意外的是，我对此并没有感到有什么良心上的不安。也许我这种人冷漠无情，自私自利。

　　另外一个缺点是，要想伪装成现代版玛丽·赛勒斯特号事件，我自己也必须和其他船员一同消失不见。因为如果只剩我一个人若无其事地回去，我肯定会立刻被当成杀人嫌疑犯抓起来吧。

　　连我自己也得消失不见，这意味着我必须得完美实施我的计划，即便我能够独自回国，我也不能再使用细见龙太郎这个身份了。也就是说我必须以别人的身份活在这个世间。

　　如果我说我并没有因此而犹豫不决，那是骗人的。不管是多么平凡、不受上苍眷顾的人生，当不得不完全埋葬它，换成另一个身份时，还是需要下定决心才行。对我而言，这意味着我要完全失去海洋研究者的不菲声名，也要失去丰厚的财产，虽然这样说有点自吹自擂的感觉。

不过最终我还是做出了选择。因为如果我就此放弃我的计划，那我就必须得继续过着我一直以来无比讨厌的生活，而且也许还会失去伊久地奈美。而就算放弃身份，我也能够得到数百亿日元的资产，虽然身无分文从头开始的气节很令人赞赏，不过有数百亿日元的巨款在手，什么样的人生不可能呢？而且我还能和伊久地奈美开启新生活。

另外，我老早以前就对只能度过一种人生感到不满。即便细见龙太郎的人生充满欢乐，我还是想要体会一下别的人生。这种心情应该所有人都有吧。而且换一种人生，还能让我在一旁愉快地欣赏这世间因现代版玛丽·赛勒斯特号事件而哗然的模样。

制订好计划后，我努力温柔地对待我的妻子伸子。因为万一她拒绝同乘复仇者Ⅱ世号那就麻烦了。在此之前我们已经几乎不睡在同一张床上了，不过为了计划，我还是选择跟她上床。虽然我万分小心，不过她还是怀孕了。她明明不爱我，却因为怀上孩子，就仅仅因为这个原因，她比之前更坚决不同意离婚了。总之，除了杀了她，我没有其他法子能够摆脱她了。

5

到了 4 月份，小日本号游艇在小笠原海域失去踪影的事件突然发生。我觉得绝佳的机会来了。

我主张小日本号是被"魔鬼海域"吞掉的。果不其然，吉村昭之像是等在那似的，冒出来反对我，我们在电视和杂志上辩论了起来。我趁机提议乘坐复仇者Ⅱ世号去探查问题海域，以此判断谁是正确的，并给这场争论画上句号。果然，电视台和出版社都纷纷跳出来表示赞同。我选中了新日本电视台当赞助商，因为它最热衷于这种话题。性格不服输的吉村也立刻上钩了。

骗伸子同行倒是费了一些工夫，因为她有些担心自己的身孕。于是，我就故意反其道而行之。伸子性格强势，不服输，因此我让她一定不要跟船。我告诉她这次的航行必须得有一位女性帮忙，我已经拜托加藤令子了。加藤令子是一个出版社的美女编辑，伸子最讨厌她。最终我赌赢了，伸子自己主动跟我说要一起去。

其他同行者的选择我委托给新日本电视台。不过我拜托他们尽量选择反对我的那些人。电视台还以为我是为了公平起见才这样做，对我很是佩服。不过，对我而言，我只不过是想让自己在杀死他们时少感受些良心上的谴责。

最终一共有 9 个人乘坐复仇者 II 世号。我对这个人数也感到很满意。因为算上伸子肚子里的孩子，刚好 10 个人。这个人数和 1872 年玛丽·赛勒斯特号上的人数完全一致。我还把家里饲养的鹦鹉"Pascal"也带上。因为玛丽·赛勒斯特号也是船长室里留下了一个空空的鸟笼，里面的鸟消失不见了。我一点儿一点儿地把复仇者 II 世号变得像玛丽·赛勒斯特号一样。因为我认为它们俩越像，事件就越神秘。

在这里我不得不先说说第 13 北川丸。去年 3 月份，我为了调查船灵，搭乘了烧津渔业协会所属的渔船第 13 北川丸。在澳大利亚悉尼港下船之前，我幸运地听到了船灵的声音。不过，我有天晚上上甲板时，不经意间听到了船长和轮机长在谈论他们打算在澳大利亚海域的渔场上伪造沉船事故，骗取保费的计划。我为了随时能记录下船灵的声音，手上一直带着一个迷你的录音机。他们二人的密谋被我一字不漏地录了下来。

我坐飞机回东京后，看到报纸上报道了第 13 北川丸作业时沉没的消息，我意识到他们果真动手了。不过我当时并没多想。

制订杀人计划后，我想起了第 13 北川丸，决定利用它，因为我需要一艘船来载我回去。我来到烧津港调查了一番。幸运的是，第 13 北川丸有了第二代，它的 19 名船员还都是同一批人。

我只是拜托他们在小笠原海域等我，把我载回日本，并保

守秘密。我威胁他们说，如果他们愿意干的话，我支付给他们
500 万日元，如果拒绝，那我就把他们骗取保费的事暴露出去。
最终船长同意了，我支付了 500 万日元。当时我拜托他们的是，
5 月 11 日到 13 日这 3 天，在东经 144.5°、北纬 27.3° 海域等
我。这个坐标不是我瞎掰的。这个地点位于小日本号失去踪影
的那个地点的附近。我想着，如果目的地是这个地方的话，其
他 8 人应该不会怀疑复仇者 Ⅱ 世号的行进路线。让第 13 北川丸
等 3 天，是我考虑到风力、海潮等因素，害怕会来不及，所以
时间定得宽裕一些。

6

我打算让第 13 北川丸把我送到烧津，然后我直奔京都，没
有什么大事就不回东京。因为我打算完全以铃木胜已这个身份
开启和伊久地奈美的生活。我跟她说了这件事。当然，我没有
告诉她杀人计划，只告诉她自己将不再是细见龙太郎。我不知
道她是如何领会我的这些话，不过她看起来很开心。

随着动手日子的来临，我开始舍不得那些我必须舍弃掉的
财产。而且，出于面子，我想送点特别昂贵的东西给奈美当礼
物。于是，在快出发前，即 5 月 2 日，我瞒着妻子卖掉了房子
和土地，把所得到的 1.5 亿日元用来买了钻戒，打算给奈美当

礼物。我想着就算我给她 1.5 亿日元现金，对她这种拥有数百亿资产的人而言，也不见得会开心吧。那我还不如干脆送个昂贵的钻戒。这一切都是男人的虚荣心在作祟。

您要问我为什么不在出发前把钻戒送给她，我当然也想过这个问题。价值 1.5 亿日元的钻戒带到船上是很危险的。刚开始时我打算在京都送给奈美，让她看到我的优点再出港。不过，让我吃惊的是，东京的任何一家珠宝店都没有 1.5 亿日元钻戒现货。即便是有名的银座 N 堂或 M 百货平常也都只准备了五六千万日元级别的钻戒。作为一个经济大国，日本在宝石这个行业还是属于二流。每家店都说得四五天才能拿到货。如果是买 3 个 5000 万日元的钻戒又显得有些小里小气。因此，等我拿到那个钻戒时，已经临近出港日期，我没有时间在出发前把戒指送出去。

5 月 7 日下午，复仇者 II 世号载着我们 9 个人离开了油壶码头。

这之后直到 11 日，我尽量对讨厌的吉村昭之笑脸相迎，也对我的妻子伸子表现出好丈夫的模样。船上还有两名摄像师。相机是冰冷的，一旦它拍到我在船上与吉村吵架，与妻子不和，后果将会怎么样呢？也许就算 9 个人都消失了，我还是首先会被怀疑吧。我似乎伪装得很成功。航海日志上我也把每天的生活写得其乐融融。

然后终于到了 5 月 11 日早上。

船离出事海域还有一段距离，不过我打算开始动手了。

早饭过后，我跟大家说要给他们冲杯咖啡。我是船主，而且大众都知道我是个咖啡万事通，因此没人提出异议。我给8个人冲泡了咖啡，把氰化钾掺进去。

他们在船舱各处一个一个倒下了。

我一个一个地把他们拖到甲板上扔进海里。拖到第4个人的时候，我开始觉得很累，虽然我身体还挺强壮的。再加上拖的是死人，这让我直犯恶心。即便如此，我还是不停地给自己鼓劲，坚持把这8具尸体全部扔进了海里。我筋疲力尽，将近两个小时都一动不动。

但是，我还有很多事要做。我开始伪装这艘船。我先是把洒在地上的咖啡认真擦拭干净，把咖啡杯和碟子洗了，然后准备了9人份的早饭。

我尽量模仿玛丽·赛勒斯特号。不过关于它被发现时的状况有各种传说。可以确认的是它的一张船帆被割裂开。另外，关于当时厨房内的情景，有人说准备了早餐，也有人说碟子被洗好整齐地排列在架子上。已经备好早餐的这个说法甚至还传出具体的菜单。我觉得这个说法更具"鬼船"风格，于是决定也摆上早饭。然后我来到甲板上，用刀割裂一张船帆。因为我不知道玛丽·赛勒斯特号的船帆为什么会裂开，所以我只模仿了它的表象。在我做这些事情的时候，复仇者Ⅱ世号仍然在自动驾驶系统的作用下往前驶进。

7

当天下午3点，我终于跟第13北川丸会合了。然后，就在这时，我才意识到我忘记了一件很重要的事情。我以为我可以靠救生艇轻松地转移到第13北川丸上，然后把救生艇沉入海底，万事大吉。可是事实是，当游艇以5至6节的速度行驶时，橡胶救生艇没法放到海里，人也没法登艇。如果我把船帆降下来，那船就会停止，这样就扮不成"鬼船"了，也变不成现代版玛丽·赛勒斯特号了。我左右为难。我也想过把救生艇扔到海里，然后自己跳入大海游过去。不过我没有勇气。幸运的是，就在我犹豫不决的时候，风停了。风一停，帆船这东西就立刻动不了了。平常航行的时候，没有什么比遇到无风的天气更令人生气了，不过这个时候我却无比感谢上天。

我放下橡胶救生艇，带上鹦鹉"Pascal"，划船离开复仇者Ⅱ世号到第13北川丸。船长收容了我，什么都没问，我也什么都没说。不过即便他问我，我也不会回答。

第13北川丸在5月16日晚上驶入烧津港口。我知道我得把鹦鹉"Pascal"杀了，不过我最终却下不了手，在烧津下船后我把它放生野外了。我想着要是有人捡到它，并认真饲养它就好了。人类这种动物真是奇怪，连杀8个人都不手软，却对鹦鹕下不了手，连我自己都觉得这无比可笑。

我还得交代下钻戒。

我买了 1.5 亿日元的钻戒，把它带到了船上。但是，我又不能戴着它。我要敢这样做的话，伸子一定会火冒三丈。因此我就把它藏在船长室的桌子抽屉中。不过，5 月 11 日我杀完 8 个人后把它给忘了。我告诉自己要冷静，不过没有用。我坐立不安、惊慌失措。我想起钻戒这件事是在我坐上第 13 北川丸几个小时之后。我慌慌张张跑去拜托船长折回去。船长边抱怨边掉头往回开。可是，这期间又刮起了风，已经变成"鬼船"的复仇者 II 世号早已漂到别的地方去了。想要找到小不点的它无疑是大海捞针。没办法，我只能让船长驶回烧津。

我去京都找伊久地奈美。我告诉她我已经重生成另一个人，不再是细见龙太郎了，今后将以铃木胜巳的身份活着。为了和奈美结婚，我必须得拥有一个过去。不过我觉得这种事情等到时候再思考也来得及。当今日本最值得庆幸的是，即便是不知来处、不知姓名的人，只要有钱，都可以稳稳当当过日子。因为我们的公寓已经出售，所以我就住在京都郊外的一个小酒店里，我和奈美的见面地点也变成了这里。我虽然大小也算是个名人，不过只要稍微乔装打扮一下，还是能够走在市内不被人认出。

5 月 18 日，鲨鱼 I 世号把复仇者 II 世号开回油壶。果不其然，它被当成现代版"鬼船"、现代版玛丽·赛勒斯特号，在社会上引起了巨大的轰动。我很仔细地浏览了事件相关的所有电视节目和报道，好像我的罪行没有被察觉到。但是，明明一根汤勺那么小的东西都被报纸报道出来，而我的那个1.5亿日元的戒指却完全没有出现在报道中。

只可能是被鲨鱼Ⅰ世号的5名船员偷走的。我出发去东京准备拿回钻戒。我粘上假胡子，戴上眼镜。我从报纸上获知是鲨鱼Ⅰ世号的船长永田史郎，以及船员山本良宏和野村英雄3个人把复仇者Ⅱ世号开回码头。因此我认为偷钻戒的人应该在这3个人之中。

最终我为了拿回1.5亿日元的钻戒，杀了3名年轻人，不，再加上一名女性，一共杀了4个人。

我一个一个坦白交代吧。永田史郎是用氰化钾毒杀的。我在雨中盯梢他所住的鲨鱼Ⅰ世号。6月2日晚上，9点半左右，永田突然离开游艇。后来我才知道他是去买烟了，当时我并不知道。我趁着他还没回来赶紧潜进船舱。船舱里面有一瓶还没喝完的黑方威士忌四角瓶。我把氰化钾倒进这个瓶子，然后急急忙忙离开。氰化钾是哪里得到的？很容易啊。我把船上的几个日用器具拿去工厂里进行特别镀层。这类工厂里有工业用氰化钾，很容易就能拿到。没过多久，永田从外边回来了。不一会儿，船舱里传出东西倒地的沉重声音。我从窗外探头一看，发现永田倒在地上。我走进船舱，这时永田早已断气。我看了下他的手，没发现那枚钻戒。我也找遍了船上能够用来藏钻戒的所有地方，但仍然毫无收获。我反而找到了海难审判的通知书。

当我发现这个的时候，一种冲动紧紧地攫住了我的内心——我要给尸体裹上层层迷雾。虽然我已经转身变成铃木胜巳，但细见龙太郎仍然住在我的内心。我用刀划破自己的手指头，把传唤通知书涂上血，放在桌上。我自己也知道这样做对自己不利。因为我不知道被我杀死的永田的血型，万一他跟我不一样，那我的这个行为只会证明这个案件是他杀。我明明都清楚这些，但还是在传唤通知书上涂上血，故弄玄虚，我抵不住这种诱惑。因为我的思绪仍然还处在神秘的"鬼船"、现代版玛丽·赛勒斯特号的延长线上。

如果偷钻戒的不是永田，那么就是剩下的那两个人——山本良宏或野村英雄中的某一个。3天后的深夜，我乘坐出租车前往位于调布市深大寺的山本良宏住的公寓。我一开始就打算杀死山本良宏，对永田史郎和野村英雄也是这样。这个理由我后面再解释。

到达东京郊外深大寺附近的公寓后，我爬上3楼。非常幸运，当我站在山本房间门前时，他刚好正在洗手间对着镜子刮胡子。洗手间的窗户开了一条缝，可能是因为最近总是出现煤气中毒事故，所以他有点害怕吧。他的身上只穿了一条内裤，估计就等着水烧热吧。因为浴缸下还生着火。

幸好门没上锁，年轻的男人真的很马大哈。我打开门走了进去。因为旁边有煤气炉灶轰隆隆的声响，所以山本没有发现我。

我手里拿着扳手等待机会。刮完胡子弯腰洗脸的时候是最无防备的时候，我在等着这一刻。屋里终于传来了洗脸的水声，我悄悄潜入洗手间，从背后把扳手狠狠地敲向正弯腰洗脸的山本良宏的后脑勺。

他一下子就趴倒在了瓷砖台上。我把他翻过来，面朝上，然后用他正在使用的剃刀割开两只手腕。当血不断往外流的时候，我关掉煤气，走进房间寻找钻石。但是和永田史郎一样，我只找到了海难审判的传唤通知书。和之前一样的理由，我将传唤通知书涂上血，然后贴在浴室的镜子上。当然，做这些的时候我都小心翼翼地不留下指纹。

我想过，如果尸体被解剖，警方也许能够发现死者的手腕是在被袭击之后割的。这样也好。不过如果我会担心这些，我就不会将传唤通知书染上鲜血。总之我就是想要制造玄虚。

当我知道我要杀的第3个人野村英雄逃走的消息时，我就确定了他就是那个偷钻戒的人。

我查到了能登，依据和警方一样。我乘坐火车从上野出发前往轮岛。乔装打扮吗？这个出乎意料地简单，我年轻的时候曾模仿过演员。很多人见过我的照片，但是仔细想想，这反而是盲点。因为我拍照或上电视时总是不戴帽子、眼镜，也不留胡子。总之，潜意识里我给世人留下了这种印象。因此如果我素面朝天走来走去的话，肯定立刻就会被发现。但是如果我稍微乔装打扮一下，那么之前那些先入为主的形象反而会影响大家的判断，让人认不出我。我只是戴上方形眼镜、粘上假胡子就一次也没被人识破。

抵达轮岛的车站后，我给车站服务中心的工作人员看了报纸上刊登的野村英雄的照片。很幸运，他逃跑时并没有像我这样乔装打扮。我去了他在服务中心咨询过的外浦酒店碰碰运气。我是搭出租车去的。

听说我是《周刊东京》的记者，野村一脸无奈地和风见美津子来到大堂。果然还是太单纯了吧。这时我发现那女的手指上戴着那枚钻戒。那一瞬间我松了一口气，终于找到它了。我借口想采访他们，让二人坐上车，把他们带到附近的断崖上。然后我瞅准时机用扳手杀了他们，取下女的手指上的钻戒，然后把尸体扔进大海。

8

接下来我解释下为什么我一开始就打算杀死这 3 人，不，这 4 人。

这是因为那枚戒指它不是普通戒指。不，我指的不是价格方面。虽然 1.5 亿日元对我来说也是笔巨款，但是如果只是钱的问题的话，我不会为了拿回它而杀人，我甚至都不会去拿回它。虽然 1.5 亿日元有点可惜，不过我的计划已经成功了，只要不去管它，就算鲨鱼 I 世号的船员偷走它，也不会怎么样。这点理智我还是有的。如果没杀害永田史郎他们，警方就不会介入吧。我也肯定能够完全以铃木胜巳的身份开启我的第二段人生。我当然也知道这些。但是我必须得拿回这枚戒指，不仅如此，我还必须杀死这 4 个人。

我买那枚戒指是为了给伊久地奈美当礼物。为此，我在白金戒托上刻上了她的名字"NAMI IKUCHI"。这就是全部的理由。如果没有这个，即使是 1.5 亿日元的钻戒我都不会去理它吧。因为就算它被媒体发现，这 1.5 亿日元的巨款只会给现代版"鬼船"之谜添上华丽的一笔，并不会让人怀疑我是否还活着。就算人们知道我在离港之前把房子和土地全部卖掉，买了这枚钻戒，他们也只会认为我是打算在航行中送给我妻子的吧。

但是，上面刻着"NAMI IKUCHI"，那么这件事就得另做打算了。海难审判应该会事无巨细地调查所有的事情，因为它是现代版玛丽·赛勒斯特号。我仿佛看到了它被调查得彻头彻尾的样子。1.5 亿日元的钻戒肯定会成为调查对象，而且上面刻的不是妻子的名字，而是其他人的名字，那么肯定会调查这名女性是谁。这样大家就会知道伊久地奈美，然后事情会变成怎样呢？铃木胜巳这个男人就会浮出水面，接着大家就会知道他是我细见龙太郎的变名。于是我所有的计划也许就会全被人发觉。

所以我无论如何都得拿回钻戒。不仅如此，我还必须得杀掉看见过"NAMI IKUCHI"这些字的所有人。雕刻名字的店吗？我不是在买钻戒的商店里雕刻的。因为我怕万一警方查到那家店我就惨了。所以我步行了一段距离，在一家不经意间路过的小店里雕刻了名字。

杀完这4名男女后，我终于拿回钻戒。我立刻查看了雕刻名字的地方。不知为何，原本刻有奈美名字的地方变得什么都没有了。仔细想想也是可以理解的。因为野村英雄为了送给女友当礼物才偷走它。那么，他不可能留着奈美名字的刻字就把戒指送出去。

这之后的事情就如警方所知道的那样。为了让大家以为凶手的目标是鲨鱼Ⅰ世号的全部成员，总之就是为了不让外界知道那枚钻戒的存在，我给酒店送了定时炸弹。给酒店前台送蛋糕盒的那个女人不是奈美，是我花钱雇的，我也不知道她的名字，真的。

第13北川丸的沉没与我没有关系，估计又是为了骗取保费故意沉船吧。这次可能计划没实施好，结果把人都给埋葬在大海里了吧。又或许是"魔鬼海域"在作祟。如果是这样的话，就证实了我的观点，我很高兴。

以上就是我的犯罪过程。我唯一遗憾的是，由于我的认罪，现代版玛丽·赛勒斯特号事件会失去它的神秘面纱。

9

日高放下细见龙太郎写的自述书。

法庭上寂静无声。在这片寂静中，日高放下自述书的一点点动作听起来格外响。

旁观席上的报社记者浮现出相当复杂的表情。这起神秘事件的真相却是不折不扣的凶杀，这不仅让人倍感惊恐，也令人瞠目结舌。

"因此，这次现代版玛丽·赛勒斯特号事件解决了。"日高笑道，"接下来按照我开头所说的那样，有些话我想跟大家说说。这些话与本案并没有直接的关联，所以大家听听即可。自从负责本案后，我自然而然地关心起 1872 年的玛丽·赛勒斯特号事件。帮我调查本次事件的小西事务官让他的朋友帮忙从伦敦寄来了 19 世纪 70 年代的《伦敦时报》的复印件，我从头到尾看了一遍。与玛丽·赛勒斯特号事件相关的报道我肯定都看过一遍。但是如果只是这样做的话，那我也只能得出跟前人一致的结论——这个百年前的事件仍然无解。因此，我们也让人寄来了一些看上去与事件毫无关系的报道。这些报道用肉眼一篇一篇看过去是很需要耐心的，不过我在事件发生 10 年后的 1882 年的《伦敦时报》上找到一篇有意思的报道。我想再给大家读读，以此作为我的最后推论。

"这篇报道刊登在 1882 年 12 月 4 日的《伦敦时报》上。不可思议的是，12 月 4 日这天刚好就是玛丽·赛勒斯特号被兄弟船只发现在海上飘荡的日期。不过这或许只是巧合。这份《伦敦时报》的第 6 版上刊登了下面这则报道。我把它翻译了，译得不好的地方，还请多多见谅。"

日高有些不好意思地笑了笑，他开始朗读英文报道复印件上自己写下的译文。

"'今日，在伦敦东区的一个救济院里，有一位老人因肺炎去世。这位老人名叫莱格比兹（Riggbs）。在临死之际，他不断地呼喊玛丽·赛勒斯特号的名字。'报道内容很简短，只有这些。我之所以对这则报道感兴趣是因为这个老人的名字叫作莱格比兹。玛丽·赛勒斯特号的船长叫作布里格斯（Briggs）。把这个名字的拼写字母拆开再重构，也就是字母不变重新排序，它就变成了已故老人的名字：莱格比兹。"

尾声

1

"你今天不是要相亲吗?"龟井刑警抬眼看十津川。

十津川坐立不安地从椅子上站起来看向窗外:"下午3点开始,还有时间。"

"堂堂警部也会紧张啊?"

"总感觉还有点什么事。"

"这一次的相亲吗?"

"这一次的案件!"

"但是细见龙太郎不是都认罪了吗?"龟井刑警有点疑惑,"联合搜查小组也于昨日解散,海难审判也结束了。"

"他的认罪太过干脆彻底了。重点是他说他是为了自己的信仰而杀害多人。可是,我总觉得这案子应该要更肮脏些。还有那个伊久地奈美,3月中旬的时候究竟发生了什么事?两人在画廊里偶然相识,然后就发展成杀人搭档。这怎么想都让人无法相信。"

"但是,警部——"小龟还没说完,小川刑警就走了进来。

"警部,有人找您。"

“谁找我？”

“滋贺县警方，嗯……”他看了眼手上拿的名片，“三根泽刑警。岁数看起来挺大了。”

“不认识啊。”十津川把桌上的七星牌香烟放进口袋，然后就去了接待室。

桌子的对面有一位鬓发斑白的小个子男人拘谨地坐在那，看起来像位农家老爷爷似的。没错，确实是素未谋面。

“初次见面。我是滋贺县警局的三根泽。”老人家站起身来，深深地鞠了个躬。然后他从警服的内兜中摸索着掏出了县警总部部长的介绍信给十津川。

“那您有什么事吗？”

“是这样的，去年春天，3月16日晚上，我所管辖的区域内发生了一起令人痛心的交通事故。一名69岁老婆婆牵着一名3岁小女孩被一辆超速小汽车撞到，两人当场死亡。”

“噢。”

“掉落在现场的汽车碎片显示肇事车辆是白色保时捷911。事故发生后，相隔一公里的一名农家主妇目击过这辆车。”

“然后呢？”

“这名主妇只看到车是东京车牌，开车的是名男性，旁边坐着一名女性。这个案件由我负责。截至今日，我已经追查这辆肇事车辆1年3个月了。”

“辛苦您了。”

"我排查了东京所有的保时捷 911 车辆，一辆一辆排查，走坏了两双鞋子。"

"您真是太不容易了。"

"我终于找到了，所以我想来见见警部您。因为这辆车的车主名叫细见龙太郎。不过在那起事故后，他就换成美国车了。"

"你说的是真的?"十津川不由得正襟危坐。

滋贺县警局的老刑警用布手巾擦了擦脖颈上的汗水："不会错。这是我花了 1 年 3 个月的时间才追查到的。"

"谢谢。"十津川握住对方的手。

三根泽刑警惶恐地说道："该道谢的是我。您帮我抓到了细见龙太郎。"

"不不不，是我应该感谢您，您帮我解答了我的疑惑。"十津川笑道，"原来是交通事故啊!"

去年 3 月 16 日，细见载着在京都认识的伊久地奈美飙车，接着撞死了老婆婆和小女孩。

法律不会放过任何一个坏人。因此细见打算在被抓到之前先把自己从这世间抹去，于是就有了这一系列的事件。

伊久地奈美之所以会帮他，一方面可能是因为感情，但肯定也因为她是肇事逃逸案中的共犯。

"请允许我再次对您表示感谢。"十津川紧紧地握住三根泽的手。

然后，他看了看手表。

快到和哥哥约好的相亲时间了。

2

"最终那个伊久地奈美怎么处理?"一身漂亮着装的女孩问十津川警部。

"被逮捕了。"十津川不停地用手帕擦汗。相亲这种场合真令人难熬。

"为什么呢?"女孩问道。

"这个女孩我记得是女子大学毕业的才女,现在是社长的独生女。"十津川突然想起哥哥介绍这个女孩时说的话。

"细见龙太郎说她与案件无关,不过这很明显是为了包庇她。她自己也为了细见,亲自把装有定时炸弹的蛋糕盒拿到酒店。因此她就是共犯,必须得逮捕。"

"她肯定也希望能与所爱的男子一起接受惩罚吧。"

"应该吧。"

"那么这个案件就全都解决了?"

"托福,警方的任务到此为止。剩下的就等法院做出判决了。"

"真不容易。"女孩很同情地看着十津川,"那您有没有因此得到晋升?"

"没，没这回事。"

"那加薪呢？"

"也没有。"

"真的吗？你明明用生命在做这份工作。"

"我的工作就是这样的。"十津川再次用手帕擦了擦汗。两人之间的话题好像要跑偏了。

"这么辛苦，又没有回报，您干脆别做了，来我爸的公司怎么样？您也知道我爸的贸易公司做得还挺不错的，年销售额有2000亿日元哪！"

"那可真厉害。"对于这个数字，十津川仍然无感，他言不由衷地称赞道。

女孩往前坐了坐，很认真地说道："您要是肯来我爸的公司，我爸说保证按部长级待遇来。而且，我爸说，他将来想把社长的位置交给我的另一半。我觉得这比充满血腥味的警察工作要好得多。"

"哦。"十津川应付了一声，然后像是寻找救星一样，看向大堂。

看来这次的相亲也是要告吹了，又该被自家那精英哥哥抱怨了吧。

"就算如此，小龟那家伙，是不是忘记约定了？"十津川暗自嘀咕。就在他皱眉的时候，终于有位服务员走了过来。

"十津川先生吗？警视厅打电话找您。"

"谢谢。"十津川松了一口气，他朝相亲对象点头示意了一下，然后跑向前台的电话机。

"我是龟井刑警。"话筒里传来了小龟的声音。

"你比约定的时间晚了 10 分钟。托您的福，我差点被提拔为贸易公司社长。"

"非常抱歉。"

"算了，我就说发生了杀人事件，借机溜走。"

"其实，真的有凶杀案发生。公交车上发生了一起群体死亡事件。一辆开往东京都的公交车停在杂木林中。路过的行人觉得奇怪就探头看了一眼，结果发现司机和乘客一共有 12 人死亡，尸体还被人堆在一起。"

"你这家伙，这是在跟我说笑吗？"

"不，不是开玩笑，是事实。课长让你立刻来一下。"

"他好歹让我喘口气吧。"十津川一边抱怨一边挂断电话。他走出酒店，朝出租车挥手示意。此时的十津川，比起相亲中的他，脸上要神采奕奕得多。